寺田寅彦随笔集

（第二卷）

常梅 译

WUHAN UNIVERSITY PRESS
武汉大学出版社

图书在版编目(CIP)数据

寺田寅彦随笔集.第二卷/(日)寺田寅彦著;常梅译.—武汉:武汉大学出版社,2022.7

ISBN 978-7-307-23050-7

Ⅰ.寺… Ⅱ.①寺… ②常… Ⅲ.随笔—作品集—日本—现代 Ⅳ.I313.65

中国版本图书馆 CIP 数据核字(2022)第 065933 号

责任编辑:李晶晶　　责任校对:汪欣怡　　版式设计:韩闻锦

出版发行:**武汉大学出版社**　(430072 武昌 珞珈山)

(电子邮箱:cbs22@ whu.edu.cn 网址:www.wdp. com.cn)

印刷:武汉邮科印务有限公司

开本:720×1000 1/16　印张:15.75　字数:194 千字　插页:1

版次:2022 年 7 月第 1 版　2022 年 7 月第 1 次印刷

ISBN 978-7-307-23050-7　定价:48.00 元

译者序

本书为《寺田寅彦随笔集》的第二卷，延续第一卷的风格，继续为我们展现了文学与科学相融合、感性与理性一体化的奇特画卷。

寺田先生善写回忆录。《追忆阿亮》是对外甥阿亮的追记，“一种仿佛能渗出水般的寂寞慢慢袭上我的心头”“我感觉自己灵魂缺失了一块，永远也找不回来了”等表现了先生的细腻心思和对至亲的真挚情感。《二十四年前》写钢琴家凯比尔先生，“我自那时起便彻底迷上了凯比尔先生”“对于我这种不通人情世故，甘愿孤独，却又无法大彻大悟而苦苦挣扎的可悲之人，仅仅想想世上有一个像凯比尔先生这样的人，安居于某地领事馆的一室，每日沉迷于读书与思索，这已是很大的慰藉了”。先生毫不掩饰对敬爱之人的感情，虽只有一面之缘，却在心中留下了浓墨重彩的一笔，可见先生情深义重。先生还写了大学里的《池塘》，回忆了许多关于池塘的趣事，但终究还是逃不开科研话题，先生说“如果有一天大学土地不够，我宁愿毁掉所有庭院、树林，也希望保留这个池塘。倒不是为了景致、风雅，我希望它能作为一个学术研究资料的供给所，或者一个实验水槽被保存下来”。令人感慨，先生果然还是一个科学工作者。

先生写了很多关于猫的文章，比如第一卷中的《鼠与猫》，此卷中的《小猫》《猫之死》（出自《备忘录》）等。先生对猫的感情很复杂，“（小猫）也向我自己的生活内部射入了一丝微弱的光亮”“不知不觉间这两只猫在我眼中被赋予了人格，我逐渐把它们当成了自己的家人”“我这个极其残酷的人类最怕三花那沾满防腐剂的爪子和小猫弄脏家里的榻榻米”。先生把猫儿当作自己的家人，却又害怕刚生出来的小猫弄脏家里的榻榻米。对猫的感情，先生写道，“遗憾的是，我无法对人类产生对猫的那种纯粹而温馨的情感。而要做到这一点，也许我得变成比人类高一层次的存在才行”“我们只有在面对小动物时才能倾注纯粹的感情，这说到底也是任性的一种体现吧”“爱小动物也许是让弱小不幸的人类能够稍微体会到‘神’的心情的唯一手段”。先生从旁观者的角度冷静地审视了自己对猫的情感，这也许对我们现代人饲养宠物有一定的启示。

先生喜欢研究“怪物”和“怪异现象”。《怪异考》记录了民间的一些怪异现象，先生认为“我们的任务仅仅是借用现代科学语汇将这些怪异现象的记录翻译出来”。他将海上的轰鸣声解释为海底的地壳运动，将民间传说的“马魔”与空中放电现象联系在一起。《怪物的进化》中，先生认为“怪物是人类与自然接触过程中产下的正宗嫡子，其出入的世界一面是宗教世界，另一面是科学世界，同时也是艺术的世界”。文中各方鬼怪“登场”，在先生的笔下活灵活现。“怪物教育不仅没有阻碍少年时代的我们对科学知识的兴趣，反而越发鼓舞了我们”“真正给予我们科学教育的，也许并不是一本本精美的中学教科书，而是大杂院的重兵卫爷爷和友人N”。先生认为正是小时候的鬼怪故事养成了自己的科学魂，同时批判了现代的科学教科书——“将事实上谁都没有真正理解的事情用极其斩钉截铁的语调，像介绍很平凡的事情一般进行非常简单的说明，并且表现得再没有任何疑问一般，好让学生彻底放心，这实在太令人匪夷所思了”。当然对现代科普教育的批判和反思作者在多篇文章中也有所提及。那句“否定怪物的存在才是真正的迷信，失去了畏惧之心，那么科学便已死亡”恰恰反映了先生作为科学工作者的态度和责任。

先生醉心艺术，可谓琴棋书画皆有研究。第一卷中的《自画像》《写生纪行》写自己的油画创作，本卷中的《浮世绘的曲线》写对浮世绘的认识。上文提到的《二十四年前》写自己学习小提琴，本卷还有一篇《日本乐器的名称》，先生通过语言学、统计法的研究方法来研究世界各地的乐器名称和文化，“感觉到至今与自己毫无因缘的遥远国度的民族，好像也不是完全的陌生人了。古语中的四海皆兄弟好像突然闪烁着新的光辉”。令人不禁感慨先生的知识渊博和热爱研究的科学之心。《关于伊吹山的俳句》一文中，先生通过大量气象、地理数据研究芭蕉的俳句，欣赏俳句的同时也不忘自己科学家的身份。先生对电影也颇有研究，发表过多篇电影杂感，本卷中的《电影时代》写自己与电影的交往史，为我们展现了电影发展的历程。先生觉得应该将日本古代的诗歌、绘画艺术等融入电影创作中，“光琳和芭蕉负责面向少数人的艺术电影，歌麿和西鹤负责面向大众的情色作品，而写乐和京传是社会讽刺画。另外，让广重制作新东京百景和隅田川新铁桥巡游也很妙，让北斋制作日本阿尔卑斯风景和现代世道的剧目也很有趣”。关于未来的电影的发展，百年前的先生发出这样的感慨，“未来的电影技术会有怎样的进步？接下来会是立体电影吗？当然这不是单单依靠立体眼镜，实际制作立体影像也未必不可能”。先生还考虑到了电影的保存方法，“采用某种方法将现在的电影保存起来，数十世纪后，我们的子孙便可以在银幕上看到一排排我们的幽灵”。与电影相似的还有留声机，在《留声机》一文中，先生期待留声机能给人们带来完美的自然之音，“比如山村天微亮时伴着鸡鸣犬吠的溪流声，又或者水边暮色中穿杂在波涛声里的阵阵船歌”。他说“各种文明利器的发明都是以人类的便利为目的。然而，便利与幸福不一定同义。我期盼着将来某一天文明利器的发明和改良能够以人类的精神幸福为第一目的，而不是仅仅为了方便”。透过这些文字，我仿佛看到了百年前伏案思考的先生，就像一部黑白老电影的某个场景。

生活中随处可见的小事都能激起先生的研究欲，比如《一个思考实验》中对废除报纸的思考，“现代社会日夜忙碌的人们，连上班前的一点时间都忙着去读报纸，仿佛容不得自己半刻清闲。我觉得他们完全可以利用这个时间与平时很少有机会开口的家人聊聊家常，或者走到院子里，仰望高空白云，度过无念无欲的几分钟”，这不禁令人联想到现代生活中人们时刻不离手的手机。《关于电车的拥挤》一文中，先生亲自观察电车运行状况，记录了大量数据，最后得出“在乘坐电车时，碰到拥挤的车辆让人一步、等待下一辆空车的做法不仅利于自己，也为他人提供了方便”的结论，我仿佛看到了先生弓着腰，手拿怀表在站台上数人数的场景。《解开脚链的象》中，因为动物园中一头大象“绑在脚上长达数十年的锁链得以解开”这件事，先生脑洞大开，联想了许多可能性，甚至有点令人忍俊不禁。

先生在很多文章中都会谈到自己对科学的认识。《相对论侧面观》从爱因斯坦的相对论说起，最后谈到自己的科学观——“彻底的科学家相信世人都能理解科学系统之真美，并且将它看作人生的最终归属。我是一个不幸的怀疑者，现在还成不了这样的科学家。我有时会如世人一般因花而喜，对月吟唱。然而这种时候我总会突然感到不安，因为花、月等一切具象世界过于飘渺虚幻，令人心里没底。就像我在毫无依靠的泡沫之海中挣扎时，我手中触碰到的正是理学的逻辑系统。即便不能得到绝对安居的世界，至少我可以在科学的世界中追求相对的牢靠和安心”。《卢克莱修与科学》中，先生通过两千年前的诗人表明自己对科学家的认识，“假设现代科学家们作为科学家应该具备的要素有三个。一个是卢克莱修式的直觉能力，我们将其命名为 L。其次是数理分析能力，命名为 S。第三是通过机械实验将现象系统化和归纳的能力，命名为 K”。可见，在先生的心里，自己的第一身份应该是科学家吧。

先生有很多简短精炼的小文章，他会将它们凑在一起，取个题目，如《路旁草》《备忘录》《LIBER STUDIORUM》《时事杂感》等，内容千奇百怪，比如自己对新兴事物 radio 的恐惧、侵入花园的小小“入侵者”、对夏天和凉的感受、从烟花和金米糖感受到的物理问题、首相遇刺的概率问题、国防与灾害、搓澡工与调音师、小猫之死等，读来非常有趣。可见先生无时无刻不在思考，并且非常勤奋，笔耕不辍。

在阅读先生的文章时，我时常感觉自己仿佛来到了那个一百年前的年代，听着留声机，看着黑白电影，坐在夏天的水田里听鬼怪故事，与先生一起思考物理问题，甚至是回到两千年前的罗马听哲学家的吟唱。也许更多的时候是伏案思考，写写画画。先生多愁善感却又冷静理性、钟情风花雪月却更爱理学的逻辑、聪明通透却又勤奋努力。希望更多的人能够感受到先生的魅力。

译者　常梅

2022 年 4 月

目　录

留声机

爱迪生发明的留声机注册于 1877 年，正是西南战争爆发之年。远隔太平洋发生的这两件事看起来毫无关联，但在对比我国与西洋的文化发展史时却可将其作为一个标志。不仅如此，至少在我看来这个偶然的重合具有某种象征意义，暗示某事的发生。

爱迪生的第一台留声机在现今看来极不完备，其原理是将锡箔卷在刻有螺旋槽纹的圆筒上，将声音产生的膜振动记录在锡箔上，从而再现声音。据说有些母音和子音能够很清楚地表现出来，但比如 S 的音，当时无论如何都无法再现。之后萨姆纳 · 天特[①]、格拉汉姆 · 贝尔等通过研究，开始用蜡管代替锡箔。再后来又经过玻里纳[②]的改进便有了今天的留声机(gramophone)，也就是扁平圆盘式留声机，现在已经遍布世界的各个角落。如果有人极端讨厌留声机，想找一个听不到其声音的国家，那他肯定会经历无数次痛苦的幻灭，最后灰溜溜地回到故乡。

留声机改良进步的历史固然有趣，但对我来说，我自身与留声机的交流史更为印象深刻、难以忘怀。

我父亲参加了西南战争，我出生于战乱平定父亲回到家的那年年底。那是我初中三年级还是四年级的时候，也就是留声机问世十六七年后的事情。一天早晨，K市初中告示牌前聚集了一大群学生，一则意外的通知摇曳着学生们年轻幼小的好奇心。告示上写道，某位文士将带着留声机来我县，今天下午在礼堂做实验并进行说明，请全体学生集合。这则消息确实打乱了学校里单调沉闷的气氛，就像突然从某个缝隙吹进了新鲜空气。学生们的喜悦之情自不必说。可以见识到有趣的东西，而且下午的课也不用上，大家肯定高兴得无暇顾及文士和留声机协调不协调的问题了。当然，那些欢欣雀跃的学生中就有我一个。

在校长的介绍下，文士登上了讲坛。只见他仪表堂堂，虽然头发推得很短，但下巴留着漂亮漆黑的胡须，比教导主任的还要威风。近视眼镜下面那双黑眼睛闪着智慧的光芒。贴身的西服显得很清爽，看起来比所有老师都讲究。

文士首先简单明快地介绍了机械的历史、留声机的原理构造。当终于要进行试验的时候，整个讲堂充满了异常紧张的气氛。到了向蜡管里录入声音的阶段，文士将那美髯间的红唇凑到录音喇叭前，打开了机器开关。然后用令人吃惊的洪亮声音开始唱了起来："从——高——山——上——"

我在那个瞬间体会到的不可思议之感哪怕是三十年后的今天，依然清清楚楚、历历在目。要想完全分析解释这种奇妙的感觉终究是不可能的，但在各种复杂的因素中，当然也有因为紧张松弛而引起的纯粹的笑。实际上也有许多不够慎重的人偷偷笑出了声，但我想，这恐怕并不全是对文士的嘲笑。自礼堂建成以来，在这个讲台上发出的人声中，肯定没有比这更新奇的了。没有任何关于忠君爱国仁义礼智的内容，直接就高唱“黄瓜茄子花盛开”，结尾还清澈嘹亮地加上了那毫无意义且极具平民气息的副歌。我不得不坦白，当时我隐隐感觉到了矛盾与不和谐，同时又有一种阴冷的岩室里吹进一阵春风、照进一缕阳光的心情。

录音结束后，文士一边擦拭额头的汗，一边取下录音装置，接着又装上发声用的振动膜和喇叭。随着机械的运转，刚刚录入的歌慢慢放了出来。那声音听起来有点奇怪，像被挤压了的鼻音，但不管怎样忠实地再现了文士极具特色的“la——”音节的抑扬。整个礼堂中一片沸腾，充斥着由衷的感叹声和强忍的笑声。

这天发生的事情不知为何成了我中学时代回忆中特别突出的标志性事件之一。首先这个西洋科学进步带来的令人惊异的实验给我孩提时期就萌发的对科学的热爱之心产生了强大的冲击，其次我想它也给我带来了某种启示。我至今一遇到事情就会想起文士的“从高山上”。那时，从那淳朴的民谣中流淌出的自由、明朗的心境即便三十年后的今天也完完整整地留存着，给容易走进死胡同的我的内心带来转机，令我僵硬拘谨的心情得到放松。这也许算我漫长的学校生活期间受到的最珍贵的教诲之一。当我疲于生活时，我便会以各种形式唱着不一样的“高山”，然后重新获得勇气和希望。

这个在他人看来也许微不足道的体验对我来说意义极其重大，我想将它献给世上的教育家们，以供参考。

在爱迪生完成发明的十几年后，留声机才给东洋的偏僻小城带来最新的惊异，然而不知何时在乡下也不算稀奇了。每逢周日，在K市本町大道的集市上，总会出现卖玩具、粗点心的露天店铺，还有农妇们在草席上摆放着鸡蛋、牡丹饼、虎杖、甘蔗等，而混杂在其间的留声机店则独放异彩。

为了不让机器发出的声音到处扩散，被不付钱的路人听到，机器上面分出了几对橡胶管，仅让付了钱的客人听。客人用手按着塞在耳朵里的管子，垂着头听得入迷。而店主俯视着听歌的客人，嘴里哼着机器内放的曲子，有时会戴着毛皮帽子。与周围所有摊贩主相比，他就像一个杰出的文明宣传者。

尽管我当时也很想听听大路边的留声机，但终究未能实现。我也没看到过哪个熟人将这留声机的管子塞进耳朵里的情形。听的几乎都是来自乡下、与文明最无缘的人。

在大路上听留声机我觉得不是什么坏事，比起边走路边啃苹果或者在众目睽睽之下玩旋转木马应该还是要好一点的，但总有一种心理在起阻止作用，打消我的勇气，令我眼睁睁丧失了亲密接触这一文明机器的好机会。因此，我非常羡慕那些可以毫不在乎、驻足聆听的乡下人。而这种“薄志弱行”的性格伴随着我的一生，令我不断“吃亏”。

大路留声机无疑将文化的福音延伸到了偏僻乡村，但同时我又担心那塞在耳朵里的管子会不会传播耳朵方面的疾病。现在的话，大概会用福尔马林之类的消毒剂消毒，但那时是否有这样的卫生意识很值得怀疑。然而，即便在今天，随着文化的输入和传播，带进来的各种毒害也相当剧烈，并且无法防御，因此当时的一点耳疾也就无关紧要了吧。

我没有听过经过改良后的蜡管留声机，所以不知道其声音的再现达到了什么程度，但我想应该已经相当接近完美。蜡管记录作为合适的材料曾被广泛用于多种研究中，比如各种乐器的声音，以及一直以来备受关注的人声母音的组成要素研究。其对语音学的贡献也不小，如将刻在蜡管上的细微凹凸通过巧妙的手法扩大成曲线后，再用调和分析来研究组成因子间的关系。毋庸置疑，这类研究由于扁平圆盘式留声机的发明取得了巨大进展。蜡管记录的寿命最多一千次左右，而扁平圆盘的原型几乎可以永久使用。比如现在可以将某国语言的发音记录下来，与百年、千年、万年之后的发音进行比较，从而研究其变迁，我听说在维也纳就有出于这种目的而保存的记录。

通过扁平圆盘而进行的语音学方面的实验也有很多，至今仍有热心学者潜心研究。比如卡鲁索[3]的母音中的微妙变化、泰特拉齐妮[4]的极度高音等都被放在了研究台上。尽管如此，关于母音组成的秘密尚未完全揭开。赫尔姆霍茨、赫尔曼[5]以来的争论得以解决的消息也未听说。以上这些方面依然遗留着很多值得探究的问题。而对于日本人而言，特别是日语母音和子音的构成，以及具有特殊音色的三味线、尺八等声音的特异因子的研究无疑很有吸引力。我衷心希望这类研究有一天能在日本学者手上得以完成。

我记得我第一次见到扁平圆盘式留声机是在行驶于濑户内海上的汽船的客房里。之后的大学时代，在往返于神户与故乡的汽船中，我总被粗劣的扁平圆盘唱片弄得心烦意乱，这令我印象深刻。我很怕坐船，每当我稍稍按捺住涌上胸口的恶心感，想小睡片刻时，萦绕在耳边的那劣质唱片发出的奇怪音响和嘈杂旋律便令人相当烦心。通常当食堂里持续到深夜的高谈阔论终于开始静下来时，那唱片声便开始了。当然，波涛汹涌、船晃得厉害时这声音也是听不见的，但那时晕船的苦恼也达到了顶峰。

汽船公司准备留声机当然是为了帮助乘客消除无聊，事实上大多数乘客也乐于享受这份好意。但我曾无数次想过，汽船公司也应该稍稍考虑一下少数“例外”人士因此受到的折磨。

后来我逐渐明白，我不应该如此抱怨。汽船上的夜间留声机现在怎样了我不清楚，但是我知道当今世界上有太多更猛烈的东西能够代替它。如果永远不能从这份抱怨中脱离出来，那么像我这样神经脆弱的人，恐怕生存本身就会受到威胁。

除了汽船上，像西洋日用品商店的门口、小酒馆的门帘内，每次经过都必然听到留声机的声音。这些大概属于前文提到的“金钱逃跑的声音”。但好在只要我逃离现场，它们也不会追过来。

留声机的喇叭也令我感觉不太舒服。相对整个机器，那喇叭显得庞大丑陋，非常不搭，感觉就像一寸法师举着巨大的扩音器在怒吼。有些还上了色，弄得像菊花和牵牛花一般，那看起来就更可怕了。

待我对 gramophone 的反感稍稍得到缓解，已经是我 32 岁时在德国的事情了。我结识了当地大使馆一位名叫 M 的人，他有一台高级留声机，没有喇叭，外形看起来像一个小橱柜。M 搜集了很多在当地经常能听到的歌剧咏叹调以及各种乐器的唱片，不断研究修炼，以度过寂寞的单人寄宿生活。我在他那里第一次知道原来高级留声机和好的唱片并不是那么可怕的东西。尽管如此，比起当时能经常亲耳听到的正宗音乐，终究还是有着天壤之别。我感觉，通过听唱片来研究曲子的构思、旋律，然后再记忆下来，为下次听现场做好准备还是很方便的，但是要把它作为纯粹艺术享受还是万万不行的。

至此，我与留声机的交流戛然而止。就这样十年过去了。

某年十月，妻子过世。接踵而来的寒冬令这个冷清的家更显孤寂。我忙着照顾家里众多的孩子，在匆忙和孤独中迎来了正月。虽未举办新年仪式，但随着春天的来临，我紧绷的内心也稍稍松散了一些。过了初三的某日，我去拜访一位亲戚，他家的客厅里正摆着一台留声机。听说是从某处借来，顺便正月里用来招待客人，还说正等着我过来放给我听。那天我在他家听的是童话歌剧《桃太郎》。

那台机器很小巧，没有喇叭。声音小，不显得喧嚣，但在音色的再现方面还不太完美，里面混杂着很多类似摩擦东西时的杂音，听起来有点刺耳。尽管如此，不可思议的是当时我的心还是被那部童话歌剧深深吸引住了。歌词无法完全听清，但我顾不得歌词的好坏、歌手的巧拙，自顾自地在内心描绘出了一幅美好的“儿童世界”的幻境。听着听着，我不禁默默流下了眼泪。我感觉长期以来冻结在眼睛深处的固体终于融化了。

在亲戚家听唱片时，我突然也想给自己家买台留声机。一个寒冷的雨天，我来到银座买回了机器和《桃太郎》的唱片。孩子们欢喜异常，迫不及待，几次三番跑出门外查看。

那天晚上，我家前所未有的热闹。我感觉压在孩子们心头的阴影最起码在那个晚上肯定是消失不见的。我看着孩子们疲惫满足的睡颜，听着敲打木板套窗的雨声，不知不觉中流下了无法言说的泪水。

开始的一段时间，孩子们每天都吵着要听留声机。他们不久就将歌词和旋律记得滚瓜烂熟，早上一睁开眼还在床上就开始唱了起来，整个家中歌声四起。

我也买来了小学生之间流行的歌曲唱片，但每次一听就会感觉极不舒服。我想，要是这些歌曲也能由专业的声乐家来演唱那肯定很有意思，然而这种普通唱片里唱腔怪异、故作老成的孩子们的歌声确实难以恭维。依这种情况，大部分日本音乐和流行歌曲肯定是不适合经常放给孩子们听的，而落语⑥之类的光听隔壁放出来的就深感头疼。就这样，在我家的唱片盒里，胜利公司出品的占了大多数。

奇怪的是，孩子们一开始都很喜欢《牛若丸》《龟兔赛跑》等，但渐渐地还是更爱听那些著名歌曲的优质唱片。他们开始自己提出各种各样的要求，一会儿要放《铁砧大合唱》，一会儿又要听卡鲁索的《圣母颂》。

我将普通的国产唱片和胜利公司的对比后，发现一个显著的区别就是盘表面纹理的粗密程度。这种差异在刻有音波的部位尤为明显。将盘面适当倾斜对光看时，会发现一张总感觉粗糙不平，而另一张就像抹了油一般带着柔和的光泽。这固然与刻度的深浅有关，但唱片发出的杂音大小，无疑与其表面的光泽度有着密切的关系。而这个光泽度与材料本身的性质以及表面的做工都有关系，我想只要稍稍用心研究一下，起码可以做出不比外国货差的产品。然而事实上我们却没有做到，到底出于何种理由，外行人也无法理解。但据我所知，受聘于留声机唱片制作工厂、专心从事唱片改良研究的理科人才一个都没有。当然这种情况并不仅限于留声机，那些必须由专业的理科学者才能制造出来的机械类产品，事实上却由普通人造了出来，这种仿佛奇迹般的事情随处可见。

不管怎样，现在的留声机还不能算完美。对所有人来说，最碍事的就是那像用竹刷子在摩擦什么，又像是锅子沸腾一般的杂音。为了消除这个杂音，有人尝试将振动膜发出的声音从长 20 余尺或者 40 余尺的弯弯曲曲的管中通过后再放出来。由于杂音的声波较短，这样一来确实消除了很多杂音，但同时声音会变弱，最重要的音色也难免发生一些变化。还有人使用了驴耳朵形状的喇叭，但成效如何我也不清楚。不管怎样，通过对传音管、唱盘、唱针、振动膜等所有地方的改良研究，我想这杂音问题也不至于无法解决。估计早晚这种改良会在国外的某处得以完成。

留声机的另一个缺点便是唱片的容量有限，一些长曲子会在中途断开。听说为了解决这个问题，我国有学者发明了一种装置，将两台机器连起来，在一个机器上的唱片结束时，可以马上切换到另一个机器上。但是一般人好像也没有觉得这个中断有多痛苦，所以现在市场上还没有出现这种装置。

现在还出现了这样一种装置，将音波引起的电流变化通过电磁石记录成铁丝磁性的变化，从而随时再现声音。现在我国应该也引进了一两台这样的机器。理论上，这种机器应该可以记录任意时长的声音，但要论轻便性，它是无论如何也比不上不需要电气装置，只用弹簧和齿轮便能启动的 gramophone 的。

我家的国产留声机用了大概两年，齿轮发生故障，无法播放了。拿去附近的钟表店，总修不好。给卖家打电话交涉，对方回复不能来家里取货，要自己拿去店里修。想想当时买的时候，下着雨店员还陪着一起送货到家，这态度的落差确实令人有点难以接受，但也没办法。想着那么远的路程要自己搬过去，实在提不起劲来，就一直堆在储藏室里了。孩子们最后好像也都放弃了，渐渐谁都不提了。

某日，我去拜访 K 君，他家正好买了一台胜利牌留声机的高端产品，我在那里听了各种优质唱片。我感觉即便相同的唱片，好机器听起来完全不同。我意识到，一直以来用家里那台粗劣的机器播放，简直是对唱片的虐待。我家那台机器用的铁唱针，听起来特别刺耳，令人不快。像短笛这种高音管乐器的声音，如果是好的机器再换上竹唱针，声音会柔和很多。而低音弦乐器的声音，用好机器播放也能表现正常得多的音色。

到了年末，手头正好有余钱，我就买了一台胜利牌中最便宜的留声机，唱针也换成了三角形的竹针。我从相同的唱片中听到了至今从未体会到的各种细微的音色差异，这令我感到很不可思议。就像八百倍的玩具显微镜里看到的东西，重新用蔡司的显微镜看时的感觉。我想要从精妙的好东西中获取它的优点，还是需要相应的精妙装置。我感觉自己之前就是在让一个头脑聪明有能力的人做牛马的工作，想想真是太抱歉了。

铁针与竹针的音色差异，恐怕也与针自身的固有振动有关，其次就是接触点的弹性。我想如果对这些方面进行彻底研究，肯定能为今后的改良带来有益的提示。

不管怎样，只能说现在的留声机还不完善。就像用三色打印机来复印画作还有不足一样，留声机也还不足以完美再现名曲。正因为如此，留声机被清高的音乐家轻视或厌恶，也是没有办法的。我尊重音乐家的这种洁癖，但同时也不会责备一般音乐爱好者通过留声机来享受音乐。

用留声机听好音乐和用三色打印机打印和欣赏名画，仔细想想这两件事看似相同却又稍有差异。在我看来，三色照片不仅对色彩不忠实，也完全无法再现画面的微妙光泽和结构。而好的留声机一定程度上能够再现音色或者强弱的细微差别，对最为重要的时间因素也能严密地再现出来。在这一点上，可以说留声机要比三色打印机先进。然而现在的留声机有着无法避免的缺憾，那就是杂音的混入，就像三色照片上散布着污渍一般。但是，人类的耳朵有着不可思议的特长，那就是眼睛所不具有的选择功能。也就是说，耳朵可以从繁杂的声音中抽出自己想要听的部分。音乐家演奏时，周围的风雨声、有时连自己敲击键盘时发出的不完整的嘎吱声，只要自己心不向往，哪怕耳朵听到了也不会反馈到大脑。正是多亏了这令人惊叹的听觉能力，我们才能在喧闹的环境中交谈，也可以从管弦乐中区分出任何乐器的声音，比如大提琴或单簧管。

与此相反，眼睛却不能从白色中提取红色或绿色，也不可能对画面上的污点视而不见。

虽然有这种本质上的区别，但留声机过于明显的杂音还是会让人感到刺耳。但是，如果熟习一首曲子，记住它的和音和旋律，然后专心听唱片，不管是追随还是先导，都可以很大程度地进行声音的选择，从而忽视掉杂音。这种能力，经过练习谁都可以自然掌握。以前还有学者尝试过在墙上挂反射镜，留声机的声音经过反射后，听起来就仿佛来自隔壁，我想这样应该能够进一步减少对杂音的注意。

音乐家对留声机的另一个不满就是，即使音色再现得很好，但与真实的乐器相比，难免有几分差异。虽然各个音的相对关系能够较好体现，但整体笼罩着的沙哑感和朦胧感还是很令人在意。然而，这就好比同一幅画，不管在稍稍昏暗的房间，还是在有点颜色的光下面，看起来都非常相似。对于没有在正常光线下确认过它的人来说，根本无法辨认其差异。否则，阴天和晴天看到的塞尚就会不一样了。同理，八个榻榻米大的日式房间里听到的小提琴和宽阔的演奏大厅里听的同一个人拉的同一把小提琴也该不同了。

对于想从不完美的留声机中听出真正音乐的人来说，另一个帮手就是人类心理特征中的补充作用。就像人在校对自己的文章时，对于明显的打印错误会轻易忽视掉一样，这类错误可以使不完美的唱片听起来很完美。

毕竟，讨厌留声机，还是觉得它很有趣，很大程度上取决于听者的心态。在没有绝对真善美的现代社会里，以上看法适用于所有事物的价值判断，可以说是一种普遍法则。因此，我对厌恶留声机的音乐家们的纯粹主义表示尊敬，同时也决不会鄙视爱好留声机的普通人。

随着留声机的不断完善，肯定会产生各种各样新的使用方法。这其中除了原本就在进行的音乐或演讲的保存、移动，外语发音的教授以外，比如学校的一部分课程能不能全部由留声机来解决，这便是一个新的问题。

学校的课程有很多种类，其中有的仅需要老师背着手，每年陈述一样的内容即可。像这类课程是不是就可以由留声机代劳呢？即便有些课需要在黑板上写字、画图进行说明，如果有朝一日留声机和电影能够结合，就用它们来上课，老师是不是就可以在家里睡觉或者只在研究室埋头研究呢？这听起来似乎很好，但我又总觉得哪里不对劲。我想我们在考虑这种假设性问题时，好像触及了教育的根本意义。

我认为能够通过留声机和电影器械代替的课不具有真正意义上的教育价值。如果课堂只需要毫无漏洞地教授系统正确的知识就行的话，那也不需要器械的帮助，只要将老师的教案或笔记复印之后发给学生，让学生自学就行了。又或者甲老师的课由乙老师对着教案念一遍也足够了。

但是，大多数人在回忆自己的学生时代时肯定会意识到，浮现在脑海中的真正宝贵的教诲，肯定不是记在书上或笔记本上的文字和图形，那种细致微妙的感觉终究是留声机等器械完全无法再现的。

这恐怕谁都知道，但当人们将教育当作一门系统科学，并对其进行机械式研究时，便会轻易忘记这个道理。而一旦忘记，所有的教育便可全部由留声机和电影来代替，同时教育也会变成某种商品券，上面印着应付一时的知识。而贯穿学生一辈子、引导灵魂的那种可贵的影响也荡然无存。

三尺讲台，十年如一日，总会听到有人对教师的诟病。但是我觉得仅靠眼前的一点事实是不足以谈论教师的价值的。比如有时虽然授课内容没有多大变化，但教师在课堂上展现出的人格魅力年年提升，这种魅力感染到学生，不断燃起他们对学习的兴趣和热情。相反，有些教师每年的课程内容都会增加新的研究、新的学说，但其自身也许正在逐渐倒退。以上两种课堂哪个更适合使用留声机代替，要从一般概念上判断，恐怕是很困难的。

如果有一天留声机得以完善，我想值得期待的一样好处便是各种“自然之音”的再现。比如山村天微亮时伴着鸡鸣犬吠的溪流声，又或者水边暮色中穿杂在波涛声里的阵阵船歌。如果这些声音能够被忠实地记录下来，那么身陷红尘、忙于杂事的人们便能有片刻时间让心灵畅游在纯净无垢的自然中；而长年以来呻吟于病床的不幸之人也能够在神经不受刺激的情况下慰藉无聊，得到良好的精神治疗。我想这类唱片才是各种唱片中最有益无害，且内容最深刻的。如果有一天真的出现了这样的唱片，我想将它推荐给各个阶层的人们。为政者在考虑治国方略时、社会经济学家在组立学说时、教育者在制作教案时，都应该不忘抽出时间来听听这种唱片。所有的脑力和体力劳动者都应该在劳动之余亲近这些“自然之音”。即便是这种细微的事情，它们却可能拥有出乎意料的效果，至少应该可以让现在的世界变得稍稍和平一些。

不仅是留声机，各种文明利器的发明都是以人类的便利为目的。然而，便利与幸福不一定同义。我期盼着将来某一天文明利器的发明和改良能够以人类的精神幸福为第一目的，而不是仅仅为了方便，我也坚信这一天能够到来。而留声机作为这第一步应该刚好合适。

如果我的空想终究没有实现的可能，那我会感到失望。同时意味着人类永远抛弃了对幸福的期待，不断走着一条不归之路。

（一九二二年四月，《东京朝日新闻》）

注释：

①萨姆纳·天特：Sumner Tainter。美国发明家。

②玻里纳：Emile Berliner（1851—1929）。美国发明家，出生于德国。

③卡鲁索：Enrico Caruso（1873—1921）。意大利男高音歌唱家。

④泰特拉齐妮：Luisa Tetrazzini（1871—1940）。意大利花腔女高音歌唱家。

⑤赫尔曼：Ludimar Hermann（1838—1914）。当时（大约 1890 年）德国哥尼斯堡的教授。

⑥落语：日本大众曲艺之一，类似单口相声。

追忆阿亮

不久便是阿亮的一周年忌了。我一直想着为他写篇追记，于是趁此机会开始动笔。

阿亮是我长姐四个儿子中的老二。老大在九年前病死，四子在更早之前，还在上初中时便夭折了。去年阿亮又死了，只剩下老三阿顺。阿顺入赘，早就离开了家。所以现在家里只有年过六旬的老母亲、老大留下的四个孩子和阿亮的遗孀。尽是些可怜人。

阿亮家的祖先在德川时代以前跟随长宗我部氏，后侍奉山内氏，也就是所谓的乡士①。阿亮的曾祖父是剑道师傅，那时候家道昌盛，我听阿亮的祖母说光竹刀②就有好几箱子。

阿亮的父亲，也就是我姐姐的丈夫，同时也是我和姐姐的表兄。姐夫少年时代曾作为藩兵远赴东京，后来师从川村雨谷学习南画，号春田。我印象中，每次见到春田，他不是在画画就是在练字。他有一个习惯，画画写字时喜欢将牙签竖在嘴里咬。当时所谓的文人墨客们经常聚在他家，喝着酒进行集体创作。同时，春田还是自由党员，与地方政客也有往来。后来还出任县农会的会长、副会长，但我对从政的春田居士几乎没有什么印象。

姐夫在绷好框的画绢上画山水和花鸟，孩提时代的我经常在旁边看着。即便看很久，我们也基本没有对话。他兴致勃勃地动动笔、咬咬牙签，再停下来端详一阵，我在旁边默默看着，心情莫名地舒畅。我感觉周围缓缓流淌着悠闲的春日时光。

不仅和我，春田对家里任何人几乎都很少开口。只是，春田每晚都会喝上几合[③]，一旦酒劲上来，他便话多起来，与平时判若两人。他会对着他的四个孩子或者我讲起各种老话。他说他年轻时在东京学过说书，于是模仿那个说书先生的口吻，惹得大家哄堂大笑。还有当藩兵时住在日比谷的藩公馆集体宿舍时的事情，虽然听过很多遍，但每次都会有新的乐趣和笑点。孩子们会从这些老生常谈中选出想听的让春田讲，然后捧腹大笑。每到夏天，春田便会将长凳搬到屋后的稻田里，一边喝酒一边与孩子们嬉笑，直到深夜。有时他就这样醉倒在田里，孩子们就一起将他抬回卧室。也有时他心情不好，孩子们便都不靠近他。

春田在十二年前，五十多岁时因为喉癌走了。我眼中的姐夫看透世态人情，头脑聪明通透，世间少有，同时又有一种远离俗世的飘逸之风。

乡里的亲戚熟人现在去他家，还能看到春田画的四君子和山水画的拉门和屏风。每当看到这些，我的脑海中便浮现出咬着牙签对着画绢的春田居士。这个幻象里总是洒着悠闲的春光。

阿亮出生时的情形我至今记得，想来宛如梦境一般。当时阿亮家染上风寒，他的哥哥、祖母以及叔父相继倒下。他母亲便来到自己娘家，也就是我家生产。姐姐当时的枕头旁有扇褪色的拉门，上面画着岩石和竹子的水墨画，只有这个场景至今仍然清晰地留在我的脑海里。

关于少年时代的阿亮，我能想起来的极少。我记得他喜欢将舌尖放在里面的牙齿上咀嚼，发出一种声音。不知道这跟他父亲咬牙签有没有某种联系。我还记得他拿一个小竹棍对着木瓜树猛敲，嘴里重复喊叫着什么。那略带仙骨的表情至今历历在目，但这也许是我的错觉。还有这样一则轶闻，他说要惩治野猫，便拿起一把长矛或再配上一个挂在横木板条④上类似袖钩子⑤的东西，意气风发地冲了出去，但一听到猫叫，便将武器随手一扔，匆匆跑回家中。

跟其他三个兄弟相比，我觉得阿亮身上那种远离世俗的飘逸之感最贴近其父春田居士。

当时幻灯片放映机还很稀奇，阿亮就将画在玻璃板上的画投影到纸片做成的小屏幕上，然后喊来小伙伴们一起开幻灯大会。虽然听起来很无聊，但从中也可以感受到他的原创精神。

我记得他右眉梢上方有一颗鲜红的血痣，如果伤到那里便会血流不止。不知为何，这个回忆令我无比怀念过往。

脑海中关于阿亮的印象明显鲜明起来，是自我从家乡的初中毕业进入高中后，每年暑假回乡时开始的。

阿亮当时是一个偏僻农村的初中生，将来也想上高中上大学。对他来说，暑假返乡的前辈的言行有着巨大的影响力。也许有这方面的原因，我暑期返乡期间，他几乎每天来我家。我们谈了哪些话题，我已记不清楚，但基本就是人生、命运，或者文学、艺术之类的吧。当时朝气蓬勃、充满希望，眼中只有理想的舅舅和感受丰富、正准备将视线投入家庭以外的世界的外甥之间，肯定展现了如梦幻一般美好的空想世界。

总之，我与阿亮还算比较投缘。在南国的烈日下，我们经常提着写生本一同外出画水彩画。我们一起练习骑自行车，稍微熟练了便一同骑着去市外，结果回来时阿亮摔下来折断了一颗门牙。

阿亮那个时候的写生本至今还保存着，我借过来看时，发现每一页都充满着回忆。第一页题有“十七字集”四个字，下面用紫色铅笔和普通铅笔写着一些幼稚却寄托着美好梦想的俳句，最后的空白部分画着当时流行的不折[⑥]风的插画，还盖上了自己刻的船型印章——上面印有竖琴和星星。

本子里面有对自家的门、院子里芭蕉的精密写生，也有屋后稻田的印象风景画。还有一些涂鸦，如“去工石山走哪边呢”“神社”“阿茨玛大衣”“小女山道”“午饭”“追牛翁”“橘子”“溪边小憩听水流，鹡鸰啼鸣日将暮”之类，看起来像远足途中随手写的。

有时我会给阿亮的画题字（俳句），也会自以为是地给阿亮作的俳句写评语。我当时正在熊本的高中向夏目漱石老师学习俳句，所以回老家后便让外甥写了自己当老师来点评。总之，看这个本子就可以知道那个时候我和阿亮的生活是交织混合在一起的。

看着后院、厨房的写生，我不禁想起当时 B 家的各种情形。然而，短短二十年间接连五位亲人过世，他们的音容笑貌仿佛就在眼前。

我考上大学那年，阿亮正好进入熊本的高中。这个写生本的后半部分就是画的当时的宿舍、日奈久温泉、三角港、小天汤等风景。从其中一幅素描画中，可以看出他在日奈久的温泉旅馆里读了川上眉山的《鹏鹏之巢》。浴池里画有女人的裸体。还有一副穿着印有家徽的短外褂、缠着头巾对着书桌的画，上面写着“啊啊，烦死了，考不上算了，我想玩我想玩”。

阿亮有个名叫 M 的好朋友，M 可以说是阿亮唯一相交甚久、心灵相许的挚友，从这个写生本的画中也可以看出他们交往的痕迹。

阿亮和M初中是同级，M先考上了高中，阿亮晚了一年。当时阿亮赠给M的诗句中有一句这样写道："露珠爬和落，分别在秋季。"

我上高中时经常吃一种叫"凯旋馒头"的点心，据说阿亮有一次吃了五十个，后来不得不吃胃药。

阿亮大学进的农学部，学习农艺化学，后来患上了严重的神经衰弱，不得不休学。那之后他绝口不提上大学的事，我留学回来时极力相劝，他因此勉强去了学校，但还是经常缺课。

那时候我已不是青年，从空想踏入现实，为功名所累，拼命努力，整日操劳，因此对阿亮不想上学的心境无法产生共鸣。在当时的我看来，将不断缩进自己内心世界的阿亮拉出来，让他重新正视外面的世界就是我的职责。因此，一有机会，我便会抓住阿亮对他进行苦口婆心地说教。

阿亮当时的日记中，有这样一段描述：

明治四十四年十一月二十八日——昨日将住处从青山搬到了本乡。早上，从壁柜中拿出被子、行李打包时，我还在想即便搬家了我又能怎样呢？舅舅和弟弟认为我换了住处，心情也会改变，也许就想去上学了。但我连跨入学校一步的勇气也没有，真的很烦。看着散落一地的行李，我还是燃起了想回老家的强烈念头。现在的房租大约要十日元。所以，我不断地想着要不今天就下决心回去。但是，我现在回去也不是回自己家 ，我必须回哥哥嫂嫂的家，所以还是一样痛苦。我对自己毫无办法。我审视自己的内心，发现自己现在唯一的愿望就是在农村过贫穷却安静的生活。然而我现在一直这样的话，估计这个愿望终究没有实现的一天了。这个愿望，是我现在无法彻底抛弃自己的原因。我希望这个愿望也灰飞烟灭。要是前途最后一缕光也消失了……就在我愣在那里陷入沉思时，弟弟来了。然后我就这样顺利搬家了。

晚上，和弟弟一起去了舅舅家。舅舅那“这家伙已经不行了，但我必须对他尽责”的态度，以及对弱者的轻侮之笑，令我感受到了活着的屈辱。

我看到这里时，感觉到自己当时不知不觉隐藏在身体某处的弱点被一下看穿，不禁冷汗涔涔。

之后，阿亮还写了这样的话：

不断让自己进步的活力，才是享受人生的要素。

阿亮为何患上如此严重的神经衰弱症，我不得而知。我想一个重要的原因肯定是他的胃病。他当时胃很不好，经常疼痛，这样的描述在他的日记中随处可见。听说他有一次还曾胃溃疡出血。事实上，在此之前，他就因为胃弱而骨瘦如柴，被人认为得了肺病。

还有一本题为《何去何从》的日记，写于明治四十二年十一月，也就是上文的两年前。这本日记的第一页就提到了胃痛。还写了学校发生的不愉快、对他人的牢骚、对自己的不满等。日记的内容基本上就是感情的宣泄和胃痛交替出现。

但是，除去消化系统的病痛，困扰阿亮的原因还有很多。首先，父亲春田得了不治之症。当时我在海外留学，几乎什么都不知道。但从日记中多少可以窥探出阿亮为此的烦闷之意。四十二年十一月七日的日记中写道：

……最近只要家里来信，我就会担心是不是父亲病情恶化了，心里感觉一阵恐慌……对于父亲的病，我的心情也就止于“感觉一阵恐慌”。我总是努力让自己不去想，并且自己也能做到。至今我没给父亲写过一封询问病情的信，我真是个不孝子……

我和弟弟在路上散步时，我向他倾吐了自己感情中的丑陋部分，这种事情我平时肯定不会做。我跟弟弟说我只考虑到自己，只觉得自己可怜。就这样在弟弟面前践踏自己时，我感觉到了些许心安。然而，我也期望有人对我的绝望寄予同情，我是一个弱者……我对左右我生命的大事感到十分恐惧，努力想要忘却。我每天被各种琐事折磨得痛苦不堪。

弟弟告诉我，高中的校医、体操老师都对他说过：“我原本以为你哥哥高中都毕不了业，但他竟然上大学了，真是没想到啊。”我听到这话，不禁有些安心，有一种自己的责任稍稍变轻了的感觉。

当然，还有第二、第三种原因，在此省略不述。

阿亮总说自己笨。但在我看来，他拥有常人少有的聪明、通透的头脑。即使是相当复杂的科学现象和理论，他也能轻易地抓住要点。世上发生的一些事情，他也可以无视表面现象，立刻着眼于藏在里面的本质。他还能够透过他人的行为直接看穿其内心想法。这种性质在孩提时代就已存在，后来由于生病变得越发显著，成了一种病态的敏感。因此，别说是外人，就连至亲或者自己心底里的一点点黑影，他也无法忽视。这种对不美好东西的极端洁癖，妨碍了他对别人、对自己进行真挚、纯粹的情感流露。而这种对感情的自我约束是对他最大的折磨。如果他没有这种比别人美好、温柔几倍的感情，那也许就不会这么烦恼痛苦了。他的罪过在于头脑太聪明，如果阿亮稍稍笨一点，那该多么轻松啊。

带着这种不安和烦闷，阿亮去学校时继续做着发酵化学的实验和细菌培养等。晚上经常与弟弟二人去看曲艺、戏剧表演，想以此来释放自己内心无法安放的落寞。虽然胃痛，却经常吃荞麦面、年糕豆沙汤之类的，然后不断加深对自己的不满。

今天，准备和弟弟一起去歌舞伎座⑦——对于父亲病情的“无爱之恐惧”、对于金钱的不安、母亲的辛劳、由于不孝失去的亲子之情、对于学业的不忠，心里一团糟，这部名剧《忠臣藏》⑧怎么可能有趣。然而像剧场这种喧闹的地方却是最合适“忘却”的。

第二天的日记里写道：

昨天看完戏回来的路上，吃多了荞麦面和年糕豆沙汤，今天胃感觉不舒服。所以决定不去上学。弟弟也没去。我们在家画了一天画。晚上，雨下个不停，我们还是去了末广亭，宽大昏暗的戏棚子里只有两三个客人，讲的人和听的人都很寂寞。回去的路上又在荞麦面店喝了酒。

心灵的寂寞令其挥霍身体，却更添寂寞。

四十三年一月下旬，父亲春田居士离世。那年三月开始，阿亮彻底不去学校，毫无目的地去了总州一带旅行。然而神经衰弱越来越严重，终于在四月份回到了家乡。前文也提到过，四十四年他又再次被强行拽着来到东京，在我家附近租了房子上学，第二年竟勉强毕业了。

……到今年，我已经有三次休学经历，这次终于以最后一名毕业了。不管怎样，能够毕业还是很高兴的。我还出席了在神田的西餐厅举办的谢师宴。但期间一直默默地缩在角落里。

上面这件事写在了题为《何去何从》的日记本的最后一页。这本日记到此结束。总之，毕业对阿亮来说是一大转机。

阿亮一直认为自己是这个世界上最劣等的人，但在教过他的教授们眼中并不完全如此。有位老师还特别提出他头脑很聪明。因此，虽然他的毕业成绩是最后一名，但还是在老师的推荐下去了T县F町的某农校任教。在那里，他终于和数年前结婚后留在家乡的妻子开始有了属于自己的家庭。

阿亮去T县之后的生活我知道的不多。但就我看来，他在那里的生活大体上是幸福的。

阿亮完全不习惯人际交往，对一切实务没有经验也没有兴趣，不难想象他在刚刚赴任时，肯定出现了很多为难之事。我想他一定经历了各种挫败，也尝到了各种苦楚。在开学典礼那天的日记中，有这样一句话，“担心自己头脑问题多，结果更容易出错”，从中可以窥见当时的情况。但是，阿亮也没出什么特别大的乱子，后来还当了教导主任、宿舍管理员等，可见他还是具备适应这些职位的能力。据说老家那些看着阿亮长大、从小靠长相来判断他的老人们，知道他当了教导主任都感到很不可思议。

不记得什么时候的事情了，有一次阿亮从T县给我寄来的信里，写了以下内容：

至今为止，我从来没有直接碰撞过什么，每次都是远远隔着玻璃门观望，然后幻想出各种情况并担心不已。而现在我即使不愿意也必须直面一些事情。这样一来便没了空想的时间，反而鼓起了勇气。

还有这样的内容：

心里想着一定要把某事做好，是最令人头疼的。

总之，毕业工作后阿亮的神经衰弱看似好了一大半。但T县的冬天气候湿冷，我还担心他病弱的身体能否扛得住，好在一段时间内都平安无事。

在赴任地，阿亮渐渐交到了志趣相投的朋友，与这些人一起举办了外国文学轮讲会，还作了各种各样的画。听说他有一次还把自己精心收集的雕刻版画拿出来办了展览。总之，那里的环境较好地满足了他的兴趣爱好。在安静的农村当一名不起眼的教员，读读托尔斯泰、陀思妥耶夫斯基、罗曼·罗兰等，研究一下塞尚、亲鸾，教授学生化学知识的同时也教图画课，有时还会给熟人画幅肖像。我想这样的生活大概离阿亮心里一直向往的理想已经相当近了。前文提过的《何去何从》里面也有这样的内容：

忙于单纯的工作，无暇顾及其他，下班后悠闲地泡个澡，看看书，或者边喝红茶边欣赏自己喜欢的画，我想过这样的生活。

我想他的这个愿望一定程度上已经得以实现。

阿亮喜欢塞尚，在那段时间的日记里写有这样的内容：

我希望自己的画能达到塞尚的境界，但我却从未考虑过它的含义，即需要付出的努力。我将一切托付于神灵，安心地展现真实的自我，直视命运，在痛苦悲伤中前进。

还有这样的内容：

托尔斯泰想决定人生的发展趋势。但这是不自然的，也难以实现。那样会产生虚荣心。

学校的工作，也不是不辛劳。每天处理学校发生的大小事情，对于他的健康有时会产生过重的负担。对于学校的事情，他会采取什么样的态度进行怎样的处理，我毫不知情，但从日记的片段来看，最后他总是在后悔自己付出的诚意、热情和爱不够。

尽管如此，他对学生还是相当严格的。据说当宿管的时候，也比较严厉。他穿着拖鞋巡视，学生听到这个声音便心惊胆战，于是给他取了一个外号叫“拖鞋”。阿亮自己说过学生还叫他“海马”。这应该是出于他的相貌以及瘦长、弓背的身姿吧。事实上被这么一说，还真挺像的。我从他的风貌中总能感觉他心底里的温柔和美好。从学生取的绰号中，我怎么也读不出单纯的憎恶与反感。

跟朋友一起喝酒时，阿亮总是很精神，对着众人高谈阔论，与平时判若两人。听说他还在酒席上扯着嗓子唱过以前乡下武士唱的俗谣。我想这已经偏离阿亮的本性了。但是，若是他再稍稍健康些、体力再好些，这些方面应该会显露得更多一些。

他孱弱的身体最终患上了不治的肺病。他找东京的医生看病时，在我这里住了几天，后来就去任职地附近的海岸疗养了一阵子，但病情老不见好，便停了学校的职务，回家乡的海边生活了两年多。天气好的时候，阿亮会外出进行油画写生。有时也想过真正用心画一画，但遗憾的是由于怕麻烦最后还是随便糊弄一下。这些从阿亮的来信中可以得知一二。阿亮那时候的写生本上有其妻给他画的睡颜，非常相似，但那憔悴不堪的样子实在令人心疼。去年春天开始他的病情恶化，五月住进某医院后，不久便走了。听说阿亮临终时很平静，他向看护者道谢，与大家告别，留下遗言说他死后让妻子自由，之后便安静地离开了。

阿亮的弟弟得到消息后便回去了，我听他讲了当时的详细情况后，竟然感到了心安。我基本上已经预期到阿亮不会长久，当听到他的最后那么安详、美好时，不禁脱口说出了“那太好了”这样违背常理的话。随后，一种仿佛能渗出水般的寂寞慢慢袭上我的心头。

就像本该凋零却勉强支撑的一片泡桐树叶，在一个宁静、无风的傍晚独自离开了枝头。我感觉自己灵魂缺失了一块，永远也找不回来了。

收到阿亮的讣告，F町的友人们在纪念故人方面倾注了不寻常的努力。学校当局在阿亮生前给予特别照顾，让他能够安心休养，死后也给了他极大的荣誉。平时关系很好的朋友们为阿亮举办了追悼会和遗作展览会，还有由于各种不得已的情况亲戚们没有一个人能去阿亮工作的学校整理遗物，这些朋友都帮忙处理得很好。并且从这些事情中都可以感受到非同一般的浓厚的关怀和心意。

其他的知心朋友中，有人寄来了充满深情的悼词，追怀两人自初中时代开始的交往历程；还有人向遗族赠送了阿亮生前一直想读却最终错过的仓田氏的著作，卷头题了情感真挚的追悼文。

我本想在此一一列举这些人的姓名来表示感谢。但是我想到故人的某些天性，还是觉得不这样做反而更好。

然而，遗族对这些人的感激和谢意，只要对于故人的记忆还在就不会消失。

就连阿亮苦命的老母亲也说："虽然阿亮夭折了，但能够得到这么多人的深情厚谊，他也绝不算不幸之人。"我也深以为然。

我想阿亮能得到这么多人的关爱，肯定还是他身上具备相应的某样东西。这个某样东西只要还存在于世上，死便不是那么令人伤感的事情。

阿亮没有留下一儿半女。他也有段时间很想要孩子。我不知道当他得知自己将不久于人世时是什么心情，但我总感觉他也许并未因此而失落。

阿亮的确是一个软弱的男人。但作为一个不断与自己的软弱抗争的人，他绝对不弱。他那波澜不惊的外表下涌起的漩涡是多么的猛烈，从我现在手头的各种手记便可得知。在这个意义上，比起天生坚强的人，阿亮也许要强上数倍。

像阿亮这样生来便拥有如此柔软的心脏和如此通透的大脑，在现今社会也许是一种不幸。可能就仿佛将自己毫无防御的要害暴露在枪林弹雨中。不仅如此，阿亮背负着他那孱弱的身体所无法承受的"生"之希望。这种不协调的组合给他带来了各种各样的烦恼，令他的心很早就转向了宗教。他一开始信基督，后来又投入了亲鸾门下。最终他进展到了哪一步我无从得知，但可以肯定的是，他那看似短暂的一生绝非那么仓促。

（一九二二年，《明星》）

注释：

①乡士：江户时代居住在农村的武士，有时亦指名门世家或取得称姓带刀权的有实

力的农民。

②竹刀：练习剑道用的竹制的刀。

③合：日本的容积单位。1合约0.18升。

④横木板条：日式建筑中柱与柱之间的横木。

⑤袖钩子：江户时代逮捕犯人用的一种工具，长柄头上装有数个铁钩的捕具，用来钩住衣服将其拽到。

⑥不折：中村不折(1868—1943)，日本美术家兼文物收藏家。

⑦歌舞伎座：位于东京银座的歌舞伎专用剧场。

⑧忠臣藏：日本以赤穗义士事件为题材的净琉璃和歌舞伎等的剧本的总称。

一个思考实验

当今世界，人们总会自觉或者更多不自觉地感受到各种各样的不幸和不安，我认为其原因的大部分与“报纸”有着直接关系。又或者应该说报纸本无罪，为报纸提供内容的现代文化才是造成这些不幸和不安的原因。但不管怎样，如果废除所有日刊报纸，这个世界肯定会变得稍微舒服好过点吧。

我姑且可以认为，如果完全废除报纸，肯定会产生诸多不便。当然，不便的情况和程度根据每个人的地位和职业而各不相同，不管怎样不便对于这件事情应该是没有异议的。但是，要说这些不便是多么根本和本质，又是多么无法忍受，那就必须稍稍静下心来好好思考一下了。通常被认为在日常生活中必不可少的工具类，有很多即使完全废除也不会产生任何不便。比如，在西洋无论多么简易的生活都必不可少的桌子、椅子，在多数日本人看来根本就可有可无。又比如，发饰和腰带等是古代日本女子的必需品，而对外国女子来说却毫无用处。

将报纸变成如今人们生活中的必需品的也许正是报纸本身，如若果真如此，那么仅凭人们需要报纸这一事实，绝不能证明报纸的本质必要性。

众所周知，报纸的主要目的是将当天发生的事情尽可能迅速地报道出来，而因此会经常牺牲掉重要的正确性。但仅凭这一点，报纸给现代人带来的影响就非同小可。其他暂且不论，“即使推迟也要准确”，这是一切“真”的探究者最必要的心境，而报纸正逐渐从所有人身上夺去这个特质，这一点无法改变。不过，由于大多数人对“真”都有洁癖，所以也许有时那些不正确的报道刚好刺激了这个洁癖，反而使其得到进一步促进。其次，大多数人从一开始就对新闻报道的正确性有所认识，因此，对报纸所提供的知识，总是在乘以某种安全系数的基础上加以利用，所以可能不会有太大的弊端。少数的优秀报纸也确实如此。但首先必须解决的问题是，那些即便不正确也想尽早知道的消息到底为什么那么重要，又重要到何种程度。

海外的外交、政治、经济相关的报道属于一类重要的新闻报道。这类消息确实希望所有阶层的人都能感兴趣。而我们必须考虑的是，即便这些报道都属实，但真正痛彻感受到必须尽早得知这些消息的人，在我们的国民中到底有几个呢？

其次，国内的政治、经济、产业的相关报道中，大多数国民必须争分夺秒得知的消息占了多大比例呢？

用完全清醒的头脑冷静思考一下，便会发现，对于大多数“善良的国民”而言，这些报道的大部分哪怕晚一个月知道，也不会产生任何不便。

当然，国民中也有极少数蛊惑人心的政治家，又或者从事投机事业的所谓“实业家”中的一部分人，他们可能比其他人更想早知道这些消息，哪怕一天或者仅仅一小时。就算为这些人谋求便利是好事，然而对于他们，即便废除所有报纸，恐怕也不会觉得有丝毫困扰吧。因为他们肯定会想尽一切办法设置合适的情报机构来获取必要的信息。与此相反，对于大多数政党人员和对政治感兴趣的普通人，以及正经从事商业、产业的人而言，比如法国总统换人了、纽约股市跌了，又或者首相在北海道发表了演讲、议会上甲与乙如何吵架了等，这些消息晚知道两个星期甚至一个月，他们会产生多大的损失，我是相当怀疑的。

即便这些报道都准确无误，它们的必要性都值得怀疑，那如果报道本身不正确又会如何呢？

讲到这里，也许大家不太容易理解。那么虽然略显啰唆，请允许我再重复一遍。

要说对报纸最有需求人，那就是广义上的投机者，或者一种特别意义上的资本家。而褒义上的善良国民、平稳意义上的无产阶级，只要各自认真从事自己的本职工作，便根本毫无必要每天扑向这些只求速度的可疑知识，搞得自己骚动不安、紧张兮兮。

如果抛弃一切先入观、除去所有细枝末节的利害关系，从最本质角度来思考这个问题的话，应该会发现我说的未必都是无稽之谈。

其次必须考虑的便是所谓的社会专栏。该栏内容涉及诸多方面。其中包括各个季节举行的仪式活动的相关报道，或者近期相关活动的各种预告，每天通过报纸获取此类消息绝不是坏事。然而，当今报纸的社会栏目中占据最大篇幅的并不是这类消息，它们往往缩在某个角落，仅用极小的铅字表现出来。与此形成鲜明对比、采用巨大标题报道的内容中，像某知名人士死亡的相关详细报道、外国来宾的动向等都还算是好的，比这些更能反映当今报纸的特色、更吸人眼球的便是这个世界上各种丑陋的“罪恶”的详细报道。这类事件有可能因为谬误而以一种极其扭曲的形式展现出来，我实在不知道我们到底有何必要必须尽早(哪怕早一日)知道。

很明显的，这些报道满足了大众的好奇心，为人们提供了茶余饭后的谈资。然而如果将这种方便和享乐与这类报道给一般读者的心灵带来的恶劣影响放在天平的两端，孰轻孰重，稍作思考便一目了然。

聊点题外话，我觉得很少有像社会栏目的报道这么无视人类心理的东西。当然，所谓“讲谈”①之类也对事实进行了极大的扭曲或夸张，但由于扭曲彻底，反而无害了。在这种靠捏造构筑的无稽之谈中，有时还能自然触碰到某些真相。然而普通的社会报道中呈现出的杀人斗殴的措辞，一旦触及相关读者的心理，那便绝不是我们人类的心理，而是完全不同的某个“存在”的心理，并且看起来极其煞有介事、合情合理。

但这并不是记者本身不理解人的心理。我曾听精通此道的人讲过，为了顺应各种形势，社会报道自然形成了所谓的“规范”，而记者们都必须遵循这种“规范”。

如若罪恶的心理能够真正科学正确地表现出来，那么对读者而言是相当有益的，并且也许可以起到预防、减少犯罪的作用。相反，如果只是表现了犯罪外侧那层扭曲的轮廓，那只会刺激读者病态的好奇心。更有甚者，有些报道仅仅给人“犯罪享乐”的暗示，其影响就更难以想象了。

与恶行相反，在报纸上极少能够看到关于人类善行的报道。而它一旦成了新闻报道，便失去了好事的“实质”，大多数情况呈现出来的只是那令人恶心的“轮廓”。读着这类报道，你会不会一个人脸红呢?

但这种不满与我们此时讨论的问题并不相关。

现在的问题是，假设所有新闻报道都非常理想，没有以上任何缺点，在此条件下，我们每天通过报纸得知的信息有多么必要。如果答案是否定的，那我们每天慌慌忙忙地读着那些不完整不真实的报道的价值到底何在？

有人会认为，我这样说归根结底是因为太过重视新闻报道的价值了。

的确如此，也许事实上对新闻报道抱着极其无所谓态度的大有人在。然而，对于这么多本来绝对不应轻视的各类重大事件，就这么早晚随便消遣着看看，养成这样的习惯本身难道不是形成现代思想缺陷的一个重大原因吗？这种习惯不知不觉间会将我们引向无法回头的堕落深渊。

这无数的事件中任何一件都值得我们深思，然而我们就像看万花筒的图案一般让它们在眼前一闪而过，仅留下瞬间的印象。就这样，我们的视网膜不断疲惫麻痹，最终连这种瞬间的影像也无法正确捕捉了。

这种习惯一点点消磨着我们执着于某事并追查到底的能力，令我们失去了静心读书的热情和气力，哪怕是真正有益、条理清晰的书籍。

于是，我想到了不如干脆废掉所有的日刊报纸。当然当下这件事很难实现，但至少将此作为一个思考实验来考虑并不会碍着谁，而且也不是毫无意义。

我认为，对于离不开报纸的忙碌的现代人，试着抽出一点时间来进行这种思考实验是非常有意义的。而且对于大多数人，也许能够通过这种思考稍稍减少前面所讲的报纸的恶劣影响。

我想，要向别人推荐这种实验，首先必须亲自为之。虽然这个实验尚未完结，结果也只是个半成品，但我在此还是想大致介绍一下。

实验开始之前，我首先搜索了一下自己过往的经验。

具体时间记不清了，有一次由于印刷工人罢工，整个东京的报纸都暂停发售。虽然无法清楚回忆起当时的心情，但我感觉自己至少没有感到特别为难。当然，每天早上看的东西突然没有了，肯定会有一种手足无措的感觉。同时，不知为何世界突然变得悠闲起来了。当然，像我这种闲人恐怕属于例外，所以比较妥当的想法还是没了报纸大多数人会感到很麻烦。

首先最感到困扰的应该是报社自身，但是我们这里不能将其列入。接下来我又想除了前文说到的投机者们，感到困扰的是哪些人呢？

肯定有人因为连载的小说在关键时刻戛然而止而愤愤不平，也有闲人因为看不了每天早上必读的娱乐新闻而遗憾万分，就仿佛没法洗脸一般。

对于这些善良无罪的不满，我无法不予以同情。但是在进行这个试验时，可以弥补以上不足的替代品应有尽有。比如说有比所谓的报纸小说有趣又高级并且受益良多的小说，也有更加条理清晰的读物能够代替娱乐新闻。我们可以利用每天读报的碎片时间来阅读这些书籍，其累积效果肯定不容小觑。

将一本完整的书籍分成一个个小部分来读时，要做到不失去前后的联系也不一定就很困难。反而有时候比起一次性硬塞入脑中，适当分段阅读更有利于理解和记忆，这种说法也得到了实验心理学家的认同。据我所知，甚至有人仅靠每天坐电车的时间来练习俄语或者阅读康德，最终也获得了相当不错的效果。即便以上情况纯属例外，我也总觉得每天早晨看报纸和读系统的书籍相比，哪个对头脑更有益，对于这个问题从一开始便没有讨论的必要。

尽管如此，恐怕还是会有人觉得报纸每天都可以看，而一翻开普通书籍便腰酸背痛，完全提不起劲。我想这可以通过培养阅读习惯来改变，但即便有人无论如何都讨厌看书，也还是可以找到很多相应的事物来代替报纸。

比如，喜欢歌谣的人可以在每天的这个时间唱上一曲，爱好盆栽的人可以摆弄盆栽，而收藏家可以整理自己的收藏品。

现代社会日夜忙碌的人们，连上班前的一点时间都忙着去读报纸，仿佛容不得自己半刻清闲。我觉得他们完全可以利用这个时间与平时很少有机会开口的家人聊聊家常，或者走到院子里，仰望高空白云，度过无念无欲的几分钟，其效果无论在肉体上还是在精神上，都可能出乎意料地大。而我最想向大多数人推荐的便是这种做法。通过这些细节，人们可以稍稍提高工作效率，心情能够稍稍平和，心里的郁结和知识的瓶颈也许可以找到新的转机。

小说、娱乐新闻等被称为“无益文字”，但实际上对于大多数读者而言，大部分所谓重要报道也并无多大差别。大多数读者在读社会报道或政治专栏时的心情和读小说及其他“无益文字”时的心情到底在根本上有何不同，细细想来，会发现愈发难以理解。如果差异的关键在于报道内容的现实性，那社会报道与读者没有切身关联，再加上所谓的“规范”，现实性反而变得稀薄，而小说、娱乐报道总会多少触及人类本质，这样看来两者的价值差异很难简单判定。但眼下并没有必要深入讨论到这一步。

在此假设所有政治、社会专栏的报道对任何类型的读者都具有绝对的必要性。在这个前提下要想进行废除报纸的实验，必然产生的结果就是，需要一些代替日刊报纸的机构来提供相应的知识。

而要满足这个需求，最简单可行的便是周刊、旬刊乃至月刊等刊物。当然名字还称为报纸也无妨，只要可以尽量去除现行日刊报纸的缺陷和陋习，并且能够在必要程度上提供以上所假设的必要知识就行。

我最近两三年订阅了《伦敦时报》的周刊。刊物从伦敦寄出，等到达我面前至少也是一个月之后的事情了。但我并没有因为对英国、欧洲乃至世界的重要事件知道得太晚而感觉蒙受了巨大损失。不仅如此，我在读国内报纸电报栏里那些不彻底的报道时，经常会感到茫然，而读了《伦敦时报》才恍然大悟的情况也不在少数。这个恐怕不仅限于像我这样粗心大意之人，对于我们一开始便提出的那些所谓善良勤勉的大多数日本国民应该也同样适用。

如果确实如此，那么国内发生的所谓重要事件也推迟十天乃至一个月后通过更加条理清晰且准确的形式展现出来也没有多么不方便。当然肯定会有人因此感到不便，但也只是前文中反复提到的少数例外。我想这些人肯定不会因为日刊报纸消失而感到为难。就算为难，也没必要为了这些人的方便而牺牲大多数人的幸福。

我想在各类新闻报道中找出必须当天知道否则就没有意义的内容，结果出乎意料地少。

首先可以举出的便是天气预报类。现在要预测一周后的天气很困难，而且昨天的天气预报今天已经毫无意义，所以天气还是有必要每天报道。但是，天气预报的真正意义和价值很容易被误解，并且有相当多的人从一开始便对其不抱希望。这些人也许觉得天气预报没必要知道，但对于稍稍懂得其中原理、理解其适用范围的人而言，有时天气预报是非常重要和宝贵的信息。但它也不一定要通过报纸报道，此外有无数种方法，比如可以在各处的派出所或电车站张贴告示，又或者插上表示天气的信号旗。

一些不幸的广告或许也等不了一周。然而，我觉得这些不幸的通知原本就应该以书面形式只发给一些真正意义上的知心友人，而其他人在葬礼结束后辗转得知，又或者通过周刊、旬刊慢慢得知也无不妥。如果是大多数国民都很尊敬或者厌恶的人过世了，那消息会口口相传，宛如燎原之势。比如三月三日井伊大老②被杀一事，在那个没有电报和火车的年代，第五日便已经传到了高知县。而现在通过电报可以立刻传开。

同样，比如名人出门旅行，每次一经报纸报道，便会有很多人赶去送行，导致车站拥堵。

像展览会、演讲会、曲艺表演等观赏性节目，有了报纸上的预告也许会更加方便。但是这类节目通常可以提前十天便做好简介，又或者也能通过告示或传单进行有效宣传。再说，这也不是一般人每天早上醒来还在床上就必须知道的事情。看不到这些刺激感官的东西，对于埋头于工作的大多数人来说甚至是有利无害的。

我可以保证，即便这类报纸广告消失了，戏剧、电影的观众也不会减少。因为主办方与熟客之间肯定会通过各种适当、巧妙的通信机关保持联络。

其他大多数广告基本不通过日刊报纸也可以完成。比如书籍杂志的广告，恐怕没有一个国家像日本如此大量且夸张的了，并且广告的郑重其事程度与书籍的内容并不一定相符。这绝对应该停止。就我个人而言，我甚至觉得书店门口立着的大型布告牌都应该撤掉。比起这些，我更需要严肃的、值得信用的介绍机构。它可以尽量站在公平的立场上对所有出版物进行评价，成为读者忠实的引导者。这一想法虽不可能追求完美，但一定程度上可以实现。比如科学方面，《自然》卷首的介绍栏就相当方便。即便批评的见地可能有失偏颇，但只要是脱离利害关系的各领域专家的如实介绍，便能很少担心被不明就里的读者灌输那些谬以千里的冒牌货。

其他所有商品的广告也完全适用以上道理。

即便只是排版上去掉这些恶意满满的广告栏，现在的报纸应该就能变得令人神清气爽一些。我们也能够用稍稍清澈的头脑来准备早上的工作，来面对当天神圣的职务。我们可以从持续焦躁的情绪中得到解脱，从而提高工作效率。

除了广告，要是还能撤掉所谓的第三版[③]报道，那该多么心情舒畅啊。以前有一个名为《日本》的报纸，上面没有一点儿第三版报道，也没有装腔作势的标音假名。我每天早晨仅仅打开看一下便感觉神清气爽。像那种报纸在如今终究是很难维持下去的。

今年正月诺思克利夫子爵在科伦坡与《泰晤士报》的通讯员谈话时说道："东洋的报纸中，日本的最可信。但是由于所谓的'第三版'的notorious scandal，其可信度受到了损害。"此人所言是否可信我并不清楚，但可以肯定的是"第三版"具有世界范围的notoriety。

第三版报道如果纯客观并且准确的话也是有益的。比如议会或者公审的记录，如果忠于事实的话，一定会有某种参考价值，至少能成为心理学家的研究材料。因此，当日刊废除时，代替这类报道的社会新闻应该尽可能地客观且科学。像这种有用且有趣的报道，《时代周刊》还是《泰晤士报》的第一页或者各处的补白中常能看到。

如果我来负责编辑这类周刊或者旬刊的社会栏目，那我会出什么样的内容呢？我想即使要报道杀人或者通奸案件，也要少而简洁。通过尽量科学地报道事情经纬来对所有人脑海深处潜藏的罪恶胚芽予以警告。然而，比起这类意外事件，我更愿意尽全力去报道那些平日里街头或家庭里发生的，看似平凡、容易被大多数人忽视的，但又对我们现在的生活有着重大意义的事情，希望它们能够在一定程度上增加人们的精神幸福，预防不幸的发生。

比如一个小孩救下了落在小巷下水道的狗，又或者两辆自行车相撞，当事人双方互相道歉，即便这类小事，适当报道也是很有意义的。又比如公园里的开花情况，动物园中鸟兽的消息等，如果能进行某些深入观察，也可以给读者带来收获。而将那些随时可能发生的过失与危险扼制在萌芽状态同时提醒大众就更有意义了。比如，由于电车、公共建筑设备的不完善或者破损将来必然会产生伤害或疾病，而当局者长期反应迟钝，我希望报纸可以提前发现这些危害并警醒大众。比如电车不完善的救助网和不清洁的座椅，东倒西歪的石墙和快要坍塌的悬崖，滋生病菌害虫的水坑和垃圾堆，已经出现龟裂、只要发生地震必然引起断水的水道沟渠，由于损坏而不起作用的自动电话和危险的电线工程。我想报道这类事件，以唤起民众和当局的注意。

像扰乱社会风气的邪教淫祠、可疑的医疗方法和药剂、戴着科学面具的非科学无价值的发明或发现，我想在很多人受它们迷惑而深陷其中之前便探求其真实价值。对于政府和商社，组织或行政的不完备以及官吏的怠慢，我也想进行犀利的批评和恳切的忠告。

我希望这所有的探究、揭发和批评的动机都是出于纯粹的好意。我想时刻提醒自己，对于一些不完善，不是一味攻击责难当事者，而是站在当事者的角度，与一般读者一起探究去除这些不完善的方法。如果这种想法能够稍稍表现出来一点，即便现在的报纸也能稍稍令人心情愉悦一些吧。

为了实现以上理想，报社必须在各行各业、各类学术技艺，以及一般思想的各方面网罗一流人才作为记者。这也许相当困难。但我认为，报纸作为“社会的先导者”，为了完成其真正的使命，以上要求也理所当然。要想成为各方面的文化先驱，没有足够扎实的根基恐怕是不行的。

基于以上想法，我的“实验”开始转向设立一家梦幻般的大报纸。

这家报社的主脑由各级政府、学校、商社，以及各政党、宗教团体的代表人物组成。这些成员并不是单纯写写稿子、享受外样大名[④]的待遇，而是必须参与报社整体的工作，并且承担相应责任。这些记者们在各自的专业领域方面为民众提供各类重要事项的正确报道或介绍，在预防灾害方面提出适当的建议和提醒，另外找出公共事业方面的问题，并向民众征求最佳解决方案。当然，他们一方面还在从事各自的本职工作。我觉得他们抽出部分工作时间为普罗大众撰写报道毫无不妥，甚至可以认为这类事情是他们职务所附带义务的一部分。而且撰写这类报道经常会给他们完成各自本职工作带来有益的启示。

这家大报社的经营应该不适合交给少数资本家，而必须由全国人民，至少大部分人共同经营。要做到这一点，维持经营的必要费用就应该通过类似税收的方法向国民征集，而记者、编辑等应该通过合适的选举制度决定。然而这类选举制度总是伴随一些弊端，为了预防这些弊端，记者们决不能处于物质上有利的地位。我们有必要成立一个制度组织，从一开始便铲除通过记者这一身份牟取私利的可能性。如果所有的人都只考虑到社会利益，那当然没有以上必要，但众所周知，我们现在的情况还是必须小心提防。

这样的报社，与以往意义上的报社大不相同。甚至可以说它是一种有益于全体国民幸福安宁的调查研究报告机构。全国仅此一家，各地适当设置分社，通过中央互相联络。

该报社在政治、经济、教育、宗教、学艺、产业、军事等方面，提供符合现实的正确知识；以众望为基础，对各当局没有顾及的领域进行研究或辅助，努力促成国家各机构的顺利融合。设立如此特殊的庞大组织，可以说是作为一国政府理应主动考虑的事情，而不是简单地交给小衙门角落的某个科室来处理。

当然，现在的报纸当初应该也是为了实现以上目的而诞生的。然而遗憾的是未能按理想进行，因此出现了这样的问题。

我的思考实验现在只进行到这个程度。由于尚未经过充分锤炼，因此无论基础前提还是推理逻辑，恐怕还有很多缺陷。尽管如此，通过以上“实验”，我对“报纸”的思考取得了一定程度的进展，并能以与原先稍稍不同的眼光来看待它。

我正在进行实验的期间，东京都内的某有名报社开始发行旬刊了。如此看来，我的思考实验的一半好像已经实现了，但剩下的一半——也就是废止日刊，感觉实现的可能性微乎其微。

但是，随着旬刊、周刊等的发行，似乎每个人都有了进行这个实验的可能性。也就是说，如果大家只看旬刊、周刊而不碰日刊的话，目的也就达成了。

我并不想轻率地将此实验强加于人，只是想自己先尝试一番。然而，只要现在的旬刊或周刊依然与日刊一同发行，并且其编辑方法与我的想法不同的话，那么我所设想的思考实验终究无法实行。

要想将废除所有日刊这一想法立刻付诸实践，也许无异于脱离现实的痴人说梦。但是正如前文所述，将它作为一个思考实验，努力进行慎重、彻底的思考，不管对于报纸的读者还是创作者都是相当有趣且有益的事情。并且我坚信其结果不会对任何人造成任何损失。

（一九二二年五月，《中央公论》）

注释：

①讲谈：日本大众说唱艺术的一种。在日本固有的说唱艺术中指对听众讲说历史故事或虚构故事。初称讲释，明治以后称讲谈。

②井伊大老：井伊直弼(1815—1860)，江户幕府末期的大老，近江彦根藩主。1860年3月3日在樱田门外被水户浪士暗杀。

③第三版：社会新闻版。从前报纸出版时的第三版，主要刊登社会消息。

④外样大名：日本江户时代大名等级之一。多为关原之战以后臣服德川氏的大藩。被安置于偏远之地，原则上禁止参与幕政。

关于电车的拥挤

拥挤的电车上，死死抓住吊环，周围人推推搡搡，挤来挤去，时而还被踩上两脚。对于带着伤病，并因此神经衰弱的乘客，这种情况几乎就是一种难以忍受的折磨。而且这种影响不仅限于乘车期间，也会一直持续到下车后的几个小时。因此，自从近年得了一种难治的慢性病后，我便决定不坐满员电车，并且一直付诸实践。

为了能够坐上有空余的车，我采取的办法极其平凡而简单。那就是耐心等到空车到来。

电车最拥挤的时间段根据线路和方向具有一定的规律。大多数人会认为，在这个特别的时间里，无论等多久都很难有空车。但即便最拥挤的时间段，只要耐心等待，总会有一辆比较空的车过来。这听起来很不可思议，但事实上一点也不稀奇，并且具有正当理由。然而我也是最近才意识到这个理由，在此之前只是单纯地把它当作一个实验事实来认识和利用。

不管如何，在拥挤严重的时间段，每一辆到站的电车都已超过了普通意义上的满员，属于超级拥挤。即便如此，如果站在车站观察个十或十五分钟，就会发现到站电车的拥挤程度有自己的规律可循。等个六七辆车，就一定能观察到各种拥挤程度的循环。

在这个时间段，如果站在其中某个站台观察，就能发现不管何时基本上都会出现以下的周期性现象。

首先，刚来到车站会发现那里聚集着十到二十个人，大多数人不断朝着电车来的方向张望，露出心神不宁的表情。其间，等车的人不断增加。过了五到七分钟，电车终于来了。于是一大群人争先恐后地往车上挤，甚至来不及等下车的人下完，好像这就是最后一辆车，以后永远不会有车来了。然而，越是这种情况，仿佛就像规定好的，仅仅几十秒，最多不超过两分钟后，第二、第三辆车便接踵而来了。第一辆车上，人一直挤到入口处的乘车踏板，而它刚发车不久便到来的第二辆车上，仅有个别人抓着吊环，经常还有空座位。而到了第三辆，等下车的乘客走完，甚至就成了一辆空车。以上情况绝不稀奇。

当这样的空车连续开走几辆后，又会有五到十分钟的时间完全不见车来。其间，等车的人基本以一定的增长率不断聚集。当达到二三十人时，终于到来的第一辆车肯定已经比较拥挤了。下了几个人后，又必须接受二三十名新乘客。而实在挤不上去的几个不幸之人，却经常能在三十秒之后到来的第二辆车内，舒服地坐在座位上，在酷暑难当的日子里，可以毫无顾忌地伸直双腿，眯着眼享受从敞开的窗外吹进的阵阵凉风。到达目的地后，却发现就在前面停着的第一辆车依旧十分拥挤，下车的人扒开汹涌的人群，仿佛在泥田里游泳一般终于踏上了外面的地面，这种两辆车到站时间相差无几的情况也不少见。

综上，电车的拥堵情况呈现出周期性的波动，我总是避开它的“顶峰”，而追寻“低谷”。这样便能悠闲地坐在座位上，心平气和地看看杂志或书本。从“顶峰”等到“低谷”需要花费的时间，有时只要数十秒，超过一两分钟的情况极其稀少。期间，我会一一检查周边小店的商品，观察等车乘客们的表情，又或者研究蓝天上飘浮的云朵。即便因此浪费了些许时间，但上车后的几十分钟身体得到了休息，还能读上十来页平时不太会读的书籍，一权衡，怎么想都是这样更有利。再者，对我来说重要的是可以免除下车后的身心疲劳。

也许有时提前一两分钟到达目的地非常重要，但至少对我来说基本没有这种情况。即便不像我这样花时间等，能够保证下车后不会浪费这几分钟的人又有几个呢？

上文所言恐怕毋庸置疑，无人不晓。但是，东京市内电车的大多数乘客，看到间隔很长时间后开来的第一辆满员电车，还是会忍不住拼命往上挤。这种心情我基本无法理解，但是细细想来，这或许源于我们的国民性，属于其中的某项优点。比如，这也许与日本人善战有着某种关联。又或许是所谓的现代思想这一模糊概念的某种具体表现。对此，我不想进行轻率的评论。

但是，在此我想讨论的不是这种大多数人行为的是非曲直，而是一般乘客的思维模式引起的电车拥挤规律的相关科学或者数理问题。

为了让问题简单化，我们可以进行如下思考。首先规定，从某个终点间隔一定时间发车的电车都以统一速度行驶，在每个车站也都是停留固定时间。如果该规定得到彻底实施，那么电车相继通过这个线路上的任意一点的时间间隔肯定也是一定的。然而实际上，由于各种无法避免且复杂的偶然原因，这原本应该固定的时间间隔逐渐出现偏差，比如理想的数值为 T，变成了 T+ΔT。此处的 ΔT 可以是正数负数各种大小，即根据所谓的高斯误差或者类似的法则所产生。简单地说，就是有些车来得特别早，有些车来得特别晚，错杂交替。当然，平均间隔还是 T，即 ΔT 的总和为零。

关于某个车站内电车到站时刻的误差情况，如果能够知道每辆车的速度和停留时间的平均误差，应该就很容易计算出来。总之，显而易见的是离出发点越远，误差就越大。基本上可以认为与离出发点的距离的平方根成正比。

长短不一的各种时间误差 ΔT 是以怎样的顺序相继发生的，这应该也是由一种“偶然的法则”所支配。这个法则不太简单，但可以说基本上平均第三辆或者第四辆就会来得特别早或者特别晚。

以上讨论完全没有考虑乘客这一因素，接下来我想加入该因素进行思考。

每单位时间乘客聚集在某个车站的数值根据时刻与场所各自呈现一定的平均值(比如 n)，当然实际上会出现偶然的变异而在平均值的附近徘徊。由此可以认为，一辆电车收容的平均人数与前一辆电车发车后经过的时间成正比。如果甲电车比平均早出发 a 小时，而之后的乙电车晚发车 b 小时，那么乙电车必须比平均多收容 n(a+b)的人。

我们省略详细计算，仅粗略想一下便会清楚地发现，按照统计学规律，晚到站的车必须比早到站的车收容更多的乘客。

当然也必须考虑下车的乘客，但此处我们省略不谈。

那么，接下来要考虑的问题是，乘客数量会对电车在车站的停留时间产生怎样的影响。乘客越多停车时间越长。即便所有的乘客都很温和礼貌，上车需要的时间也会随着人数增加而延长。若是碰到不等别人先下车，硬要往上挤或是跟乘务员吵架的情况，那时间就会更长了。而停车时间延长会造成什么结果呢?

首先毫无疑问，这将推迟乙电车到达下一站的时间。而因为迟到，前文所说的下一站多出来的等车人数 nb 也会增加。照此循环下去，到达再下一站的时间也会推迟，这辆乙电车的拥挤程度只会越来越严重。而最简单理想的情况是，乘车人数以与停车次数相等的幂数增加。然而，实际上车的容量是有限的，不可能无限增加，但我们可以基本得出以下结论：拥挤的车会只会变得更加拥挤。

那么，在这辆被诅咒的乙电车之后到来的丙电车又是什么情况呢?假设这辆丙电车按规定时间到达第一个车站，但由于前面的乙电车迟到了 b 小时，丙电车需要收容的乘客就少了 nb。即便丙电车比规定时间迟到了时间 c 小时，比起乙没有迟到的情况还是要减少 nb 的过剩收容人数。如果丙比规定早到时间 c 小时，那它仅需要收容比预定少 n(b+c)的乘客。最终结果如何呢？很显然，乙丙两车到站的时间间隔越来越短，乙的拥挤与丙的空虚也愈加显著。

在漫长的线路上，原本以相等间隔配置的电车们在行驶的过程中，间隔逐渐产生变化。如果说迟到的与先到的电车在统计上的平均周期为三到四辆，那么首班车出发的若干时间后出现的行驶状况就会与我在文章开头描述的基本相同。也就是说，以三四台为周期，不断出现非常拥挤的情况，后面接着的两三台空座位开始多起来。之后，间隔又慢慢变长，开始重复相同的情况。

以上是将情况尽量简单抽象化后得到的理论上的结果。当然实际上还有其他很多必须考虑的因素。但是，以上讨论基于其中最重要的几个因素，我相信其结论与事实应该没有太大差距。

为了验证这个想法，我有时候会来到最近的车站，拿着怀表，测量电车的通过情况。比如，今年六月二十九日晚大约从八点开始，我在神保町车站附近对来往于巢鸭、三田间的电车进行了几十分钟的观测，结果如表 1 所示。图中的时刻是电车通过该车站以南 100 多米的某一点时读的数据。时间后面的符号表示乘客的多少，这只是我的大概估计。○表示拥挤；△表示座位满了，但大部分吊环是空的；×表示空位很多，所谓的很空的状态；◎表示极端拥挤；××表示车上只有两三人。

表1　　　　　巢鸭、三田间电车通行情况

时　分	南　行	5分钟 车辆数	北　行	5分钟 车辆数
7　55		0	时　分　秒 7　55　40 ○ 58　18 ○	2
8　0		0	8　0　0 △ 2　31 × 3　43 ○	3
5	时　分　秒 8　6　43 ◎ 8　16 ○ 8　54 △ 9　27 ×	4	7　23 ○ 9　50 △	2
10	12　35 ×	1	12　32 ×	1
15	15　43 △ 16　19 × 16　31 ×× 17　24 × 18　55 ×	5	19　34 ○	1
20	22　0 × 23　15 × 24　35 ×	3	20　52 × 21　48 ×× 23　28 ×	3
25	29　30 △	1	27　18 ○ 28　28 ×× 29　21	3
30	30　23 × 32　45 × 34　33 △	3	33　44 ×	1
35	36　36 ○ 37　31 × 38　22 ×	3	38　34 △ 39　5 ××	2
40	5分钟平均2.2		平均2.0	

由表1可知，即便每5分钟通过的车辆数有很大的变化，其平均数不管北行还是南行都基本相同，约两分半钟一辆。但实际上每辆车的时间间隔还是有很大差距的，比如南行的第一辆就很极端，隔了超过11分3秒，而后来又出现了仅仅12秒的另一个极端。虽然有些例外，但基本上可以看出，在较长间隔之后到来的车一般相对拥挤，较短间隔后到来的车便比较空。

现将各种间隔频度统计如下。

表2　　**间隔频度统计情况**

4分以上	4次
3分以上	9次
2分以上	15次
2分以下	23次
1分以下	11次
40秒以下	5次

通过以上统计可以发现，长时间的间隔整体较少，短时间的间隔较多。合计38次间隔中，4分钟以上的有4次，约占整体的一成。但是，要说乘客遇到哪种间隔的概率较高，又是另一个完全不同的问题了，此处不能混淆。要计算这个概率，必须将各次数乘以该间隔的时长后求和，再进行比较。比方说，将间隔时长按每分钟进行区分，将各区分内的间隔次数乘以该区分的平均时长后再求和。即使5分钟以上的间隔时间不计入统计，相对于2分钟以下的间隔，2分钟以上5分钟以内的积分比为23.5与46.5，即大约1比2。如果加上偶尔出现的5分钟以上的间隔，那么这个差距还会更明显。

这意味着什么呢?

某乘客完全随机来到一个车站，遇到某个特定间隔的概率为：该间隔时长乘以其次数的积与所有种类的间隔时间乘以其次数的总和之比。比如根据前例，遇到 2 分钟以下间隔的机会为 3 次里面 1 次，而 2 分钟以上 5 分钟以下的概率为 3 次里面 2 次。由于实际上还会有 5 分钟以上的情况，所以这个概率基本可以算到 3/4。(要讨论在车站等待时间的概率，还需要更加深入的思考，但此处省略不提。) 以上仅为其中一例，但就我观测的其他情况，基本上也处于相同的趋势。

也就是说，对于每次都是毫无顾虑地乘坐第一辆电车的人来说，顺利碰到空车的机会少，而坐上拥挤列车的机会明显很多。这种记忆会自然地印入人们的脑海中。基本上比起少数空车的记忆，大量拥挤的情景会在人们脑海中留下更深刻的印记。而以上比例的悬殊由于受到心理影响，恐怕会夸张几分后再留在印象里。因此，可能大多数人会不由地忘记空车的存在，以为所有的车都很拥挤。

上文最后一点也许不够确切，但以下结论终难避免，即“对于总是乘坐迎面第一辆车的人而言，比起空车，碰到拥挤列车的机会要多得多”。

照此说来，如果拥挤的车上来越来越多的人，那么这辆车到站的时间也会越来越晚于规定时间，结果导致更加拥挤。

经过反复推敲，最终得出一个奇妙的结论。即“第一，东京市内电车的大多数乘客——即便是无意识的——都是自愿选择乘坐拥挤的电车。第二，通过以上行为，他们都在主动为进一步增加满员电车的拥挤程度做出自己的努力”。

乍一看也许很矛盾，但这是根据以上理论得出的必然结果，无法反驳。如果觉得奇怪，那也不是我的讨论奇怪，而是事实本来就很奇怪。

那么，要想避免失衡的行驶状况，获得稍稍均等的车辆分配，其办法理论上讲很简单。首先，电车的乘务员或者督察员必须严格执行定员政策。但更重要的是，乘客自身需要稍稍抑制无论如何都想乘坐迎面来的第一辆车的冲动，即便牺牲了三十秒至两分钟左右的宝贵时间，但选择乘坐下一辆比较空的车无论如何都属上策。因为那失去的三十秒至两分钟也许在到达目的地之前就已经得到了补偿。

然而，对于满员电车是喜欢还是讨厌，纯属个人“爱好”。如果多数乘客对于抢先挤上满员电车抱有特别的兴趣并能从中体会到快感，那就没有办法了。而要讨论这一爱好的是非对错，那便不是数理或科学能解决的了。

以前，让路、与人共享福利被当作美德。现在如何我无法确定。在此我们暂且不提美德问题，即便仅从功利、利己的角度考虑，在乘坐电车时，碰到拥挤的车辆让人一步、等待下一辆空车的做法不仅利于自己，也为他人提供了方便，实属一举两得。至少对于对拥挤电车没有特殊“爱好”的人来讲一定如此。

最后说点题外话。仔细想来，所谓人生路上，说不定意外有很多与上文电车问题相似的问题。面对这种情况，应该还是会有两类人，一类人无论如何都想乘坐迎面而来的第一辆车，而另一类人却愿意稍稍停下脚步等待下一辆车。

这种情况往往太过复杂，想运用简单的数学原理来分析却完全无从下手。因此，电车问题能够类推到多大范围，完全难以想象。更不要说判断这两种方针或者做派的是非善恶了，那简直难上加难。

这恐怕对任何人都是难题。或许这也属于无法讨论的“爱好”问题。我在此只是想顺便提醒大家，我们的生活中肯定还有许多“电车问题”。

（一九二二年九月，《思想》）

相对论侧面观

一

普通人自不必说，即便是专业学生，甚至连理学家也经常会说“相对论很难理解”。当然世上有各种各样的人。很多人听说难以理解后反而燃起了兴趣；也有人谦逊或者听了害怕而不愿靠近；或者有人忙于工作没有时间；还有人保持着彻底的专业精神，关门埋头做自己的学问。传言爱因斯坦自己也公然表示，“能够理解我的学说的人这个世界上应该不足一打”。这句话也被不同的人理解成各种意思，受世人追捧。

然而，只要不搞清楚“理解”一词的意思，“难以理解”的意思也会极其模糊。根据不同的理解，可以出现各种意思。

当然不仅限于科学理论，任何时候理解都不是易事。比如，我们的孩子对我们说的话，要想由此理解孩子的真正想法并不那么容易。为了充分理解其心情，我们必须弄清楚孩子说这话的来龙去脉以及环境和前提条件。如果不知道这些情况，那也许终究难免沦为不明事理的老爷子。更不要说平常不一起生活的外人了。

科学上乍一看简单明了的命题，要想真正理解也比较困难。比如牛顿的运动定律，初中的教科书上便已出现，年幼的初中生已经被要求“理解”该定律。到了高中，进一步详细解说，被授予第二阶段的“理解”。进入大学，专攻物理学的人还会深入进行第三、第四阶段的“理解”。我通读了马赫的《力学》，多少尝试着用自己的眼光批判性地看待问题，才开始感觉有了一些可以算作“理解”的理解。然而仔细想来，还远远不够。

当然，要知道科学知识的真正价值，光了解科学是不够的。正如不出国就不能认识祖国一样，如果不能与各种非科学特别是形而上学理论进行对照，再通过认识论这面镜子进行批判性检查，科学便无法真正被“理解”。在此我们暂且不管一般性问题，就说上文的牛顿定律，即便仅仅在物理学范畴内思考，最终也会得出牛顿自身也不理解他自己的定律这一悖论。因为在相对性理论出现之前，任何人也不可能了解他的定律。在这个意义上，自认为理解了该定律的人全部“没有理解”，而对该定律抱有不满并且因其难以理解而烦恼的极少数人反而可能属于相对理解的那部分。如果说直到爱因斯坦的出现，这个难点才浮出水面的话，那么最起码必须认为他是理解牛顿定律的第一人。如果按照该逻辑继续推理，那么最终会得出，也许爱因斯坦自己也没有彻底理解相对性原理。

这么想来，我在文章开头提到的爱因斯坦的话听起来便似乎带上了一种讽刺意味。

我想，如果一般相对论除了优点还带有一些缺点的话，那最深切感受到的人应该就是爱因斯坦自己了吧。即便是才疏学浅的吾等晚辈也不难想象，恐怕在聪明的爱因斯坦眼中，这个原理还有许多无法满意、需要补充之处。

假设善于自我批评的爱因斯坦对自己有不满之处，而如果连这些方面也未受到普罗大众的一丝批评，反而溢满赞美之辞的话，你觉得爱因斯坦会对此全盘接受并且丝毫不感到难为情吗？反正我无论如何都无法想象他是一个如此缺乏冷静的人。

因此，我从他的话中感觉到了一种讽刺的意味。我实在无法认为这是自负之辞，对我而言，它更像是因为难为情而极为烦恼时的牢骚话。这种想法也许过分曲解了事实，但我想它也是一种可能的解释。

二

每个科学家都是活生生的人，是亚当与夏娃的后代，对于他们的学说，能够期待严格意义上的绝对“完美”吗？很明显答案是否定的，对此应该毫无争议。只是每个学者自我批评的能力不同，当然可能会有人自以为完美，并且事实上也普遍存在。这一部分幸运的学者能够等待着自己的研究趋向完美并安心地将此公布于世。然而，还有一部分不幸的学者，他们深切感受到严格意义上的完美根本不存在。他们知道完美只是相对的，更高的期望毫无意义，同时，他们可以对自己研究的“完美程度”有比较清楚的认识。在我看来，牛顿、爱因斯坦很明显属于后者。

我不知道玻尔兹曼和德鲁德为何自杀。但每次想到他们的死，我总会考虑到真挚学者的烦闷。

但是，有一件事必须说清楚，否则很容易引起误解。即这种“不完美”可以说是贯穿人类提出的所有学说的本质特征，并且不能简单地认为这个学说会因此灭绝。甚至更多的情况下，承认不完美是对该学说进行补充的一个过程。但这时，有人会指出几个缺点后，连剩下的大部分优点都想全部抹去。对于爱因斯坦的学说，也不一定没有这样的人。但这种态度只是在“挑毛病”，而不是严谨的学者应该有的。

责备学者的学说不完美，就等于嫌弃人不是完人。

想要理解人类并且促使其进步，不能盲目赞美，也不能一味责难。同样，要想理解一个学说，必须承认它的缺点，同时也不能忽视其优点。这个道理人尽皆知，然而就连本应最冷静的科学家自身也常常会忘记。

至少对于相对论，哪怕今后发现不周之处，哪怕再多的实验数据看起来对其不利，我相信它也不会因此而受到根本性否定。

三

为了比较深刻地理解相对论，恐怕有必要弄懂其数学体系。但是很明显，仅仅如此还不能算是“必要充分条件”。即便理解了数学，至少不一定能像爱因斯坦那般“掌握”该原理。

另一方面，即便不能充分理解其复杂的数学运算公式，想要比较准确地通览爱因斯坦创造该理论的思维过程，也并非完全不可能。不仅如此，某种程度某种意义上的理解甚至反而极其容易。至少如果追溯、研究了爱因斯坦以前的力学、电磁学方面基础概念的大致发展史后，首先接触狭义相对论的话，只要这个人的头脑不是深陷先入观无法自拔，他便可以感受到该原理的根本假定的无奈性甚至是合理性。也许有人会想起哥伦布的鸡蛋，要想竖起鸡蛋就必须打破蛋壳。而爱因斯坦也是没有办法便打破了绝对空间和以太的“蛋壳”。

打破蛋壳，重新提出根本假定，由此出发到推导出结果的逻辑道路交给数学家即可。如果对于最终出现的那套完整体系，能够多少体会其中的美，并且能够认识到它的客观存在性，那么应该可以说，至少作为非专业者，这个人已经一定程度上“理解”了该原理。

基本了解狭义相对论之后，有些人会对其只涉及等速运动感到缺憾或不安，我想他们已经充分具备了进入广义论大门的资格。进门后，他们会碰到第二个哥伦布的鸡蛋。

进入正题后会出现稍稍复杂的推理过程，但应该并不全是非专业学者不能理解的内容。如果无论如何也无法理解的话，我想爱因斯坦自己肯定没有写通俗教材。不管多么复杂的理论，只要它与物理学相关，我便不信它会难到完全无法对外行人做任何说明。如果真有这样的理论，我感觉它至少肯定不属于物理。

正如我们外行人也会欣赏贝多芬的曲子一般，任何人应该都能品味相对性原理，而且我觉得这也不是什么坏事。

四

我们将该原理作为一个物理学原理来看待的“妙趣”或者“价值”主要在哪里呢？是数学算式，还是思考方法？我想答案显而易见。数学算式是促进他思考的必要工具。正如人们所知道的，他毫不客气地从以前的数学家或者友人那里借来了这个工具。至于该工具成效如何，现在恐怕还是未知数。此事由专家决定，并且不一定需要第二个爱因斯坦。而爱因斯坦做到的核心精髓在于：首先摸索到了非得使用该工具的思维方式，其次识破了该工具的必要性。可以肯定的是，不管该理论将来命运如何，这份功绩永远无法磨灭。我们必须承认其头脑之伟大。

拿破仑在南大西洋的荒岛上孤寂地过完了人生的黄昏，但他的伟大却未曾改变。然而，爱因斯坦不可能拥有这样的黄昏。科学工作与宛如空中楼阁般的征服者的荣华之梦根本无法比较。

然而再一想，广义相对论的实验佐证严格来讲极其困难。即便关于行星运动的说明比以往简单很多，日食的观测结果对他的学说十分有利，但这也只是增加了该理论的确定性，严格意义上来说，一时还难以相信它可以充分证明该理论的绝对唯一性。而光谱线的变位等就更难成为决定性证据了。

我不相信科学的进步有终点，绝对唯一的学说存在于有限的将来。如果把托勒密、哥白尼、伽利略、牛顿，以及现在的爱因斯坦看作行走在无限旅途中的旅行者，那么在我眼中，他们便都是同一游客不同时期的不同姿态。我很难找到根据来相信这条看不见尽头的旅途会偶然在我们这个时代终结，最终到达彼岸。

现有的相对论能够保存到什么程度确实值得怀疑。然而，唯一不容置疑的事实便是，爱因斯坦的相对论出现后，被世人所研究，在当代学界获得了绝大多数人的认可。我想唯独这个事实无论疑心多重的人也不得不认同吧。

然而事实上，作为一个科学学说，我们能否对它有进一步的期待呢？至少现有的历史显然否定了这个期待。

由此可见，正如爱因斯坦的出现丝毫没有否定牛顿的伟大，爱因斯坦后面出现的 X 或 Y 也不可能影响他的巨大贡献。

倘若有人认为该学说有朝一日可能被推翻，其创始者的伟大也因此一下消失，那么这便是对科学本质的根本性误解产生的谬误。

无论何时，爱因斯坦的相对论都不是孩子们在海边堆砌的沙堡。它是不仅限于科学，而是整个文化史上一座格外显眼、坚如磐石的里程碑。

五

相对论的反对论屡见不鲜，但据我所知，似乎没有什么有力证据足以威胁该学说的存在。

反对者们提出反对的主要“动机”，细细推敲起来可以归结到因为该原理的基础假定或概念等太过违背我们的常识。

科学与常识的交锋，这已经不是科学的问题，甚至可以算作认识论的问题。因此，比起科学上的问题，其难度更上一层。

然而，至少纵观历史，在以往的物理科学中，为了整合逻辑系统，所谓常识，虽不能说毫不可惜，至少作为不得已的牺牲一直在被抛弃或改造。

太阳静止地球在运转；地球是球形，我们正对面的人倒挂于地面；等等。不难想象这些学说在当时是多么地违背常识。

非欧几里得几何学的出发点无论多么地脱离常识，人们也无法找到能够推翻它的理由。在这种情况下，我们有两条路，即抛弃常识或者无视逻辑。数学家们会毫不犹豫地抛却常识，选择逻辑。而物理学者即便不情不愿也只能追随其后。

物理学的研究对象为客观存在。当然所谓客观存在也是假设，而以此为出发点物理学说到底是这样一个系统：从比较少数的假定出发，通过逻辑演绎来“说明”我们“可以观测到的现象”。该学说的相对价值通过以上目的的达成程度来决定。如果目的得到较好达成，但根本假设脱离常识时，人们便会考虑是抛弃常识还是抛弃学说。现在，有的物理学就是选择后者而进化成的系统。

我没有确凿的证据来证明重视常识的系统无法成立。但如果假设它成立呢？那至少它与今天的物理学属于完全不同的种类。即便它成立，也不能否定现在的物理学。如果最后有什么来评价两者的优劣，那肯定必须在科学以外的世界中寻找。

六

也许有诗人会感慨，自然的森罗万象被总结为只有四个坐标的几何学是多么难以忍受的孤寂。但这显然是误解。因为无论相对论多么彻底普及，花儿不会停止微笑，鸟儿也不会放弃歌唱。按照该诗人的思路，只有一位全能之神支配着宇宙的想法也会显得无比寂寞和荒凉。

彻底的科学家相信世人都能理解科学系统之真美，并且将它看作人生的最终归属。我是一个不幸的怀疑者，现在还成不了这样的科学家。我有时会如世人一般因花而喜，对月吟唱。然而这种时候我总会突然感到不安，因为花、月等一切具象世界过于飘渺虚幻，令人心里没底。就像我在毫无依靠的泡沫之海中挣扎时，我手中触碰到的正是理学的逻辑系统。即便不能得到绝对安居的世界，至少我可以在科学的世界中追求相对的牢靠和安心。

从这个意义上讲，我推荐与我有着同样不安和要求的人们进行理学研究，比如爱因斯坦的优秀理论。这些大多数人乍一看枯燥无味的抽象系统中有着与花鸟风月不同种类、更有嚼劲的美，即便不能将其据为所有，但至少我们可以欣赏到。

（一九二二年十二月，《改造》）

小　猫

迄今为止，我家中从未有过猫这种生物。然而去年夏初，一个偶然的机会，家里突然来了两只猫，往我家的日常生活里投入了相当鲜明的影子。它们的存在，不仅让家里的孩子们得到了爱抚或者玩弄的物件，也向我自己的生活内部射入了一丝微弱的光亮。

首先令我吃惊的是，这种小动物身上已经出现了性情的个体分化。当我看到不会言语的兽类与人类之间产生微妙的情绪反应时，我又一次被震惊到了。于是，不知不觉间这两只猫在我眼中被赋予了人格，我逐渐把它们当成了自己的家人。

两只猫一雌一雄，雌的叫“三花”，雄的叫“小玉”。三花去年春天出生，小玉比它小两三个月。它们被抱来家里时还只是小奶猫，不想没多久便成了出色的父母。孩子们都希望它们永远是小猫，然而它们却毫不顾忌地越长越大。

三花神经敏锐，故而有些不好相处，且任性奢侈。它的一举一动都透着一股典雅之风。我想它最显著地具备了猫族的所有特性，可以说是最像猫的典型雌猫。实际上，它也会经常捉来老鼠。其实家里早就没了老鼠的踪影，可它总能从哪里衔来许多大小不一的老鼠。不过，它也未必是要吃老鼠，有时就直接扔在那里。这时，小玉会擅自拿去吃了，又或者我们人类用绳子绑了交到派出所。这种直接关乎生存的重要本能，在猫的身上都已实现了明显的分化，成了一种“游戏”。我想这点，应该引起我们的关注。

小玉与三花正相反，它神经迟钝，是个老好人。同时，举止粗鲁，性格朴实，有时让人觉得它更偏向于狗的某些特性。刚来家里时，小玉随地大小便，好吃贪婪，吃相极其难看，在家里的女人之间口碑极差。于是，分派食物时，很自然地好吃的部分都到了三花那里，而残羹冷炙总是派给小玉。然而不可思议的是，如此粗野的小玉对食物的品位不知不觉中得到了提升，同时那曾经不堪入目的超强食欲也逐渐趋于正常。小玉稍稍显得大方起来，但与生俱来的粗野性子却没那么容易改变。比如过拉门的洞孔时，三花身体的任何部位都不会碰到拉门的格子，悄无声息倏地一下就过去了，身姿极其柔美，到达对侧时也基本听不到落地的声音。而到了小玉这里，就完全是另一副光景了。只见它不是肚子、脊背就是腿，总有一个地方总会撞到格子上，发出剧烈的响动，然后重重落在对侧的外廊上，比起跳下去更像是掉下去的。我不清楚这是不是雌雄的性别差异，但细细想来，在人类的同性中类似的差异也相当明显。有些人仅从一个房间走到隔壁房间，也一定会碰到中间的纸拉门，走在外廊上不发出震天动地的脚步声便挪不动步子；而有些人总是悄无声息，令人毛骨悚然。想到这里，我便觉得三花和小玉的主要差别也许不仅只是因为性别不同，而应归结于个性的差异。

今年春意料峭时节，三花的生活出现了明显的变化。以前总是待在家中的它开始每天外出。不知为何，有时还能看到它与从未见过的猫在院子的角落散步，而以往它只要看到外面的猫便一脸惊恐，敌意毕露，过激的反应令人惊异。有时一整天甚至更长时间也不见它的身影。刚开始我还担心三花落入杀猫人的魔掌，便叫人在附近到处找寻，而它却在快天亮时飘然而回。三花平日里光滑油亮的毛色变得有点脏兮兮的，脸蛋也不知从何时起明显消瘦下去，目光变得严厉，食欲也大大减退了。

孩子们还跟我报告说，曾看到三花与一些来历不明的流浪猫在邻家屋顶上打架。

我总觉得有点可怕。在自己毫不知情的情况下，这可爱的小动物体内正在不可抗拒的自然法则的驱使下，不断发生着无法避免的变化。三花做梦也不会知道此事，它只能一边惶恐于向身体袭来的不可思议的威压，一边在春夜料峭的霜夜徘徊于陌生的屋檐上。事到如今，我才感受到了自然法则的可怕，同时也为连这种恐怖源于何处都无法自知的猫儿感到悲哀。

不久，三花的生活又恢复了以前的平静。此时的它再也不是原来的小猫，已然成了一位出色的“母亲”。

原先进出自由的拉门洞孔，对它而言显得日益狭窄。每次出入那里，沉重的腹部总会重重地撞上拉门。有时甚至要比不懂礼法的小玉发出更大的动静，才能勉强钻过去。即便是人，若是戴上比平时帽檐略宽些的麦秆草帽，也会因为估计错误而到处乱撞，所以就连神经灵敏的三花，想必也无法顺利调节动作来适应日益进展的身体变化。姑且不管这些，我有点担心它这样会不会对胎儿或者母体产生什么不良影响，但也没有采取什么措施，就这么随它去了。

三花会生出什么样的小猫呢？孩子们经常聚在一起讨论，大家提出了许多随心所欲的期望。孩子们开始在各自的小脑瓜中描绘着即将到来的奇迹之日，并且迫不及待。甚至有人向我们提出，希望把这次出生的小猫全部养在家里。

某日，家里人大多去了博览会。我没有去，待在难得清静的一楼起居室工作。突然一阵不同寻常的大声嚎叫传入耳中，这与三花平时索要食物或者看到主人从外面回来的叫声略有不同。三花看起来相当焦躁不安，它时而来到我身边又马上走去外廊，时而像找寻什么似的在储藏室里徘徊，还不断发出哀嚎。

就连毫无经验的我，也明显感觉到了三花这不同寻常的举动意味着什么。我不知如何是好，妻子外出了，留在家中的母亲和年轻的女佣都不具备相关预备知识，不知道猫生产时应该采取什么措施。

不管怎样，我先在旧柳条箱的盖子上垫上旧坐垫，拿到餐厅柜子的阴影处，把三花抱在了上面。然而，素来对坐、睡之处颇为挑剔的三花，处在这样一个不习惯的产房，是一刻也无法安静躺着的。它像被什么东西附身了一般四处徘徊着。

下午，我去了二楼。突然，女佣在楼下大声向我汇报三花的异常情况。我下来一看，三花在客厅外廊的下面，拼命来回舔着一个沾满尘土的鼠灰色团块。那个几乎看不到任何生命迹象的海参般的团块，时不时地发出与外表不相称的高亢尖锐的啼叫声。

三花看起来无计可施。它叼起小猫的脖子朝院子里走去，途中又把它放下来继续四处舔了起来。终于，它叼着那沾满泥土、令人作呕的黏糊糊脏兮兮的东西进了我们的客厅。三花把肉团放在我的坐垫上，做起产婆该做的清理新生儿的工作来。我急忙取来那个柳条箱盖子，将它们母子安置其中。但三花片刻都不愿待在里面，又马上拖着孩子在整个房间里转了起来。

不知所措的我把那个行李箱放在里面的杂物间里，将它们母子关了进去。虽然有些残忍，但我实在无法忍受三花弄脏家里的榻榻米。

杂物间的门发出剧烈的抓挠声，突然三花的身影出现在了高高的通风窗口。它叼着小猫，猛地站起，试图从窗户缝隙中钻出，那发疯般挣扎的样子着实可怖。三花当时的姿势以及它恐怖的眼神深深烙在我的脑海里，至今难忘。

我急忙打开门。仔细一看，只见小猫全身漆黑，三花的四只脚也像穿了黑色绑腿一般。

原来，窗户下面正好有一个桶，里面装着前段时间为涂墙板地基而使用的防腐涂料。小猫刚刚应该是掉进去了。糊了一身涂料的小猫显然已经停止了呼吸，但还是有些微弱的蠕动。

我这个极其残酷的人类最怕三花那沾满防腐剂的爪子和小猫弄脏家里的榻榻米，于是立刻把三花抱进浴室开始用肥皂清洗起来，可是那黏糊糊的油剂已经渗入茂密的猫毛中，很难洗掉。

不一会儿，小猫已毫无生命迹象，我马上将它埋到了后院的桃树下。埋完后，我又开始担心起来，生怕它还活着，那种感觉让我很讨厌。可是，我实在没有勇气再将它挖出来看看。我也不认为那个沾满黑油的恶心团块还能复活。

不久，家人都回来了。正在我向他们汇报刚刚发生的非常事件时，三花开始分娩起第二胎、第三胎。我把三花的事交给妻处理，自己上了二楼。我坐在桌前，好不容易平静下来，才发现自己原本就脆弱的神经由于过度兴奋，已经非常疲劳。

后来出生的三只小猫也都很快死去。我怀疑三花被关进仓库后肉体和精神上的剧烈动荡是造成小猫死亡的原因。这个怀疑犹如一个小小的伤疤始终留在我的内心深处。我想起那只与其他三个同胞一起长眠在桃树下的小猫，我对它的愧疚不安，恐怕会永远留在心底触动我的良心。

三花产后状态极不正常。它食欲全无，整日无精打采地眯缝着眼睛，弓腰驼背地坐在那里。一摸它，可以感觉它浑身的肌肉都在轻轻打颤。我想这样下去会很危险，便马上带它去了附近一家动物医院。医生说它体内还有胎儿残留，需要做手术，并建议住院治疗一段时间。

三花在医院大概住了十天，期间孩子们几乎每天轮流着去看望。每次回来，我问起三花的情况时，他们的回答总是不得要领。还有人被医生赶回来，说是探望过于频繁，会刺激猫的神经影响病情。

我想，兽医这个职业还真是神圣。他们给不会说话的家畜看病并照料它们。动物们对住院期间所受的待遇没有判断能力也没有任何记忆，回家后也不会向主人进行任何诉说。即便如此，医生们还是对它们施以真挚热心的治疗。虽说是其分内之事，但总能给我一种高尚美好的感觉。

三花出院后还吃了一段时间药。装药粉的包装袋与人类的完全相同，名字一栏里写着“吉村氏爱猫”的字样，下面还印了一个“号”字。大概是“三花号”的缩略吧。那之后，“爱猫号”成了三花的绰号，在孩子们之间流行了一段时间。

某天，孩子放学回家，抱来一只陌生的小猫，据说是有人遗弃在我家门口的。那是一只白猫，身上长有黑斑，尾巴很长。把它放在外廊上，只见它的脚还软绵绵的站不太稳，丝绸般光滑的肉垫在地板上直打滑。把三花带来让它们见了面，结果三花又惊又怕，背上的毛都竖了起来。谁知，过了几个小时我再去看时，发现已经有人将风琴椅子横着放在壁橱里给它们做了一个坑穴。三花伸展身体横卧其中，小猫正吮吸着它的乳房。小猫喉咙里发出轻微的噗噜噗噜声，而三花则发出至今从未听到过的咕噜咕噜声，将小猫从头到背地浑身舔着。一度萌发而又中断的母性，因这只陌生小猫的到来，被一下子唤醒了。看着眼前丧子的母亲和失去母亲的孩子，我的胸口一阵温暖，满足感油然而生。

三花不可能明白这小孤儿与亲生子之间的区别，它应该只是在本能的驱使下养育这个养子，完全出于一种自我满足。但以我们人类的眼光来看，无论如何也没法这样想。三花不断舔着小猫，嗓子里发出阵阵咕噜咕噜声，仿佛由于过于炽热的母爱而禁不住抽泣哽咽。看着这个场景，我也不知不觉被吸引，沉浸在一股温馨柔和的氛围中。于是，关于人类和动物的区别的一切学说都变得愚蠢至极、可有可无了。

我有时会陷入一种幻觉，认为这个小不点就是三花的某个孩子的转世。按照人类的科学，这显然是不可能的。但在猫的精神世界里，说这是死胎复生也的确没错。如果人的精神世界是 N 维空间的话，那欠缺“记忆”的猫的世界也许可以看成是 N-1 维空间。

小不点越长越可爱。它有着三花、小玉所没有的长尾巴，性情上也有着三花和小玉都不具备的一面。如果说三花是传统守旧的年轻母亲，小玉是来自乡下的书生，那小不点身上就有着山手地区都市少爷的气质。它爱耍点小聪明，但却不令人生厌，反而更显得可爱。

小小的它经常弓起小背脊，将长长的尾巴弯成“へ”字形，挑衅它的养母三花。而三花则像母亲般不痛不痒地哄逗着它的孩子。有时小不点纠缠不休，三花就会非常粗暴地勒紧它的脖子，将它掀翻在地后，立马逃走。这种情况下，单凭不破口大骂这点，就比某些人类母亲温柔多了。而小猫不管受到多么粗暴的对待也不会任性闹别扭，这点也比我们人类的孩子要懂事得多。

小不点断奶后，我们把它送给了亲戚家。这家老佣人来接它时，孩子们把小不点带到三花身边，每个人都在念叨着什么，似乎想让它们好好惜别一番，然而这番苦心终究无法被领会。小不点离去后，三花蹲在外廊柱子下，舒服地眯缝着眼，仿佛这世上什么事都没发生一般。而在我们这些罪孽深重的人类看来，那光景显得特别寂寥。开始的一两天，有时也能看到三花好像在寻找小不点，但也仅此而已，不久我家的猫又过上了平静祥和的日子。与此同时，几乎被人遗忘的小玉的存在又变得鲜明起来了。

因为小不点的到来，小玉有了一个“舅舅”的绰号，而这个舅舅极其冷淡无情的态度，总是成为负面评论的焦点。但这也已成往事，小玉又变成了原来那只大“小猫”。就连在小猫面前也显得很有分寸、一副母亲模样的三花也是如此。有时看见它被家里最小的孩子一把抱在怀里，挣扎哀叫着想要逃跑的样子，越发有种幻想破灭的感觉。

夏天快结束时，三花迎来了第二次生产。这次也是巧合，妻子正准备带着孩子们外出。我看三花的样子有点不对劲，便让妻子推迟出门时间，在家看护三花。妻子在储藏室的昏暗角落里放上以前的行李箱，让三花睡在里面，然后轻轻抚摸它的肚子，据说当时三花喉咙里发出了很大的声音，显得特别高兴。不久，三花便轻轻松松地生下了四只小猫。

猫妈妈似乎怎么也无法在人类给它准备的床铺上安下心来，不知何时已经把四只小猫叼进了储藏室的高架子里面。孩子们完全不听劝阻，硬是搬出了高高的脚凳，窥视起它们来。我的脑海中不禁浮现出契诃夫小品文中一个小猫与孩子的故事，便也不忍对他们过于苛责。

等小猫们开始睁开眼睛时，我们有时会把它们从架子上取下来，让它们在榻榻米上爬着玩。每当此时，全家上下都会聚拢过来，围观这个大奇迹。这样的日复一日中，小猫们蹒跚的脚步明显变稳了。它们由单纯的感觉集合构成经验和知识的这一过程可能和人类的婴儿很相似。且我们不得不承认，猫的进步速度远远超出人类。我想还有一个事实是值得我们注意的，即相比离智力渐近线较远的人类，动物的渐近线更近、接近的速度也更快。在物质相关的科学领域中，类似的例子应该很少吧。

其中两只小猫的毛色与三花相似，我管它们叫“太郎”和“次郎”。另外两只小猫，一只和小玉一样的赤黄色，另一只长着灰色、茶色的条状斑纹，分别被叫作“小红”和“猴子”。猴子脸上的条纹与歌舞伎中的猴子脸谱较为相似，所以不知是谁给它起了这么个名字。又因为它背上的斑纹像老虎，所以也有人叫它“鵺”①。除了这只鵺是雌猫外，其余三只都是雄猫。

小猫们逐渐长大，它们的个性差异也变得鲜明起来。太郎大方稳重，讨人喜欢，很有男子汉风范。次郎的少爷样倒与太郎相似，但总感觉有点粗鲁愚钝。小红的长相有些像神经敏感的狐狸，但它实际上胆子很小或者说是小心谨慎，鲜有孩子气的一面。猴子到底是雌猫，某些地方有着雌性的特质，被捉住时发出的尖叫声会叫人大吃一惊。

将小玉放到小猫群里，结果小红和次郎吓得瑟瑟发抖，弓起背来进入了“临战状态”；而太郎和猴子不久便习惯了，一副满不在乎的样子。小玉仍旧是那个极其冷淡的舅舅，对小猫们很不耐烦，转眼间便不见了踪影。

我的四个孩子对四只小猫的感情也各不相同。这应该是无可奈何的自然规律。虽说爱憎不好，但如果没了爱憎，世界将会变得多么寂寞冷清啊。

小猫们被一只只地领走了。太郎去了在百货店上班的一对夫妇家，次郎去了稍远的一个大户人家，小红去了独居的退休老人家，猴子去了不远处铁轨旁的冰店。在它们离开前，我用油画颜料画下了它们的睡姿留作纪念，这些画至今还挂在书房的架子上。虽说画得不好，但我每次看到心中都会柔和起来。

太郎去的那家与我家多少沾亲带故，因此年纪还小的孩子们时常过去看它。据说，猴子去的冰店因为离得近方便，所以他们路过时也会去看看。入秋后，冰店变成了红薯店。我有时会看到猴子缩成一团趴在门框上晒着太阳打瞌睡的样子。每每路过那里，我都不由得想朝店里面看看，这点连我自己都觉得奇怪。

即便现在，家中还不时会提起这些小猫。而连猫也无法逃避的命运顺逆问题，总是成为大家的话题。前段时间，附近的泥沟里死了一只可怜的小野猫，它也成了大家口中的猫的命运的一个例子。有人觉得同样是野猫，小不点却被我们抱回来交给三花喂养，最后被富裕的家庭领养，它才是最幸运的；也有人说去了独居老人家的小红应该是最轻松、最惬意的。妻子特别疼爱的太郎运气并不太好，这令她深感遗憾，而我则比较关心在红薯店门口睡觉的猴子的命运。

一天深夜，我回家路过红薯店旁的拐角处，看到了在小巷的垃圾桶旁慢慢晃悠的猴子。我走上前去摸它的头，它也不逃，乖乖地让我抚摸。我觉得它的背上瘦骨嶙峋，那看起来没有什么光泽的猫毛的触感也让我感到酸楚。

想象着“父亲嫁女儿后的心情”，我穿过月色朦胧的巷子，向近在咫尺的家快步走去。

遗憾的是，我无法对人类产生对猫的那种纯粹而温馨的情感。而要做到这一点，也许我得变成比人类高一层次的存在才行。这是万万不可能的，即便真的成了，我大概也要忍受超人的孤独和悲哀吧。凡夫俗子的我还是宠宠小猫，而对于人类，也许只能把他们当作人来尊敬、亲近、畏惧或是憎恶了。

（一九二三年一月，《女性》）

注释：

①鵺：日本传说中的生物，据描述它拥有猿猴的相貌、狸的身躯、老虎的四肢以及蛇的尾巴，没有翅膀却能飞翔。在日本古文献中关于鵺的躯体记载并不统一，亦有它有着虎的躯体一说。鵺的叫声像虎鸫（虎斑地鸫），被认为是不祥的叫声。

浮世绘的曲线

对于浮世绘，我所知甚少。最多就是对洋人所写的若干相关书籍中的插图进行过一些观察，而其大多又是廉价的网眼版仿制品。要不就是在展览会或在收藏家们那里稍稍仔细研究过少量真品。我就是想在这么贫瘠的地基上，依靠少量的材料来完成一定的考察。这恰恰与小孩子想用玩具积木搭建宏大寺院的模型相似，最终能不能多少有个寺庙的样子心里也是没底的。然而自古名家也会从天然的岩块或树梢中获取某些建筑样式的启发，那么，小孩子的积木游戏说不定也能对某些人起到参考作用。

将去掉颜色的浮世绘彻底肢解后，得到的便是形形色色的黑白切片和形状各异的曲线集团。把这些材料一个个取出，在原先的纸上进行各种排列，得到的结果应该与某张未来派画作极其相似吧。

这些排列存在各种可能的变化，但其中是否存在以下区别呢？比如有些看起来随意邋遢，有些看起来帅气周正。这是一个难题，但这种区别的有无关乎某种未来派画作的存在与否。

去掉颜色的浮世绘中到底存在着何种美之要素，我想这与寻求以上问题的答案实属同一件事情。

黑白切片的配置以及线条的排列交错中存在的节奏和层次里，到底包含着多少美之要素？问题到这里已经相当抽象，甚至可以说带着归纳色彩，但相应地也进一步接近了问题的根本。

总之，带着这样的念头来欣赏浮世绘，也不失为一种有趣的实验。就这样，我开始尝试翻阅手头的书籍，逐个检查里面的插画。在此，我将当时察觉到的点点滴滴记录下来，以备后用。也许，我写下的本就是别人早已说烂的陈腐之论，如有读者精通此道，还望不吝赐教。

我调查的主要是人物画，尤以描绘女性为主。但是以下所述大部分命题，通过适当的解释，应该也能应用于风景画。

浮世绘画面上的黑色斑点中最重要的当属人物的头发，它基本上是浮世绘人物画的焦点或者主基调。我想如果将这些头发的颜色变淡，那么对于整幅画的印象便会消失。为了与这些构成主基调的黑色斑点相呼应，画上配有各种各样的黑色物体，如上漆木屐、腰带、蛇目伞，又或者刀鞘、茶碟和漆盘等，这些漆黑的斑点被以适当的轮廓安排在适当的位置，由此，整个画面的均衡得以保持。当画面中出现众多人物时，由他们的头组成的多边形便成了非常重要的诉说手段。

头发紧紧抓住了观众的视线，这也自然成了画家重视人物脸部的原动力。如果没有这漆黑的头发，浮世绘的脸部线条便堕落成了毫无意义的线条断片集合，在整体画面中的存在感也变得稀薄。

同时，构成头发轮廓的各种曲线也承担着非常重要的作用。仔细观察歌麿[①]以前的名家画作，会发现发髻、鬓角等的轮廓曲线多与眉毛和眼睛的线条并行或者相互呼应，插梳的轮廓也呈现出相同节奏的变化。线条律动的余波扩散开来，比如衣领或者器物的轮廓线条无不体现着相同的感觉。歌麿的《美人一代五十三次》的“户塚”中，两个女人发髻顶部的圆形线条与二人的衣领和两个团扇相互呼应，形成了明显的律动感。写乐[②]的画中，女人们奇怪的眼睛和眉毛都可以看作发髻线条的余波，此时奇怪的感觉淡化，只会感到美丽的旋律。

脸部的轮廓线条也很重要，其最常与袖子的曲线相呼应。我多次发现画家们喜好的脸部线条完全再现于袖子起伏的曲线上，为此我不禁暗自点头。这种现象在较久远的时代越为显著。其中，只有写乐的人物脸部轮廓在写实性方面进步巨大，显示出了相应的复杂度，同时，为了不伤害纯粹的线条韵律感，巧妙地利用了手部曲线进行补救。其与脸部线条形成美妙的均衡，反而高调渲染出了复杂的音乐美感。怀月堂[③]的丰满脸部曲线扩展到整幅画，包括人物的全身线条、衣服的曲线等，体现了丰满的美感。

其次重要的便是衣领的线条。一般情况是数条并行，被延伸成“S”形，与鬓角下端的线条形成明显的对称关系。它在承载着整个头部线条的同时，自然流入了作为整体支柱的身体垂直线条中。进入下方后再次展开，汇入裙摆线条。

浮世绘的线条中最复杂混乱且曲折最为激烈之处便是衣物的裙摆。关于此点，可以说在春信[④]之前的名家作品中表现得最为明显。毋庸置疑，裙摆的复杂给整幅画带来了安定感。

裙摆的线条有时会与作为背景描绘的幕布、树枝、岩石之类的线条产生互动，而这往往令画面显得纤弱。也许正因为如此，歌麿画中那些只画了裙摆以上的女人们才会给人高雅大方的美感吧。而像写乐这类擅长敏感线条的“音乐家”特意选择半身像也并非偶然吧。

除写乐外的古人作品中，很多情况下，人的手与扇子、烟管等小物件等同，只是作为附加物来对待。师宣[⑤]、祐信[⑥]等的构图中，往往会故意将手指隐去，我想这绝不是出于偶然。对此，清长[⑦]等人也有清楚的认识。从画作中可以看出，为了让这些附加物不拖累整体，他们付出了相当的苦心。我相信，至少在这一点上，清长要比歌麿优秀很多。

仅从以上几个要点便可看出，歌麿以前与之后的浮世绘人物画具有显著的区别。

比如丰国[⑧]之流，线条节奏本就紊乱，而不必要的复杂又进一步破坏了这个协调。丰国有一幅踩着酒桶抓樱花树枝的美人图，而春信的迎风撑伞的女人与其很相似，若将两幅画进行对比，其差距便一目了然。后者连柳树枝条都和脸部及衣物线条相呼应，奏着和谐之曲。相比之下，前者恐怕以相同心情画下的樱花树枝上却只能感受到嘶嘶杂音。穿着布袜的脚部线条粗犷生硬，亦属败笔。然而比起后人，丰国之类或许还算好的。

北斋[⑨]有一幅少见的美人图，衣领是一种红底白纹布，线条极其僵硬卷曲。这样也许确实很有写实感，但若把线条当作交响乐的话，给人的感觉就是最重要的第一小提琴发着吱吱嘎嘎的杂音。与此相对，同样是北斋，一旦进入自己的擅长领域，同样僵硬的线条自然地显得协调起来，给人在欣赏颤音的感觉。比如富士三十六景中的三岛，我一开始疑惑为什么富士山的轮廓呈那种锯齿状，但看到旁边的树枝、云朵、岩石后便理解了，因为它们整体间存在着统一的基调。

然而，以柔顺的头发、脸部以及肉体轮廓为基调的线条音乐，其几乎唯一的形式还是很难脱离古老浮世绘的领域。后代浮世绘的失败也许就在于其对此无知，未能守住这个领域吧。

如果我最后的想法是正确的，那么它某种程度上应该也适用于雕刻、现代西洋画等方面。不管怎样，这至少是个值得一探的问题。

若有机会，我想就以上问题做进一步深入思考，现记下此篇，聊作预告。

（一九二三年一月，《解放》）

注释：

①歌麿：喜多川歌麿。日本江户后期的浮世绘画师，以美人画风靡于浮世绘版画界。首创大美人头像，结构优美，具有造型性。

②写乐：东洲斋写乐。日本江户后期的浮世绘画师，创作了以演员及少量相扑、武士为题材的绘画。作品极度夸张人物性格，强调造型，给人以强烈印象。

③怀月堂：怀月堂安度。日本江户中期的浮世绘画师，怀月堂派始祖。描绘身材丰满的妓女立像。

④春信：铃木春信。日本江户中期的浮世绘画师，参与浮世绘彩色版画的开创，因利用大和绘典雅的特点创作美人画而闻名。

⑤师宣：菱川师宣。日本江户前期的浮世绘画师，创作了大量的木版书插图，也擅长手绘，被视为浮世绘的鼻祖。

⑥祐信：西川祐信。日本江户前期至中期的浮世绘画师，创作许多画本的插图，尤其擅长高雅优美的美人画。

⑦清长：鸟居清长。日本江户后期的浮世绘画师，擅长以流利的线条和明快的色调画身材高挑的美人。

⑧丰国：歌川丰国。日本江户后期的浮世绘画师，先画仕女图，后转为画(能乐、歌舞伎)演员浮世绘，开拓了歌川派独特的肖像画，风靡一时。

⑨北斋：葛饰北斋。日本江户后期的浮世绘画师，开拓了风景版画的新局面。其画风对欧洲印象派的产生有很大影响。

二十四年前

记得就在二十四年前的一个暑假，我有幸遇见凯比尔[①]先生，有过一次谈话。现在想来，那真是一段如梦般的记忆。

那是我大学一年级升二年级的暑假。那年春天，我在西片町租了个小房子，开始经营自己的小家庭。因此，每年暑假必定返乡的我那年第一次哪里都没去，全程待在东京。假期漫长，为了消磨时光，我开始的其中一项活动便是自学小提琴。乐器原本就有，但碍于寄宿生活，一直埋在箱底从未碰过，那个暑假终于有机会拿出来拉上一拉了。我没有请教任何人，全凭自学。仅是对着教材，想方设法令其发出声音而已。如果有合适的老师，我倒是乐意请教，然而苦于这方面毫无熟人，即便有也不想随便凑合。因此，只能依靠各类书本，按照上面的拉法，一个人摸索着练习。虽然一直都拉不出像样的声音，但其本身也有着他人未知的乐趣。

为了弄到合适的乐谱，我先来到银座一带的大型乐器店找寻。我总觉得这类商店有股衙门气息，不知是派头大还是傲慢，反正我每次进去都感到心里发怵，浑身不快。最后决定写信咨询横滨一家名为“多林”(音译)的商店并订货。说点题外话，至少在当时，我虽然很喜欢音乐，但对音乐相关人士并没有好印象。不管是音乐家、乐器店的店员，还是喜欢音乐的学生，从未给我留下任何好印象。

要说当时的音乐会，唯一最受欢迎的便是音乐学校的毕业演奏会了，但是我们并不能自由入场。此外，有一个明治音乐会，只要买票便可入场，一半是管弦乐为主的西洋音乐，还有一半是国乐②。还有便是某些慈善音乐会，能听到一些令我耳目一新的独奏。

具体情况记不清了，我感觉就是在以上的某个音乐会上第一次见到凯比尔先生，听了他的钢琴独奏。曲目也记不清了，我只记得，当他弹完一曲，坐在椅子上将身体侧向一边，静静倾听着往返于乐器与天花板之间的回音时那一瞬间的样子。听众们迫不及待地鼓起掌来，不等他站起来周围便响起巨大的掌声。凯比尔先生表情柔和，略带羞涩地向听众致意。

我现在还能回忆起先生演奏时的样子。他稍稍弓着背，时而后仰，身体轻轻前后摆动，看起来极其放松且全身心地投入。与其他演奏家比起来，更显得与众不同，极其美好。

纯黑的钢琴衬着先生的童颜金发，显出美妙高雅的色彩。然而比起这个，我更被他由内而发的某种气质深深打动了。

简单地说，我自那时起便彻底迷上了凯比尔先生。当然，那之前我便对他的人品有了充分的了解，因此非常想与他见面交谈一番。然而没什么事情，又不经过介绍便自己找上门实在太没礼貌，也就作罢了。

那个暑假，我在摆弄小提琴的时候，脑海中的某个角落总会浮现凯比尔先生的容颜。某个瞬间，我终于还是忍不住提笔给他去了一封信。内容大概是，我是一个大一理科生，想向您请教关于音乐练习方面的事情，所以希望有空的时候能够一见。

还没来得及担心收不到答复，先生的回信便到了。信中约我某日某时到某地见面。我当时的喜悦和兴奋自不必赘言。

凯比尔先生的家位于白山御殿町。到了约定那日，我在植物园背面徘徊找寻了半天。天气炎热，附近的森林传来阵阵蝉鸣。

一个年轻的西洋男人出来迎接，他把我带到了一个书房，不久凯比尔先生便出来了。先生只穿着衬衫，没有外套也没有马甲。他突然拿出巨大的雪茄，自己点上，也问我抽不抽。

我当时完全不会德语，英语也非常糟糕。我几乎不记得我们聊了什么，只记得我在说起自学小提琴的事情时，凯比尔先生问了我乐器的价格。我回答 9 日元，先生仿佛听了很有趣的事情一般，突然大笑起来。我当时无法充分理解到底哪里如此好笑，但并未感到一丝不快。先生笑得就像一个天真无邪的孩子，我也傻傻跟着笑了起来。

另一个房间的架子上放着类似八音盒的乐器，先生为我演奏了一下。

那天谈完，凯比尔先生为我给某位音乐家写了介绍信，但最终遭到拒绝，介绍信也白费了。于是，直到二十年后的今天，我依然不知道该如何正确摆弄乐器。

然而现在看来，我拜访凯比尔先生的首要动机并不在于小提琴，而是单纯地想与先生见上一面。想想其实挺难为情的，我当时 23 岁，先生也不算年纪太大。

那之后我便再未见过先生。只是后来有一次我去先生位于骏河台的家中取过某个演奏会的门票。当时在门口把票递给我的是现在的深田博士[3]，这也挺令人不好意思的。我还记得门牌上写着“拉斐尔·冯·凯比尔”。

简直如梦一般。

如果语言更自由一点，并且我是一个文科生，也许我能多拥有一些接近先生的机会。

凯比尔先生过世时，我忆起往事，想着至少去参加一下葬礼。但最终还是觉得不太合适放弃了这个念头。也不知道该往哪里写吊唁信，心里一阵孤寂凄凉。

对于我这种不通人情世故甘愿孤独却又无法大彻大悟而苦苦挣扎的可悲之人，仅仅想想世上有一个像凯比尔先生这样的人，安居于某地领事馆的一室，每日沉迷于读书与思索，这已是很大的慰藉了。想起这个人已不在世上，不禁有点寂寥。

当时被凯比尔先生嘲笑的那把9日元的小提琴早已损坏。最近我忆起往事，会把以前的教材又拿出来温习一番。每当此时，我便会想起那个蝉鸣阵阵的植物园树林背后那栋涂着油漆的古老洋楼，想起那如梦般的夏日。

（一九二三年八月，《思想》）

注释：

①凯比尔：拉斐尔·冯·凯比尔（Raphael von Koeber，1848—1923）。德国哲学家、音乐家，生于俄罗斯，1893年到日本。在东京大学讲授西方哲学、德国文学，并在东京音乐学校教授钢琴。对大正时期教养思想的形成产生影响。

②国乐：主要指日本近世发展起来的筝、三味线、尺八等音乐。

③深田博士：深田康算（1878—1972）。凯比尔门下的美学家，京都大学教授。

解开脚链的象

据说上野动物园的大象搬到浅草花屋敷[①]后，绑在脚上长达数十年的锁链得以解开，开始慢悠悠地在围栏内散步。我听后顿觉神清气爽，就像肩膀的酸痛治好了一般。

具体事实我不太清楚，据说这头象在年轻时有一次大发肝火，凶态毕露。那是出于何种动机，又是哪种粗暴行为，现在已无法确认，只知道对于一直温顺的象来说，这肯定是一种脱离常规的过激行为。而它敢做出这种行为便是它发狂的确凿证据，出于这一看似极其合理的理由，它被认定为发疯了。而结果便是，自此以来大象的前后腿分别被绑上了一条沉重冰凉的锁链，失去自由数十年。

锁链深深陷入它那贴着粗纸的大布口袋般的腿里，腿上的皮因此恶心地收缩着，形成了丑陋的皱纹。大象自己可能已经习以为常，旁人看来却相当可怜，不忍目睹。那时候我常常想它晚上睡觉时那两条腿到底如何放置的呢。说不定，它也许就那么站着睡觉。

聚集在围栏前的参观者中，很多人都听说过这头象精神有异常，他们有人议论，“果然是真的，它的眼神看着就不正常”。听他们这么一说，我自己也不能否认或多或少有这种想法。然而，它的这个眼神和普通大象的眼神到底有多不同我也无从确认。

这头大象也曾自由畅行在宽广无边的森林和原野间，却突然陷入如此境遇，可谓举步维艰。我想即便大象性子慢、寿命长，被如此束缚十年以上，估计也不会一直保持好眼神了吧。而且对大象来说，它无法理解为何被束缚于此，即便能够理解，它也无法用语言向对方辩解。这也怪不得它心情不好、脸色不佳了。

在动物园长期被当作有疯病的大象这次“下嫁”到了花屋敷。然而，据说换成花屋敷的人之后，这头象毫无疯癫之相，且相当正常普通。这是我在报纸上看到的消息，是否属实无从知晓。但是事实也很有可能如此。如果属实，这该如何解释呢？可能以前发过疯，不知什么时候好了。又或者仍是头疯象，只是碰巧没有发作，这也不能否认。但是也有可能本来就毫无疯病，只是被误判为有病，直至今日。万一果真如此，那对这头象来说真是一场无妄之灾了。

要对此问题做出某种判断，首先要对动物、特别是象的精神疾病方面具有充分的学识；第二，需要有导致这头象被认定为疯病的相关狂暴行为的准确记录；第三，还需要有大象出现此暴行的动机及事情经纬的详细参考资料。

不幸的是，以上必要条件我无一具备。因此对于具体情况，我连作出某种看似合理的想象的资格也没有。

但是，我还是对于唯一一个有可能的情况，进行了如下假设。

这头象从一开始便完全不疯不傻，而且心地善良、性格纯良。只不过它还是一位毫无社会阅历又任性的大少爷。因为这头象太过纯良高尚，被带到这个陌生的国度后，它无法在短时间内读懂日本人的性情，做出卑微的妥协。不巧的是，接待它的日本人也极其纯良正直，且具有极高的人格，以至于无法揣测这头来自异乡动物的心情，做出顺应它的事情。这样双方接触后，总有一天会产生矛盾，这是理所当然的结果。

当最终发生情感上的冲突时，如果双方都是人类，抑或干脆都是大象，也许反倒容易解决。麻烦的是一方是人类，一方是大象。一方口齿伶俐、伙伴众多，另一方却口不能言、孤身一象。这是产生这一巨大不幸的重要原因。

吵架时，不论是谁都会多少有些疯狂。而且双方往往会四处宣扬，说对方脑子有病。但这时听者大多不会当回事，所以就结果而言，并不会产生什么严重后患。

然而我现在假想的情况是，象不听人的话，人生气了，所以象也发火了。但当事人在向他的伙伴说起这件事时，一定花大力气讲述象发火的事实，而容易对象之所以发火的原因敷衍了事。而听者通常满脑子都是大象的可怕行径，实在无暇思考人类惹怒大象的原因。即使偶尔有人具有这种深入思考的能力，通常他也不会闲到为一头毫无直接利害关系的大象费心费力吧。

结果毫无异议，这头大象发疯的事情便在人们之间传开了。其间，对于大象的疯狂行为有各种讹传，且每经历一次误传事情往往会一点点向更糟糕的方向发展。

这些善良的人们闲暇时便会关注大象发疯后的动向。当他们在大象身上发现符合自己期待的行为时，心理便会得到满足。而这种期待无法满足时，他们甚至不惜积极创造机会。除非人们能够彻底确认“这家伙果然疯了”，否则大家都不会安心。仔细想想这种心理的确不可思议，但这也许只是人类想为自己所信之事求得确凿证据的一种正当欲求。

这些都无所谓，这种情况下最受拖累的还是大象。就算它再怎么生气也无济于事，身处这种环境，只能在有色眼镜的注视下，苦闷不堪，无法释怀。如果在一个有很多大象的地方，它可以跟同伴们倾诉也好。这样的话大象们便会一起认为疯了的是人类，而大象只要跟大象友好相处就行了。但可悲的是，这头象并没有如此好的际遇。

在这种情况下，大象想不被当作疯子只有一个办法，那就是向数量占优势的人类妥协。然而不幸的是，这头大象太过正直善良，不肯做出妥协。于是，事情就演变成了今天的样子。

以上只是我对此事件其中一种可能性的想象。如若这种想象是真的，这头象因为这次意外的机会，遇到一群完全不同的人，被当作毫无疯病的正常大象，对它而言，这是多么愉悦的事情啊。单是想象，我都能感觉内心深处豁然开朗、晴空万里。

事实真相究竟如何，我完全不得而知。只是以上情况今后如若还有发生的可能，那么为了每一头善良的大象，以及善良的饲养员们，我把这些想法记录下来用作参考，应该不算是一场无用功吧。

（一九二四年二月，《女性改造》）

注释：

①浅草花屋敷：与东京都台东区浅草寺相邻的游乐园。于1853年开园，历史悠久。

关于伊吹山的俳句

去年三月版《潮音》上的芭蕉俳句研究第二十四回的笔记中，出现了以下俳句：

千川亭

随时随刻望伊吹　冬日蛰居景致佳

句中伊吹山的地势、气候状态等引起关注，学界对此进行过各种深入研究。结合自己的专业角度，我也觉得很感兴趣，后来还对小宫君讲了我的看法。当时也想过写点什么，但由于手头没有具体充分的材料，最终不了了之。近来，我想起此事，突然开始搜寻材料，然而并不容易，最后拜托彦根气象台，请台里的筒井百平先生寄来必要的气象观测数据。至此终于有了一些资料可以稍稍做点像样的研究。在此，再次向筒井先生的倾情相助表示感谢。

我之所以对这首俳句特别感兴趣，还有另一个原因。我在学生时代的寒假期间，往返东海道时，几乎每次到了伊吹山附近都能看到雪。不可思议的是，神户与东京之间，唯独这一带积雪特别深。我印象中，即便不下雪的时候，也只有伊吹山上空经常雪云低垂，四处弥漫。因此，当我后来听说伊吹山设置了气象台时，便对观测结果有了特别的期待。

我们在研究伊吹山一带冬季的气象状态时，有必要先弄清楚这一带的地形。伊吹山位于近江[①]与美浓[②]的边界，南北走向，与琵琶湖东北沿线几乎平行。这条分水岭在伊吹山的南部突然中断，形成了两侧平原间的关口，而伊吹山就像这个关卡的哨兵一样耸立着。大垣和米原之间的铁道线路缝补了这条明显的“地壳裂缝”。

山的南面残留着远古时代大地变动的痕迹，山骨暴露，极其陡峭。但从大垣一侧来看，并不显得多么突兀，这个情况从陆地测量部的五万分之一的地形图上也可以看出。从大垣停车场到伊吹山顶海拔 1377 米处的距离正好是 20 千米左右，也就是大概 5 里[③]。由此可以计算出，从大垣看山顶的仰角相当大，比从江之岛看富士山还稍稍大一点。因此，从大垣道来看，这座山是一个相当明显的标志物。相比之下，伊吹以北的联峰中有好几座最高点超过 1000 米，所以没有富士山的孤立感。

要想品味这首俳句，就必须知道冬季伊吹山的降雨或降雪到底有多少。于是，我请人给我寄来了伊吹山及其附近各地气象台关于冬季降水天数的统计数据。此处省略具体数据，仅列出最近 4 年冬季 3 个月(12 月、1 月、2 月)的平均降水天数，具体如下：

伊吹山 69. 2 天	岐　阜 40. 2 天
敦　贺 72. 8 天	京　都 49. 2 天
彦　根 59. 0 天	名古屋 30. 2 天

从数据可以看出，伊吹山虽比敦贺低一点，但与其他地区相比，雨雪天数要多得多，为名古屋的 2 倍以上。冬季的 3 个月 90 天内大约有 69 天，也就是达到了约 77%的降雨雪概率。据筒井先生的调查，冬季降雪多的区域从若狭[④]、越前[⑤]向近江的北半边突出，呈“V”字形。其最南端到达美浓、近江、伊势[⑥]的交界处。因此，伊吹山正处于这片区域东边境的内侧，再往东，降雨天数便大幅度减少。

关于这片区域降水特别多的原因，现引用筒井先生的说法如下。给冬季的日本海沿岸带来大量降雨的北方季风，越过若狭、近江之间较低的山岳后，掠过宽广的琵琶湖上空向伊势湾挺近，令途中广降大雪。特别是美浓、近江国境的连山，受地形影响，上升气流增多，助长了雪云的生成。

另外，我还对伊吹山气象台观测到的下雾天数进行了统计，结果发现四年间冬季 3 个月的平均雾天数高达 76.8 天，即整个冬天约 8.5 成的时间伊吹山顶都是云雾缭绕。当然山顶是否整日都覆盖着云雾就不得而知了。总之可以想象的是，这座山能原原本本看清楚的日子并不多。

在以上研究的基础上，细细品味芭蕉的这首俳句，便会对开头的“随时随刻”四字产生强烈共鸣。能够看清伊吹山的特殊日子应该没有猛烈的西北风，天气温暖平和。我甚至可以想象到诗人在这样的日子里，久违地来到户外远望高山，心里感叹着今天看得真清楚。于是，“冬日蛰居”四字也开始令人感同身受。

以上只不过是古板的学术性探究，也许并不能体现该句的真意。但我想这类考证说不定也能成为某种参考，便记录下了此文。如有实际生活在此地、终日仰望伊吹的人，希望能够不吝赐教。

（一九二四年二月，《潮音》）

注释：

①近江：日本旧国名之一，相当于今滋贺县。

②美浓：日本旧国名之一，相当于现今的岐阜县的中部和南部。

③里：里，日里。日本距离单位，1891 年将 43.2km 定为 11 里（1 里≈3.927km）。

④若狭：日本旧国名之一，现在的福井县若狭湾沿岸。

⑤越前：日本旧国名之一，大体相当于现在的福井县的中部和北部。

⑥伊势：日本旧国名之一，大致相当于现在的三重县北部。

池　塘

大学的池塘周围也因为去年的火灾，变得面目全非。房子之类的还好说，遗憾的是那棵古树却一时半会儿无法复原。好在它并未被彻底烧光，比如，池子北边，漆黑茂盛的树枝已经伸到水面上。这棵树算得上是构成池塘风景的一个重要因素，因此它能劫后重生真是一大幸事。我每年都会在树下架起测斜仪进行观测练习，所以尤感庆幸。

树下的水面上长着睡莲，它在火灾中应该没受到任何影响。今年夏天，有美术系的学生来写生。我想如果没有莫奈的名作系列，他的构图作为西洋画还是很有创意的，但现在看来毫不稀奇了。当然，不管对象多么陈旧，只要眼光和技巧新颖，便能产生无数的新发现。但我看他的成品，似乎也并非无此。

睡莲是最近才有的，我记得原先只有一些萍蓬草和另一种不知名的浮萍。今年开始，睡莲一下繁殖了好多。有红白两种，其中白色的看起来繁殖力更强。但实际是否如此，那得问了专家才知道。假如果真如我所猜，那也是一个有趣的研究题目了。还有，睡莲是否真的逐渐压迫其他水草肆意蔓延，这也是一个问题。如果有好事者每年拍下照片，之后研究起来肯定很有意思吧。

再顺便提两句，池塘里有许多大鲤鱼，天气暖和时经常能看到，但一到寒冷时节，便突然没了踪影。听说池塘里面还有大甲鱼，但我还没看到过。估计那场火灾，水里的鲤鱼、甲鱼等也受惊不浅吧。后来我想，要是起火时测一下水温就好了，但当时根本顾不上。那时说不定还出现了小小的不连续面[①]。

关于鲤鱼，还有一段某教授的小插曲。教授与勤杂工某君一起站在池塘边。教授望着水面，仿佛自言自语道："这鱼肯定很好吃啊！"勤杂工马上回答说不好吃，有点苦味。教授电光火石般回应道："你肯定吃了吧！"当然故事的真实性无法保证。

除了鲤鱼和甲鱼，我记得还有人说过想养殖牛蛙，不过最终好像放弃了。如果那里真的栖息着大型牛蛙，发出巨大叫声，肯定会令人感到诧异吧。毕竟是在大学校园，最起码能成为"青铅笔"[②]和漫画作品的材料吧。

我在池塘边上看到过小蝌蚪的队列。那个队列的路线有没有规则，与水流有什么关系，我记得跟谁讨论过这些问题。当然最后毫无结果。

玩笑话到此为止，要说严肃的研究课题，这个池塘至今为止确实也给我们提供了不少材料。

据说，以池中栖息的生物为研究对象撰写学位论文的学长至少有两位。

此外，听说田中馆老师[③]在研究电流对水道铁管的腐蚀情况时，也在这个池塘里做过各种实验。当时使用过的铁管应该还保存在某处。

月岛丸[4]沉没后，搜索成了问题。中村老师[5]想了很多方案，我们学生也协助进行了预备实验。我记得我们做了一个大喇叭似的东西，将它沉入池塘中，然后在其他位置沉入一个小锅炉，用锤子敲了之后听声音。第二次实验是把工具带到隅田川的艇库前做的，当时有个同学背着锅炉从栈桥上掉进水里，给我们的记忆中留下了难以磨灭的一幕。

说到坠水还有一个回忆。我曾经与三年级的两位同学一起测量过池塘的水温分布。我们在池中的小岛上安装好电流计，再用小船拖着热电偶在水中前进，时而测下水温的水平分布和垂直分布。寒冬腊月的某一天，有个同学测量时不小心落水，结果生病了。水温分布不是什么稀奇事，但在深深的泥沼中测分布也许就不那么多见了。

在这个测量中使用的小船，现在就一身干燥地竖在理学部北大门的墙壁上。本来是用一个大水盆浮在水面代替小船的，但由于进行各种观测都需要用到，所以就拜托水产讲习所造了一艘小船。如果就将它拴在池边，总会有一些手艺人或泥瓦工捣乱，没有办法只能那样拉上来了。因为无论换几把锁，总会马上被毁坏，所以就放弃了。当然这肯定是手艺人或泥瓦工们的勾当了。

关于池塘周围的磁力测量，虽然只是测测磁倾角，但数年来一直坚持，也积累了很多材料。通过数据可以看出，由于地形产生的差异相当明显，这一点很有意思，我想着什么时候总结一下，但最终就那么放着了。也有学生将呈池塘断面形状的铁板放在电磁石之间，然后撒上铁屑，观察磁力线的分布并与实地进行比较。

池水结冰时，如果再积上雪，表面便会呈现出有趣的纹路。据说这在德国被称作“蒸汽孔”，其成因尚不明确。田中阿歌麿所著《诹访湖研究》的第716页载有相关报道和照片。田丸老师也写过关于这个池塘的文章，登在了几年前的《罗马字世界》上。我们也曾乘着那艘小船协助老师们对此做过各种调查，总之这是一种有趣的现象。

前些年测水温时，在池中各处插了些竹竿做标志。当竹竿在积了薄薄一层雪的冰面上探出头时，其北侧有时会产生奇妙的扇形花纹。这也非常有趣，对此气象杂志上还刊登过简单的报道。

关于池水的振动，即所谓的湖震现象，本多[6]他们进行过调查，其结果登在了《大学纪要·二十八卷·其五》。我记得当时用镀锡铁皮做过小模型。关于池水的运动，还有很多需要调查的地方。我们当时还测量过水深，结果也登在了纪要上，我记得池水要比想象中深。

以上所列仅为我所知道的文献，如若加上我不知道的其他学科的相关研究，那肯定有相当大的分量。说不定今后还有更多可能性。

如此想来，我希望这个池塘永远不要消失。如果有一天大学土地不够，我宁愿毁掉所有庭院、树林，也希望保留这个池塘。倒不是为了景致、风雅，我希望它能作为一个学术研究资料的供给所，或者一个实验水槽被保存下来。

说起这个池塘的来头，也很有意思。有人说，那里原先是泉水，前田家[7]的先祖往下挖成了现在的样子。这样说来，池子的西北边好像确实有水涌出来。也就那块地方池底没有淤泥，露出沙砾，这个用竿子一戳就能知道。据说在某次土木工程中发现，沿着这个池塘，有一条狭窄的溪谷向北流去，从现今的动物地质教室下面一直延伸到弥生町的门口。关于这个池塘的地学价值，如果结合校内的钻探结果考虑，也许能够发现什么。我们还可以进行这类空想。

某位文科教授拍摄的池塘照片，现在还有几张挂在临时大殿的门楣上。如今看来，已成历史。我曾想过，要是能制作“大学百景”之类的系列版画。一定会很有趣。如果真的能成，那其中至少有十景或十五景与这个池塘相关。可见，这个池塘对于大学的景致具有多么特殊的意义。但却因为一场火灾，一夜间大变样。当然，这种变化是不可逆的。无论它以后发生多么美丽的变化，对于在大正十二年(1923 年)前进入过大学的人们而言，“池塘”肯定还是火灾以前的那个池塘。

我们的池塘，在各种小说、感想文的场景中也常被使用，但我想这类文献还是由该方面的专家说明为好，所以在此不做任何提及。

(一九二四年十一月，《理学部会志》)

注释：

①不连续面：物理专业术语。地震波在地球内部的传播速度一般随深度增加，但又不是匀速增加，在某些深度处发生变化，突然加速或减速。这种波速发生突然变化的面叫作不连续面。

②青铅笔：日本著名报纸《朝日新闻》的社会版面的一个连载专栏，于 1916 年开始连载，对一些时事问题进行评论。

③田中馆老师：田中馆爱橘(1856—1952)，日本明治时代末期和昭和时代初期的国际著名的物理学家。1891 年任东京大学教授，在地球物理学、度量衡及航空研究方面贡献极大。

④月岛丸：商船学校的练习船，1900 年 11 月 17 日在金华山附近沉没，船员及商船学校学生 122 名死亡。

⑤中村老师：中村清二(1868—1960)，物理学家，光学、结晶学方面的权威。东京大学名誉教授，学士院会员。

⑥本多：本多光太郎(1856—1954)，日本磁性钢权威。

⑦前田家：现在的东京大学占地原为加贺前田侯的宅地。

路旁草

一、车上

有个词叫“三上”，即枕上、鞍上、厕上，也被解释为“最适合产生美好构思的三个环境”。这个词实在很妙，但我想除了古代中国人或者极度闲暇者，对于现代人还真是难以适用。

在此，我想思考一下“三上”的来由。首先，这三个境地都是肉体不自由，受到某种约束的情况，当处于这“三上”之时，我们想做其他事情也难以为之。然而，换一个角度看，这又是极其自由解放的宝贵时光，因为此时我们不用担心被外界的各种琐事打扰。肉体被束缚，但精神高度解放。据说此时头脑的功能与外界隔离，所以自然面向内侧了。

对于现代的普通人，这个“三上”多少需要一些改动。首先是“枕上”，现代人每天疲于工作，很多人工作到深夜好不容易沾上床时，脑子里便只想到睡觉了。而睡不着的情况大多由于身患疾病也无法好好思考了。

其次是“厕上”，视情况对有些现代人是适用的。在我认识的人当中，便有人长时间安于这个境地，足够达到以上目的。但有些人喜欢睡懒觉，为了上班不迟到而养成了匆匆忙忙上厕所的习惯，对于他们，这个环境便不适于冥想了。

最后是“鞍上”，对我们来说有点遥远。而其替代品人力车或汽车，至少在东京市内好像并不适合培养平静安宁的心情。如果有私家车或许还强一些，而对于没车一族便只剩下电车的“车上”了。

在电车上无法体会一般意义上的闲寂，然而由于极度拥挤有时反而能酝酿出破罐子破摔的平静安宁。乘客们都是石子，自己也是其中一颗，当放弃挣脱周围石子的束缚时，自然便产生了与“三上”境地相通之处。因此，满员电车中意外地适合冥想。我经常碰到这种情况，在书桌前或实验室里无法想到的好点子有时在电车里突然便浮现出来了。

“三上”之所以成为“三上”的要素中，除了由于肉体束缚而产生的精神解放之外，还有另一个要点，那便是适当的感觉刺激。“鞍上”与“厕上”不言而喻，但“枕上”看起来不太明显。然而细想起来，除了枕头、床铺的触感，横卧时产生的全身血压分布的变化恰恰正属于这种刺激。再说“车上”，很明显这个条件得到了充分满足。只是当刺激过度时，对于体弱多病者或不习惯者，“车上”的效力便难以发挥。而适当麻痹该被刺激者最能够提高“车上”的效率。

二、桌上演讲

近年来的各种宴会上，在所谓的甜品时段流行起了一种桌上演讲。这对于讨厌演讲的人来说，实在极其煎熬。好不容易满足食欲后，正准备好好享受一下冰淇淋或咖啡时，它便开始了。耐下心来听那不十分有趣甚至令人不快的演讲倒也罢了，有时还会受到组织者“点名”，被迫说点什么。如果你顽强抵抗，便会受到后面演讲者的轮番攻击。真是麻烦至极。

不用说，这肯定是模仿洋人而来的。遗憾的是，我并未出席过西洋的社交活动。即便参加过，由于语言不通，我也不知道西洋的桌上演讲有多么恶劣和无聊，所以与日本的桌上演说无从比起。

我不知道最初兴起此事者是何等人物，但他确实发起了一件趣事。可以想象，当一个喜好讲话之人酒足饭饱、心情愉悦时，站起来吐点什么警句名言让在场的客人刮目相看，又或者说点滑稽可笑之事令人戳中笑点，那是何等畅快！而进入所谓的甜品阶段后开始又恰是极其适当的时机。也就是说，可以将它想象成为满足某种生理需求的一份美味佳肴。只是问题在于，若是普通菜肴，如果不喜欢不吃便罢，而这个演讲非“吃”不可。

还有一个问题，我担心，如果桌上演讲流行过甚，会不会助长将桌上情绪扩张到桌上之外的习惯，从而引起桌上思想、桌上艺术的流行。望有识之士三思。

三、Radio 恐惧症

我记得第一次听收音机是在上野的 S 轩。四五人饭后在客厅闲谈时，突然头上传来四声吱吱呀呀的奇怪声响，就像鸡被卡住脖子时发出的声音，令人十分不快。之后同样的声音又开始响起来，我听不清楚具体内容，便问同行者，他们告诉我说的是“JOKA，这里是东京广播电台”。随之开始播放类似长呗[①]的歌曲，喧闹的歌声伴着嗡嗡作响的三味线[②]，我们的谈话彻底被搅乱了。

后来我又经常在各种场合受到JOKA的侵扰。习惯之后，慢慢也能听出里面说的确实是JOKA。“J—、O—、K—、A—”故意模仿的洋腔洋调劈头盖脸地涌过来，令人相当不适。不知道是这四个字母本身包含着什么令人不快的暗示，还是最一开始听到这个声音时给我留下的坏印象被重新唤醒了。

在收音机里也听过管弦乐演奏，乐器的音色丝毫未表现出来。无论是木管、金属管还是弦乐，听起来一律如蛙叫般嘈杂吵闹，无法忍受。

听这方面的专家说，产生噪音是因为餐饮店或一些商店里的扩音器不够专业。如果是调节好了的机器用上矿石检波器，再使用专门的听筒贴在耳朵上的话，就不会有这种情况了。但是，一般人也不会为了去听它而特意在头上缠一圈金属“头巾”吧。

暑假的某一天，我和M君去了下高井户的Y园，优哉游哉地玩了半日后去吃了晚饭。当时店里正好没有其他客人，无月的暗夜里显得无比闲寂。当我们吃完饭准备回去时，突然楼下开始播起了JOAK。我没想到JOAK竟已渗透到这种偏僻的郊外。那天晚上正好也有柴可夫斯基的秋歌三重奏。不知道是因为周围太安静，还是机器比较好，又或者是我的头脑跟平常不一样，那个三重奏我竟觉得有点意思，坐在楼梯上一直听到了最后。我心里想，如果都这样的话，收音机好像也不那么可怕了。

之后，某个休息日的下午，收音机里播第X交响曲，我便试着走进了银座的某家咖啡馆。结果还是不行。所有的乐器听起来都是清一色的杂音，仿佛在与外面驶过的电车的轰鸣相抗衡。我想自己知道曲子的大概，便强忍着听了下去，结果也不知道是不是因为店员老在调整机器，插头一会儿拔掉一会儿插上，好好的一首交响乐硬是被无情地切成了许多段。

基于以上缘由，我自然对 radio 产生了一种恐惧感，同时对家家户户屋顶上散乱着的天线也很难产生同情。然而，即便没有这种偏见，恐怕那些东西也算不上好看。类似晾衣竿的东西上面架着细长弯曲的金属丝，总给人一种“贪婪”的感觉。听说也有办法可以不架这种天线。

也有人玩收音机，玩着玩着就想过把播音瘾，最后真的开始恶作剧播音，被发现后挨了一顿骂。但这类人也有可靠之处。

有理学家抱怨说，那些所谓的“粉丝”对现象的本质没有充分认识，只是对电气技术略懂皮毛，便彻底以“收音机通”自居，他们从不觉得电波传播现象有何稀奇，总是一副万事理所当然的态度，真是太奇怪了。然而仔细一想，这些理学家自身一不小心也会变成同样的理学粉丝，比如相对性原理粉丝、素量说粉丝。这些都必须引以为戒。

四、入侵者

为了每个休息日都能呼吸新鲜空气，休养疲惫的大脑，我在郊外的农村买了一小块地，做了个隐蔽居所。我曾有一个美好的梦想，在空地上种些花花草草，最后弄成一大片花园，但不久便发现这真的只是个梦。当花草好不容易发出点芽，便总有人——可能是村里的孩子，随便进入无人看守的院子里，一个不剩地给揪走、拔掉了。各种球连根拔起来虽也容易，但“犯人”连一点细芽都不肯放过，都一一拔起来扔在了周围。有时密密长满小苗的苗床会被草鞋之类的碾过，破坏殆尽。彻底失败后的第二年，我放弃了特意设置花坛的打算，而是在杂草间难以发现的地方撒点种子，插点小苗，但还是不行。那些不知名的入侵者们具有惊人的敏锐感，他们仿佛带着寻宝的心情找出花草幼苗，然后几乎一个不剩地拔掉。比如像向日葵、太阳花等还很小的时候，藏在那些连播种人都很难找的隐蔽处，也会在不知不觉间被拔掉，实在太令人吃惊了。能做到这么细致，我想应该是女孩子。有一次，我一个人去的时候，听到院子里传来孩子的声音，透过玻璃门一看，里面有四五个女孩子，最大的十三岁左右，正拿着竹片在杂草中戳弄。她们发现我后，也只是互相看了一下，没有丝毫惊讶和慌张地走掉了。

然而，有趣的是，我发现有几种草竟然逃脱了入侵者的魔爪，即大波斯菊、虞美人草和报春花。像蜀葵、牵牛花等在幼芽阶段就被找出来拔掉了，只有这三种却不知为何免受侵略，不断繁殖，两三年间就长成了一大片，已然远不是几个孩子就能对付得了的。我也想过是不是因为这些花在当地不稀奇，但事实并非如此，至少虞美人草在这一带的民家院落里就不多见。而当地很普遍的长春花却被一一拔掉了。另外同样很常见的大波斯菊却属于受损不多的。

我又想，是不是因为入侵者们知道这三个植物繁殖力旺盛才不动手，但发现这也不过是牵强附会。

各种花在吸引各种虫蝶方面的能力应该还有人类所不知的奇妙理由，同样，各种花草在刺激孩子们的侵略兴趣方面，其效果的差异肯定也潜伏着难以简单说明的秘密法则。

就像昆虫研究者们研究蝴蝶、蚂蚁一样，如果将这些小侵略者们的习性作为研究目的来进行各种实验的话，肯定有趣且有益吧。但我并没有这样的闲暇和热情。我想，等再过一两年，当孩子们对我们“东京人”的好奇心和反感大为减少时，也许再做一次“花园梦”也是不错的。

五、除草

有人为了享受院子里没有一根草的感觉，不惜专门雇人将后院各个旮旯里的草除得干干净净。对于这种人的心情，至少孩提时期的我是无法理解的。小小的我无论如何也想不通为什么不能长草。我认为但凡是地里长出来的植物都很美好，好不容易长出来的生命，随手拔掉实在可惜。我一看到古城址或其他荒地上郁郁葱葱的杂草，便觉得心情舒畅。随意躺下，听听蜂鸣鸟叫，实在是一大幸事。油画的风景画中，破旧的木栅栏、果树前杂草纷乱，即便如今，这类题材依然最令我心醉。

那是我在东京成家之后的事情。有一天巡警来到家里，说外面围墙下杂草太多，要我们尽快拔掉。我出去一看，只见乌黑腐朽的木墙下确实长着各类杂草，一片葱郁。其中零星也开着一些小花，丝毫不觉得脏乱和不快。恐怕比起木墙和门前的水沟，这些小草算是最美丽的存在了。然而，警察都上门说了，我们也只能照做，乖乖将草拔了。

当我如旁人一般自己播些花草种子之后，好像才开始慢慢意识到杂草的讨厌之处。如果对它们放任不管，那么自己辛辛苦苦种下的花草便会彻底败下阵来。如此一来，虽然于心不忍，但也只能将杂草除掉了。同时，我也开始慢慢懂得了杂草一词的含义。

后来，我在郊外盖了一座房子。入春，周围便长满了各种各样的草。其中有些开着小花，如果形成气候会相当好看。但也有些只顾疯长，最后连脚都迈不开了。任其发展下去，大有入侵房子内部之势。事情至此，我终于也感受到了杂草的威胁，下定决心准备除草。

我也是那时候才知道割草的镰刀有很多种类。我向周围农民学习了镰刀的使用和研磨方法之后，开始着手除草。

试着一割，才发现原来那么艰难。自以为除了一大块，结果站起来一看，才进行了巴掌大的一块地，顿时心灰意冷。然而，割着割着，开始对除草本身燃起了兴趣，慢慢不那么焦心于结果了。

拿着锋利的镰刀横扫过去，实乃大快人心之事。愤恨地砍断草根也很爽快。仿佛痛快地挠在那奇痒之处。

我还注意到草根的生长方式各不相同，思考其目的论意义很是有趣。同一块地面，随着季节推移，不同杂草交替占领的顺序也很有意思。不同年份长势最好的草的种类不尽相同，以及其受人类干涉后被影响的情况等，深入研究一下，也许能形成一门新的“杂草学”……要写起来没有尽头，暂且略过。在此只简单记录一个深深印刻在我脑海中的问题。

在杂草身上，与我们栽培的五谷、蔬菜或者观赏植物相通的地方极其之多。如果对这些杂草特意花费心血好好培育，那么若干代之后，有没有可能产生比现在的有用植物更为有用的物种呢？

长期以来，杂草被人类当成眼中钉，备受虐待，但它们却靠着顽强的抵抗力存活至今。比如白头翁、牛筋草等，如果突然被移到温室内的沃土中，施以各种有效肥料，结果会怎样呢？说不定它们会由于施肥过度而衰灭。正如贫寒时志坚，一旦富贵便突然软化一般，总感觉它们在温室中会变得越来越柔弱。同时，这些草的果实也许会不断发育进化，最终成为比米或麦更好，或者至少同等的谷类。

也许培育方法得当，这些杂草在保存顽强抵抗力的同时，又能获得丰满的果实，那就更完美了。我的这个想法会是一个天方夜谭吗？

有没有人，抱着上当受骗的心态，来做做这个实验呢？

六、稻草变丝绵

有人自称发明了一种方法，只要在稻草里加入某种药品后蒸煮，就能生产出真丝，结果还真有几个资本家投资了。然而，后来有人举报这是欺诈，最后被举报者在警视厅的差役前做“实验”以证清白。煮了大半日，得出了类似纸浆的东西。本来翌日清晨应该变成丝绵的，结果没成，最后被判为欺诈罪。据说这是报纸上登的。因为是新闻报道，所以不知事情真相。但现实生活中的确有类似事件。

这种现象不论古今东西，时有发生。不知为何，在探索神秘赚钱大法的资本家面前，这种现象便会应邀而出。而在没有召唤恶魔的人面前，它们不会随便出现。

骗人者固然不好，而被骗者也是产生这个现象的第一要因，应承担相应责任。我想，如果对现代科学有大概了解的大冈越前守[③]来断这个案子，被骗者应该也至少会受到谴责。

但这些都不是我想讨论的。只有下面一件事我想稍稍考虑一番。

那就是骗子开始在警视厅做实验，以及在整个实验过程中，脑子里到底在想什么。哪怕他至此都是中途使了什么将纸浆换成丝绵的戏法，但在警视厅做实验的时候，我怀疑他是不是一边搅拌着烧杯，一边在心里努力说服自己——或许纸浆真能变成丝绵。

最正常的解释应该是，他想在实验过程中玩手段骗过警察们的眼睛，这个说法很难否定。但问题在于，是不是真的仅仅如此呢？

老撒谎的人最后自己也开始“相信”了，这是大家都知道的现象。表演各种“奇迹”的人，比如千里眼透视术，演示者可能有些瞬间会忘记躲在暗处的助手，真心以为是自己产生了奇迹。再甚者，有时会认为自己一个人就可以完成。不知道常年画吉格斯与麦琪[④]的漫画家，最后会不会深信世上吉格斯与麦琪就活在这个世界上？是不是真的有这种一时的鬼迷心窍呢？

烧杯中的纸浆变成丝绵，其过程中最重要的一步，其实细细想来，也许是一件微不足道的事情。如果对这件微不足道的事情视而不见，那稻草确实能变成丝绵。同理，山药变成鳗鱼的“事实”也是一样。当渐渐习惯于这种“事实”，最终也许就会认为省略掉这“微不足道的事情”也能得到相同的结果。这种情况即便在头脑冷静时不会出现，但当事态紧迫、头脑稍不透明时，还是很有可能的。

换个角度，这个事件可以看成头脑不好的淘气包的恶作剧。同时，它又能成为犯罪心理学家的研究资料，也能成为科学认识论的老师讲因果定律时的材料。

因果的锁链缺少一节都会断开，这种不言自明的道理我们时常会忘记或故意装作不知道。我们的过失多数源于此。铁道、飞机的故障也多属于这一类。纲纪紊乱、风俗颓废等现象也多归因于此。因此，我们也不能随意嘲笑这位蹩脚的戏法师。

（一九二五年十一月，《中央公论》）

注释：

①长呗：日本三味线音乐的一种，作为歌舞伎音乐产生并发展于江户。

②三味线：日本的拨弦乐器。

③大冈越前守：大冈忠相(1677—1751)。江户中期的幕府大臣，被第8代将军德川吉宗提拔为江户町奉行，称越前守。断案公正，善理市政。

④吉格斯与麦琪：1923年的关东大地震后《朝日新闻》上连载的美国家庭漫画《吉格斯与麦琪》中主人公夫妇的名字。

备忘录

仰卧漫录

要说读多少遍都不腻，且越读越有意思的作品，那肯定是夏目老师的《修善寺日记》和子规的《仰卧漫录》。它们有着任何戏曲、小说里都无法找到的趣味。我说不清为何如此有趣，只是这两部作品应该是世上一切创作中雕琢痕迹最少的，那自然的叙述背后所透出的纯真超越一切批判、估价，直接打动人心。因为这必须是出入鬼门关的重患和身具非凡之处的人恰巧结合起来才能获得的文辞瑰宝。

我将岩波文库的《仰卧漫录》装在夏装口袋里。在电车上也时时拜读，没有座位便站着读，这能令我忘记暑热和距离。

“早上三碗热饭佃煮①、梅干②、一合③牛奶（加可可）、夹心面包、咸味仙贝……”这样的记录每天都在重复，但一点也不令人觉得冗余、啰唆。每读一篇我都体验到一个崭新的早晨，真真实实感受到热饭的温度和香味。就这样，与作者一起迎接宝贵的、所剩无几的生命的每一天。一合牛奶是加可可还是加红茶极其重要，比内阁由政友会还是由宪政会掌控要重要得多。

晚饭吃了中午“剩下的生鱼片”的记录时常出现。吃剩的生鱼片有几片在这位诗人午后半日的精神生活上投下的影子并不像我们一扫而过的字面意思那样稀薄、那样浅近吧。

为了安慰这位病诗人而送来各种各样礼品的人们也有着各不相同的复杂心理。头脑敏锐的子规不会对此毫无知觉。然而，他在习惯的驱使下极其事务性地记录着这些礼物，就仿佛从各种人那里获得各种东西是理所当然的权利一般。这些事务性、散文性的记录背后饱含着泪水。

诗人有时陷入混乱，连说“啊啊受不了受不了”“怎么办怎么办”。读到这里，我会感到一种莫名的滑稽。无法摆脱的苦痛最终逼得人想要自杀的记录为何会觉得好笑，我自己也想不通。我在“金枪鱼片”上看到悲剧，却在这自杀的一幕里看到一种喜剧。然而，也许此时子规声嘶力竭的喊叫也是某种意义上的“笑”。子规编导了这一幕并将它记录下来之后，也许体会到了最为畅快的心情吧。

夏目老师的《修善寺日记》中有着重生的喜悦，同时也刻印着对遥远的彼岸世界的憧憬，这些都凝结在日记里宛如颗颗珠玉般的俳句和汉诗之中。在《仰卧漫录》中，面对无可避免的死，子规活生生、赤裸裸地表达了对现世的留恋。而最具这个表达效果的就是对于每日三餐及零食的细致记录。“热饭”“夹心面包”“金枪鱼寿司”……如果除去这些满怀欣喜地罗列着的各种美食，那《仰卧漫录》便是万万无法成立的。

在这个用生命写就的稀有、美丽的大诗篇中，每一日的菜单是各个章节必会出现、不断重复的副歌、主音。

夏

近几年，大概是自一九一九年的那场病以来，夏天的到来成了我一年中最期待的事。早晨起床时，温度计上的温度接近八十度[④]后，用冷水洗脸、洗头就不会哆嗦，不穿袜子脚也不会冷了。仅这一点我便很满足了。只有到这个季节，全身的血液才能畅通无阻地自由循环到毛细血管的末梢。也许是因为这个缘故吧，大脑会出现轻微的贫血导致人有些发呆。听觉也比平时更加迟钝。心情则是无比地静寂、平和。

白天最热的时候，做一些轻松的机械性的调查工作也很惬意。因为不太用脑，并且总能一点点看到成果，所以能让我在不知不觉中忘记时间和酷暑。

不胜酒力的我无法明白陶然而醉是一种什么样的感觉。至少，不能通过喝酒体会到。但是，在最热的时候做一些轻松的工作，人有些晕乎乎了之后的快感应该就和这种陶然微醉的感觉一样吧。此时要是还有很多蝉鸣声就好了，可惜我家附近并没有这支夏天的管弦乐团。

坐在咖啡店干净的桌上喝杯热咖啡也是盛夏里一件无与伦比的美事。发光的银器、闪耀的玻璃杯、花瓶里插着的一枝花，还有类似蜜蜂嗡嗡声的电扇音，这正是《牧神午后》中所表达的感觉。我不由得想象德彪西是不是有贫血性手脚发凉的病症。

夏夜也很美妙。可以在院子摆出藤椅来看星星。天蝎座和巨蟹座闪耀在邻家栗树的树梢上。花坛里的向日葵今年一个劲地疯长，变得比屋檐还高。晚上也能看见它们颜色明亮的花朵在凉风里轻轻点头。

别人讨厌的蚊子我是不太在意的。可能是因为读初中时，我有一整个夏天坐在后面偏房里的椅子上沉迷于读书，两条腿让蚊子咬得满是包，自那以后我就像是对蚊毒有了免疫一样，乘凉时手脚稍微被咬几口也几乎毫无感觉。没有蚊子的夏天也许就像少了芥末的鲷鱼刺身。

阵雨欲来的晚上，一个人坐在二楼的窗台上欣赏风云变化也是很有意思的。此时云的运动极其复杂，方向和速度都会急遽变化。如果还有闪电的话就更有趣了。无论什么样的烟火都不及这个天工产物。

看似要来的阵雨迟迟不下，过了十二点我便上床睡觉。深夜里被倾盆的雨声吵醒。如果人生中有不用花费分文便可无条件无理由享乐的事的话，这时的雨声肯定是其中之一。我想这对于讨厌夏天的人来说大概也是一样的。

要享受冬天，必须是健康的有钱人，除此以外还需要有相关文化设备。而夏天，那就是贫血症穷人的乐园、自然之子的天地了。

凉　味

要说清楚“凉”这个词的含义并不容易。它当然不单单指气温低。解释为持续的高温短期消退时的感觉也算凑合。但是，盛夏中被作为凉味来享受的倒更像是高温和低温的急遽交错。比方说，炎炎夏日里在冰库里待上一个小时所感受的就不是“凉”，而是恶寒；不间断地吹电风扇也绝不凉快。

夏天走在山路上会感觉到一团团热空气与冷空气复杂地混合在一起。这一团团的空气有大、有小。在它们大小适中的时候好像就能让人感受到最大的凉味。但是，至今尚未有学者做过这个意义上的凉味的定量研究。作为气象学家和生理学家的共同研究题目，这应该很有意思吧。

仓库和地下室里空气的温度几乎是均等的，没有寒暑空气团的交错，也就是说空气是死的。与此相反，山里的空气是活的。由于温度的不均等而产生了复杂的热交换。我们的皮肤神经在时间和空间上都会受到复杂的刺激。这个刺激所带来的特殊感觉就是所谓的“凉”吧。

暑天里接受针灸的感觉和“凉”有些类似。盛夏往背上浇热水的感觉也是一样。由此可以联想到一种科学纳凉法：选择若干区域的皮肤同时给予适当的高温和低温，应该就能感受到最大程度的凉味。或是针对某一局部，在一个适当的周期下交互施与热和冷也许也是一个不错的方法。这对于实验生理学家来说，会是个理想的研究题目吧。

将这个假说延伸开来，可以发现热酒配凉拌豆腐、吃完冰激凌后马上喝热咖啡也是一种凉味的享乐。

以上对凉味的解释仅针对皮肤的感觉而言，能不能用于精神上呢？这也能成为心理学家的一个课题吧。

向日葵

我躺在中庭的藤椅上，看晚霞映照下的向日葵。开得正盛的花朵一旁，有些已经快要枯萎，漆黑的大花蕊周围挂着几片干巴巴的花瓣；也有未能长大的，开着几朵宛如儿戏的小花。大的叶子也很少有完整的，有的被虫啃了，有的一半变黑枯萎了。以上各种不完美全部拼凑在一起才是鲜活、真实的向日葵。有人出于浅薄的想法故意过滤掉枯萎的花、被虫蛀快要干枯的叶子等，但这样绝不可能画出一幅真正的向日葵。

精巧无比的玻璃花和真花之间也有着这样的本质区别。尊重写实、排斥一切理想的极端论者的学说也有一定道理。实际上，有些浅薄的理想主义艺术就像是米粉工艺[5]。但是，光是强调由于虫蛀、细菌而变色的叶子的表现主义也不怎么高明，德国近来的绘画似乎就有这样的倾向。

物理学方面的文献中，在我看来也是浅薄的理论物理学家的理论性论文最无意义。即便逻辑上没有半分漏洞，数学运算上没有一点谬误，那些论文里议论的“天然”也只是米粉捏成的“天然”，是友禅[6]衣角上的“天然”。深不见底的“真”的本体反而被掩盖了。像这种宛如包装鲜花的彩纸似的论文在德国一带的博士论文里时有出现。

真正出色的理论物理学论文中，有能够让人联想到东洋画，特别是南画中的神品的东西。乍一看笔法粗略且似乎任意扭曲了天然，但其中所抓住的、所表现的却是藏在活生生的天然背后的活的灵魂。这样的理论就是所谓的 fecund[7]理论，它们会开花结果，为人类的文化做出贡献。

理想艺术如能达到南画的高超境界，便也具备了出色的科学性。同样，理论物理学中的精华也有着艺术之美。

纯粹的实验物理学家和写实主义的艺术家有着相通之处。两者都必须用自己的眼睛去观察呈现在自己面前的天然，这是第一要义，也是最大的难事。但是，我们的眼睛受传统的蒙蔽，被权威的光环迷惑，很难看清原原本本的天然。即使眼前出现了非常有趣的现象，如果权威的文献里没有写过，也很可能被当作无足轻重的事情而永受忽视。我们的眼睛只会去关注西洋的伟大学者们那些老生常谈、发了霉的普遍现象，并常常甘于在征服者的大军通过后的原野上捡拾散落下来的弹壳。

写实画派后裔中的大多数人只能看到祖先眼中的天然。画了元祖选定题材以外的人就是异端者、反叛者。

一提到向日葵，梵高投来的强力传统之光便会令我们的双目无法视物。要想让这束光暗淡，我们只有自身内部发射出更强的光，从而创造出属于自己的向日葵，但其困难可想而知。我想这一点从事各个领域的科学研究者们也必定感同身受。

线香烟花

夏天的夜晚，孩子们喜欢在小院的长凳上玩线香烟花，这对身为大人的我来说也有一种强烈的诱惑力。自己孩提时代的梦因此而复苏，一些已经不在这个世上、曾经很亲的人们的记忆被唤回。

烟花点着后并不马上绽放，只是静悄悄地释放出几缕青烟，这段不长不短的沉默，正好令看烟花的人由于对即将出现的光景的期待而紧张不安。接着火药开始燃烧，小小的火焰像牡丹花瓣一样迸出，这个反作用力使得整体像钟摆一样摇晃。同时，灼热的熔融块小球不断生长。火焰停息，迎来进入火花阶段前的短暂休止期，这又给人带来难以名状的心绪。火球一边发出轻微的、仿佛东西煮沸般的声音，一边小幅震动着。这让人感觉到内部有一股能量蓄势待发，好像随时会迸射出来。突然，火花开始迸出。细微的火弹以肉眼难以察觉的速度发射出来，仿佛撞上了空中看不见的什么东西后破碎了一样，化为无数的光束四散。这其中的一片又再次碎裂，绽开第二枚松叶，紧接着第三、第四枚。这个火花在时间以及空间上的分布无论是再密集些，还是再稀疏些都不行。火花的音乐以恰到好处的步调、配置，富有变化地行进。音乐的节奏逐渐变快、密度增加。与此同时，一个个烟花逐渐变短，火之箭尖端的力量弱化，弯落下来。火弹已然失去爆炸的威力，在空气的阻力下减速，迫于重力，画出一道抛物线后垂落。始于庄重的 largo（广板），经过 andante（行板）、allegro（快板），刚到 prestissimo（最急板），便急遽转为 decrescendo（渐弱音），最后到达悲伤、寂寞的 finale（终曲）。我母亲把这个最终阶段称作“散菊”。那的确很像单瓣菊花枯萎的样子。“散菊、散菊……”想起这么打趣着的母亲的声音，自己幼时在故乡的记忆便会鲜明地复苏。吐尽所有能量的火球脆弱无力地落下，一首火花奏鸣曲随之终了，留下淡淡的、稍纵即逝的漆黑夏夜。不知为何，此时我总会想起柴可夫斯基的《悲怆交响曲》。

实际上一根线香烟花的燃烧是有“序破急”、有“起承转结”，有诗、有音乐的。

不过，近代流行起来的叫电子烟花还是什么烟花的东西怎么样呢？的确，铝或镁的闪光非常亮，锶或锂的火焰颜色很漂亮，但从头至尾只是杂乱无章地燃烧一通，既没有韵律也没有节奏。而燃尽时的风情余韵更是无从说起。如果说线香烟花是贝多芬的奏鸣曲，那这个就是吵吵嚷嚷的爵士乐。不得不说这也是日本固有文化的精粹受到有着美国影子的近代文化挤压的一个缩影吧。

从线香烟花灼热的球中飞出火花，火花又两三次地破裂，此现象是由于什么作用产生的呢？这应该是一个很有趣的物理、化学问题。如果对其进行详细研究，那么可以预测的是，这个研究结果自然会碰触到此类科学最重要的基础问题，这个解释会提供某种有益的贡献。于是我从十几年前开始就向许多人推荐了这个研究题目。特别是对于那些在地方学校供职、没有完善的研究设备，但又希望进行一项有原创性工作的人，我总是会建议他研究线香烟花。然而，至今为止尚未听有人做这项研究。我想这个问题最终还是得靠自己，于是从两年前开始着手研究。即使是初步研究得到的一点微不足道的结果，也已令人极其不可思议了。至少足以让人们承认这在将来有可能成为一项重要的研究题目。

我无法理解这个有趣又有益的问题为何一直被忽略，至今没有一人着手研究。恐怕是因为“文献中找不到”，即没人做过，除此之外我找不到其他理由。然而，没人注意绝不意味着它就是一个无聊的问题。

假如西洋的物理学家们熟知我们的线香烟花，恐怕早有一两个相关研究者了。再假如研究中发现了什么有趣的内容，我国现在也会出一两份线香烟火相关的学位论文了吧。我也不会闲置这个题目到今天了。

近来有个法国人在研究用圆形磨刀石研磨刀具时出现的火花，意图通过这个火花的形状来辨别这个刀具的钢铁种类。我想如果向这个人提出建议的话，线香烟花问题的研究进度也许会比想象中要快很多。但是，可以的话，我还是希望线香烟花通过日本人的手来研究。

大老远地跑去西洋学者早就挖了个遍的地方搜寻矿石碎片也可以，不过，我们也不能忘了埋藏在自己脚下的宝藏。但是要去发掘这些宝藏的话，起码要有勇气做好被嘲笑、被当作狂人的心理准备。

金米糖⑧

现如今，在普通点心店或零食铺已经看不到金米糖的身影了。据说是因为受到牛奶糖、巧克力等的挤压，现在制造金米糖的商家变得极其稀少。不过，市面上还有蓝黄红小颗粒装在小玻璃瓶里面卖的那种，但听说其制作方法稍有不同。

这种金米糖的制作过程中有非常不可思议的地方。据我所知，先在纯良的砂糖中加入少量水，放在锅里溶解成黏黏的液体。然后加入金米糖的核心芥子粒，用勺子搅拌，在不停舀起来的过程中，就自然形成了金米糖的形状。

中间有核心，其周围砂糖凝固起来并逐渐生长，这也不算太稀奇。但问题在于，为什么会生长出那样的角来呢？

物理学上，当所有方向具有均等可能性时，按照对称法，对所有方面给出相同数量是最常见的想法。而现在，我们没有理由解释金米糖生长时必须朝某个特定方向多长一些，因此可以得到以下结论：金米糖应该成长成完美的球体。然而，金米糖“本人”却不管这个结论，兀自长出了许多细细的小角。

这当然不是逻辑的谬误。从错误的假设出发，当然会得出错误的结论。要说如何解开这个悖论，首先，所有方向的均等只有在平均统计时才适用，但我们却直接运用到具体的个体上了，这是第一个错误。其次，从平均的背离一旦出现便会不断被助长，我们忘记了出现此类不安定情况的可能性，这是第二个错误。

从平均球形发生的偶然性统计上的差异波动，一旦稍稍形成，便会产生高处和低处，此时只要具备令高处比低处生长更快的物理条件即可。现阶段还不清楚这个条件是什么，但其可能性绝对存在。

有意思的是，金米糖的角的数量基本一定，而决定这个数量的因素是什么，又是一个极其有趣的问题。

一直以来，物理学界对类似金米糖里出现的个体的波动问题都持忽视态度。这个差异基本只有在能够自动消除的情况下才会被提出。除此之外的不安定情况，一般就被视而不见了。至于造成这种结果的原因，首先肯定是因为对该问题的处理毫无头绪；而另一个方面，可以说还是因为物理学陷入了“传统的岩洞”，偷得一时安逸。

物理学上关于偶然差异现象的研究，近年来好像开始露出些许进展的曙光，但现阶段其研究方法依然幼稚，研究范围依然狭窄。

从这个意义上讲，可以说关于金米糖生成问题的物理学研究从根本上与将来整个物理学的某些重要基础问题有着必然的本质关联。

同理，会成为将来的研究课题的多数现象之一，便是利希滕贝格的放电图形。该现象也长期作为“古董问题”被束之高阁。偶尔有研究该问题的好事者，也只是受到了多数学者的嘲笑。然而讽刺的是，最近这个现象在电气工程学方面被认为可能应用于高压测定后，渐渐从事该研究的人好像就多了起来。但是，至今尚未有人尝试说明产生这个现象的原因。然而，这个现象从根本性质上讲，必定与金米糖的生成在某个点上拥有共同因子。而且，说不定将来能够“一石二鸟”。

关于生物学上的“生命”问题，目前物理学没有置喙的权利。开尔文勋爵曾经想象过，地球上的生命之种是由于光压从宇宙中搬运而来的。但这对于生命本身的起源来说，只是细枝末节。按照现在的物理学，恐怕永远无力解决。我有时会想象，如果物理学上的统计性差异研究今后逐步进展，获得意外的启示，也许某一天真能架起物质与生命之桥。

如果对街上行人的数量进行某种统计，结果就会证明，每个人的统计分布就像没有生命的气体分子一样。如果人以外的某种生物从其他世界观察这些行人的统计性分布情况，那么在这个物体眼里，人类也只是无生命的微分子吧。另一方面，当“它”看到这些微分子又构成了有机的社会、国家机构，肯定会对他们的生命起源感到惊讶与疑惑吧。

照此类推，可以唤起另一个空想，即也许生命最根本的种子原本就存在于每个物质分子的内部。物理学家恐怕只观察到其统计上的表现，当他们看到原以为的无生命微粒却创造了有生命的国家和社会，一定会感到惊讶和怀疑吧。

以前也有人承认同一元素的分子间存在着不同的个性。既然如此，能否顺利通过赋予每个原子生命来将横亘在科学根基的生命与物质这两个次元统一起来呢？

从金米糖的物理性质出发，渐渐攀上空想的梯子，最终深入千古谜题——生命起源，连我自己也觉得稍稍偏题了。也许说由于沉醉于今夏破纪录的炎热，以至于开始痴人说梦更为贴切。

即便如此，这神奇的金米糖如果像千岛阿伊努人那样灭绝，也太可惜了。希望致力于天然物保存的人们，能够顺便保护一下金米糖。

搓澡工

搓澡工，也就是所谓的“三助”，不知始于哪朝哪代，细细想来却是个奇妙的职业。如是大旅店里的三助，能把平常难以接近的显贵们脱个精光，像鼓捣大白萝卜、擂杵一般自由摆弄他们的肢体，末了在他们的肩上、背上用力拍拍、扭上一扭。另外，三助还有一个特权，可以正大光明、日复一日地鉴赏、赞美只有以前住在西洋森林里的萨蒂尔⑨才能见到的宁芙⑩们的美丽身姿。

西洋似乎也有过类似的职业，我在古老的木版画上见过这样的例子。西洋的“三助”提着一把像是去掉了刀柄的大青龙刀似的东西，应该是用这个使劲擦污垢吧。有意思的是，他们也穿着兜裆布似的东西。

我之前去澡堂洗澡时，也从没找过三助。因为我实在不愿意把自己的身体交给一个不知底细的人，让他当作一件物品来处理，何况自己的身体自己能够洗干净。

但是使人为难的是，出门在外如果住到一间稍微像样点的旅店，一定会被强行搓澡。不需要的话拒绝掉就行了，但是特意回绝人家也不太好，就任由他去搓了。那感觉非常地不舒服。尤为头疼的是，单薄的肩膀在“按摩”的名义下被捶打、拧扭，引起的苦痛甚至波及头部和腹部。即便表示已经够了，对方一般也不会马上就住手。对我来说这真的是一种麻烦。倘若遇到殷勤的人，就算澡搓完了还要一直待在你的身旁，最后甚至要帮你搓毛巾。在别人的监视下入浴总有些尴尬，这也是令我头疼的地方。

我向朋友们说起这件事时，还从来没有被同情过。有的人说搓澡一定要仔仔细细地、按摩也一定要做足十二分，否则就会感到不愉快。还有一个人说，旅途中在旅店的浴室里搓澡的时候，向三助打听当地的风土人情最有效、也是最有趣的。

这样看来，把“这世上受多数人喜爱的搓澡，偶尔还有人极端厌恶”这一情况当作一个事实记录下来也许并不是徒劳的。

顺带提一下，在精神层面上，好像也有一种职业与这个“澡堂三助”相当。无论是清洗心灵的污垢还是身体的污垢，做成买卖都大同小异吧。对于这个心灵的三助，我希望能拥有取舍的自由。

调音师

在众多职业中，说起钢琴调音师，不管当事人怎么想，在旁人看来还是比较光鲜高雅的。随着西洋音乐的逐渐普及，对这个工作的需求不断增加，因此从业者数量也相应增加，然而却听说生意总是很繁忙。

摆放着钢琴的房间，大概不会那么令人不舒服。并且可以想象，接待者应该也不会那么粗鲁无礼。

调音师将很多琴弦中稍稍有问题的，按照一定的方式逐个找出来进行调节。键盘按键有问题的也会一个个仔细检查。一旁看着的人都会觉得心情舒畅，感觉就像在挠痒。调音结束后，拂去尘埃，盖上琴盖。为了以防万一，还会弹两个音阶、和弦试试，至此终于正式完成工作，可以想象这个瞬间应该是很爽快的。

我有时不禁想，要是能成为一个像夏目老师《草枕》中的主人公——那位画家一样具有“心之眼”的调音师，漫步游玩于整个日本，那该多有意思啊！

要是有伟大的调音师能够像调节失常的钢琴一样调节这疯狂的世道人心就好了。至少有人能够周游四方，找出那些骨肉相残的悲惨家庭、朋辈相争的无耻集团，对他们不协调的心灵进行“调音”就好了。

故事里流传的最明寺时赖和讲谈里读到的水户黄门，或许就是抱着自己是调音师的心态去游历的。不过，恐怕这两个人在调音的同时，也毁掉了一些相当好的乐器。

调音师这一职业之所以尊贵，在于其丝毫不会显露出自我，这是它的一大特征。音与音之间原本就具有和谐的自然法则，调音师只不过是将它们引向和谐的指路人。

我有时想，所谓伟大的思想家、宗教家都不需要，需要的仅是人心的调音师。如果有类似这种调音师的人，那应该就是好的诗人、好的音乐家或好的画家吧。

然而，世上也有看似对任何艺术都无感的人，甚至还有厌恶之人。这些人不具有“心灵钢琴”，因此也不需要调音师。这种人在所谓的“人格高尚者”中最为常见。说来也是理所当然的，不存在的钢琴当然也不会走音，就像不开的花也不会凋零一样。

芥川龙之介君

芥川龙之介君自杀了。

我只见过他大约三四次。其中一次好像是夏目老师的七周年忌，在杂司谷的墓地。一群身着西服或是羽织袴[11]的人当中，单穿和服的芥川君显得非常突兀。他看上去很憔悴，脸色苍白黯淡，独自站在离人群有一定距离的地方。我的眼前至今都能浮现出他那看起来极红的唇色以及用手撩起长长的头发时的样子，这些都让他看起来更为忧郁。参拜完毕，大家准备回去的时候，K 君问道：“怎么样，等下过来吗?”他没有作声，只是稍稍看了 K 君一眼。之所以记得这么清楚，也许是因为当天的芥川君在我脑海里刻下了某种特别的印象吧。

还有一次是在K社主办的A派[12]歌人的歌集发行纪念会上，地点是芝公园的某家餐厅。餐桌上，发起者点人作席间演讲。坐在主宾歌人右翼的芥川君带着沉痛的表情站了起来，说自己没什么想说的，如果硬要讲些感想的话，那就是对消化器官虚弱的自己而言，今天晚上的面包实在硬得可怕，说完就坐下了。那个晚上的芥川君身上已经没了前些年在杂司谷墓地时的那种软弱感。我看到的是年轻、锋芒，以及紧张的表情和说话姿态。但是，谁都看得出有什么严重的疾病正从内侧蚕食着他的肉体。“硬得可怕的面包”，这句话现在仍清晰地回荡在正写着这篇追忆的我的耳旁。我不禁觉得它是此次意外之死的某个暗示。

那个时候坐在同一列的四五个人当中有两个人已成故人。另一个是歌人S·A氏[13]。

过去账[14]

接到消息说丑女死了。她是在故乡的父亲家里前后干了近十五年的老婢，在我上高等学校的时候来到家里，帮助当时身体不好的母亲料理家务。我在父亲过世后处理掉了故乡的宅子，搬到这里，她在那个时候回了她的老家、一个靠海的村子。丑女本来有个弟弟可以撑起家业，但这个弟弟在日俄战争中战死，只剩下她孤零零一个，所以她将出嫁的姐姐的女儿收为养女来照顾。

母亲在世的时候会和她写写信，母亲过世后自然就和她疏远了，所以我连她这次生病都不知道。听说她上了年纪之后添了一身的病，也许就是因为这其中的某个而病倒下的吧。

她在各种意义上都是一个很忠诚的人。做事情容不得半点马虎，这样的脾气自然常常表现为强硬的个人主张。另一方面，她虽然没读过什么书，但却有着女人少有的明晰头脑和敏锐观察力。她有一个不管对方是谁都直勾勾盯着看的毛病，那样子好像是要通过对方的眼睛一直看穿这个人内心的最深处。实际上她好像确实拥有这种不可思议的能力，似乎能直接看到隐藏在“人”的技巧背后的本性。因为这一点，她为许多人所忌惮或是憎恶。但是丑女到底是一介女流，对于自己的内心世界她似乎是看不真切的。

一次，某位有着较高地位的妇人在众人环视下走下人力车，仅仅根据那一瞬间的观察，丑女发现了她皮肤的某个特征并告诉给了其他人，于是大家都说她很可怕，而这件事也成了一个谈资。

她有着日本女性中罕见的结实体格，容貌也属于不丑的鲁本斯[15]型。丑女动作不够敏捷，或者该说是笨拙的，尽管如此，无论交给她什么事情她都做得非常快。因为她是个聪明人，所以不会在多余的事情上浪费时间。另外，也是由于她不怕吃苦、不偷奸耍滑的缘故吧。

她的忠心在很多时候也让我觉得头疼。有些事情我希望她放着不管，但她绝不会这么做。也就是说，两个性质不同的利己主义者在这一点上是终究无法相容的。

我想起一件奇妙的事。在父亲临终的病床边上，靠近枕头的地方放着一个冰柱、挂着一个电风扇。当时温度计显示有九十多度[16]，是一个很难忘的炎热夏日。丑女不断用小碟子从那个摆放着冰柱的镀锌的箱子里舀出融化后积在那里的水来喝。我跟她说不能喝，她不听，舀了好几碟来喝。我清楚地记得后来她眼睛周围出现了紫色的眼圈。

去年我送母亲的遗骨回故乡的时候，丑女特意赶了十里[17]的路来相见。那个时候我发现她的头发明显斑白了。她也半是得意半是担忧地说自己老了。今年她大概五十二三岁吧。

自己年轻时在故乡的点点滴滴里夹杂着许多亲密之人，而这些人正一个个从现实世界中消失，这确实令人伤感。然而，即便还活着，也不知还能否再见，除了例行公事般的贺年卡和盛夏问安的明信片[18]以外没有任何往来。这些人终究会成为回忆，尽管如此，他们的死讯还是有着一片桐叶[19]的寂寞。

翻开记录在杂记本最后一页上的过去账，即便仅看极亲的人，也已经有十几个人成了故人。其中有一半年纪比我小。我想什么时候写写关于他们的追忆，但这样一一写起来便没个尽头，而且也意味着写我自己一辈子的回忆录，实在不是一件容易下定决心的事情。并且，恐怕在我写完之前，自己也成了他人过去账里的故人。

越是亲近的人，回忆的负担越是沉重，想要写他们的笔也就常常停滞了。似乎只有住在回忆之国边境上的人们相对比较容易提笔记录。

本应记录在我的过去账里，却还未动笔的对象之中有我养过的三只猫。不可思议的是，在追怀的国度里，这些家畜不再和人类有丝毫不同。它们能说会道，也懂我的心意。并且，对于死去的人们，即便是美好的追忆，一般多少会都会掺杂一些苦味，但是关于这些家畜的回忆却丝毫没有一点苦的回味。这还是因为它们活着的时候不会说话的缘故吧。

猫之死

小玉是一只黄色夹杂褐色虎纹的雄猫。它相貌粗野且滑稽，反应迟钝又贪吃，性格上毫无细腻体贴之处。因此，没有讨得家里任何一个人的宠爱。在大家的眼里，小时候的它就是一个“小丑”——作为全家的宠儿三花的游戏伙伴的“小丑”，但是现在三花和小玉都长大了，不再做活泼的游戏，于是它就彻底失去了存在的意义，成了一名冗员。当然，它对此没有表现出任何不满，一副无牵无挂的样子乐享着它的猫生。

唯一令人头疼的是，这个僧侣一般的小玉也有迎来春天的一天。一旦发起情来，它会到处喷尿弄脏拉门、器具。因为处理起来太麻烦了，所以家里有人提议说要赶走小玉。我不想这么做，便去问兽医有没有什么办法改掉它这个恶习。兽医说，只要做去势手术就行。即便对象是一只猫，这也是一件残酷的、令人不愉快的事，但是迫于“赶它走”的众议，终于还是让小玉住院接受了手术。

手术后，小玉明显变得乖巧文雅了，但我总觉得它不如以前精神了。之后不久的某一天，它被发现奄奄一息地倒在了走廊地板上，喂了水和木天蓼之后，它暂时是活了过来，但是仅仅两三天后的早上，孩子们就发现它拖长了身体、冰冷地躺在院子里的青草上。那一天我感冒发烧躺在床上，也没想特地去看看它的尸体，就直接让家人埋在了屋后的桃树下。我没有亲眼见到，便在自己想象的画布上，用光彩夺目的色彩描绘了一幅金黄色的猫安详地伸展着手脚躺在美丽的青草毛毡上的图画。这幅想象的画带着远超亲眼所见到的真实感留在了我的记忆里。

三花是一只各方面与小玉正相反的雌猫。它有着人人称赞的漂亮容貌和毛色，举止敏捷而典雅，同时也有着神经质、难伺候的地方。它为全家人所宠爱，给猫的美食也只为它准备。不过，即便是特意留给它的鱼肉，只要稍微有点不新鲜，它就只闻闻碰都不碰了。三花不吃的东西就全部由好胃口的“小丑”小玉代劳了。

七年的时光里，它成了大约三十只小猫的母亲。最后一次生产过后，它身上的毛明显脱落了许多。渐渐地没了食欲，变得无精打采的。给医生看了之后，说它胸腔里有水，已没法治疗。这个宣告让我们的心都灰暗了下来。那个时候它已经几乎一整天都一动不动地乖乖坐着，叫它，它就眨眨眯缝的眼睛看看你，它努力想像以前那样回应一声，却已经叫不出来了。

在它临走前的那段日子里，妻子去它身旁招呼它，她虽然作势要靠过来，但脑袋已经摇摇晃晃的了。从它的呼吸中可以听到死亡在不断迫近，这一点和人类几乎别无二致。

我们挑了当时家里能找到的最漂亮的一个空巧克力盒来安放遗骸，把它埋在了院子深处的枫树下面，并立了一块象征性的墓石。

小玉死的时候，我正在病中比较脆弱，因此总有些感伤。它活着的时候没有得到任何人的喜爱，死的时候也没有人惋惜，实在可怜。相比之下，三花的死得到了所有人的惋惜，这让我内心的负担减轻了不少。几天后的一个早上，我从研究所出发去深川，路上坐电车时突然想起三花，不禁哼起了一首类似童谣的歌曲："花朵散落在三花的墓上。那是珍珠花扑簌簌落下。火雀将影子投在草地上。它是不是梦见了小鸟呢？"之后我又作了三首类似的东西，随意谱了曲，还加上了胡乱的伴奏。我想，因为对象是猫，才能够享受这种孩子气的甜美感伤吧。

那之后大约过了一个月，我去盐原时，在那里的旅店走廊上遇到一只和死去的三花一模一样的猫，这令我大吃一惊。渐渐看惯之后，我感觉头脑里关于三花的记忆影像产生了变化，逐渐被眼前的这个活物吸收、同化，这个不可思议的心理历程令我觉得很有意思。我想，我们能够不被回忆的重负压垮，而继续享受眼前的生活，并不只是遗忘的功劳，还有一半是多亏了以上功能吧。

后来，妻子捡来了一只被扔在附近的小猫——一身黑毛里夹杂了少许白毛的雌猫。从额头到鼻子间的对称白色斑纹给她的容貌带来了某种魅力。它的另一个特征是极长且柔软灵活的尾巴。它被带回来时已经长得相当大了，但还是能被路过的人捉到，所以与其说它落落大方，不如说是愚钝了。但是它却能够自己开拉门进出，这是一项至今为止家里养过的猫里谁都没掌握的绝技。它还有一个特技，能用尾巴做支撑，让后腿长时间地站立。这个“小家伙”在第一次生产时死了。之后我去仙台拜访 K 君的时候，在那里遇到了一只几乎是它的翻版的小猫，这又令我十分吃惊。

现在家里养着一只从亲戚家抱来的雌性小猫，算是三花的孙辈。不仅仅是容貌，我还时常吃惊地发现，它在性格上也明明白白地显示着它祖母的隔代遗传。

迄今为止，我写过很多关于猫的文章。或许今后还会继续写下去。对我来说，写猫好像是最佳的慰藉、是安全阀、是心灵的食粮。

Miserable misanthrope[20]（可悲的恨世者）一词时常威胁着我。即便心中充满着想要爱人类的希望，却被浅薄的“自我”所阻碍，苦于此事的我们只有在面对小动物时才能倾注纯粹的感情，这说到底也是任性的一种体现吧。我并不想像爱猫那样爱人类。同时，除非成为高于人类的某种存在，否则也绝对做不到这一点。但是，从这个意义上来说，爱小动物也许是让弱小不幸的人类能够稍微体会到“神”的心情的唯一手段。

舞　蹈

小玉活着时拥有一个不可思议的特性。我去浴室洗澡时，它经常会一起跟进来。它看着我脱光衣服，然后爬到我脱下的衣服上，然后交替抬起前脚做踏步动作，还会用爪子挠抓搓揉衣服。它专心盯着裸体的主人，喉咙里发出咕噜咕噜的声音，竖立的短尾巴不断摇摆。

我一直无法理解这个奇异举动的意思，甚至想不出任何 working

hypothesis(工作假说)。可以说，我从中体会到了某种神秘感。我的思绪飞到远古时代猫的祖先在原始林中彷徨时与原始人交流的某个场景。有时我还会幻想，也许裸体的亚当饲养的远古野猫的某个举动远远地反射到我眼前的小玉身上了。

我有过荒唐的空想，比如猫在表达类似人类的喜悦之情时，会用前足原地踏步，这也许与它食肉兽的祖先找到理想猎物时使劲拉拽有着某种联系。另一方面，原始食人族将敌人扔出去，然后在其尸体前彰显勇气的光景说不定也与此有着千丝万缕的联系。在空想之翼的驱动下，我甚至感觉人类共通的舞蹈本能的起源也许能够通过这个猫的原地踏步带来的灵感之光得到解释。

如果抱住小婴儿的身体将其提起来，会发现他垂在空中的两个脚底板朝内侧合在一起。有学者提出，这可能遗传自人类的祖先猿猴用手抓住树枝悬挂的时候脚会按住树干的习性。由此看来，思考猫的原地踏步与文明人的舞蹈之间的关系，作为一个空想也是应该被允许的吧。

（一九二七年九月，《思想》）

注释：

①佃煮：因最初在江户佃岛制作而得名。用酱油、料酒、砂糖将鱼虾贝类、海藻等煮成的味道浓重的一种海鲜食品。

②梅干：咸梅干。将梅子腌制晾干的食品。传统做药用及储存食品。

③一合：日本容积单位。1 合约 180 毫升。

④八十度：这里指华氏温度，约等于 27 摄氏度。

⑤米粉工艺：将米粉蒸熟后捏成的手工艺品糕点。如做成花、鸟、小动物等形状，涂上颜色，在大路旁现做现卖。见于日本江户末期至昭和初期。

⑥友禅：友禅印花绸。印花染色的一种，在丝绸等上面用写实的手法染出色彩绚丽的山水、花鸟等图案。

⑦fecund：英语，意为多产的、富有创造力的。

⑧金米糖：也称金平糖，一种外形像星星的小砂糖果粒。由葡萄牙传教士传入日本，现今为日本传统果子之一。

⑨萨蒂尔：希腊神话中的半人半兽的森林之神，喜欢酒和女人。

⑩宁芙：希腊神话中居住在山林水泽中的仙女、女神。

⑪羽织袴：日本传统礼服的一种。“羽织”是罩在和服外面的外褂，“袴”是穿在和服外面的裙裤。后文中的“单穿和服”指男子随意的日常装束。

⑫A 派：此处应为阿罗罗木派。以短歌杂志《阿罗罗木》为阵地的一个短歌派别。

⑬S·A 氏：此处应为岛木赤彦。

⑭过去账：寺院里记录檀家、信徒中死者的俗名、法名、死亡年月日的账簿。

⑮鲁本斯：彼得·保罗·鲁本斯(1577—1640)，17 世纪佛兰德斯画家，西班牙哈布斯堡王朝外交使节。

⑯九十多度：此处为华氏 90 度，大约相当于 32.2 摄氏度。

⑰十里：约等于 40 千米。

⑱贺年片和盛夏问安的明信片：日本习俗在每年的元旦之前、盛夏时节给熟人寄明信片问候对方。

⑲一片桐叶：一叶知秋。一片桐叶早于其他树木飘落，从而知道秋天到来，亦指预感到衰亡之兆。

⑳miserable misanthrope：意为可悲的恨世者。该词令人联想起莫里哀的喜剧作品《愤世嫉俗》。

怪异考

作为一个物理学的学徒，我常常对身边的自然现象感到不可思议，而却不能相信自古以来所谓的“怪异”的存在。但是，这并不意味着否定我们的祖先“遭遇”“目睹”过的许多“怪异”现象的“事实”。我们的任务仅仅是借用现代科学语汇将这些怪异现象的记录翻译出来。但这个工作却极其困难，因为我们必须从夸张甚至是讹传的“镜片”拍出的扭曲极其严重的影像中找出事实真相。要想获取准确的结果，就必须明白“镜片”的相关法则。不仅如此，还要逐一弄清楚各个情况下构成决定条件的多项因素。关于前者的法则，也许心理学可以提供若干依据，但后者的相关资料几乎均处于永久缺失的状态。因此，要想做出真正意义上的科学推定实属奢望。唯一的方法就只能根据现有的材料，指出某种科学合理的“可能性”。当然，如果这种可能性非常多样，即便指出其中一二，结果也可能成为毫无意义的漫谈，但多数情况未必如此。特别是当某种“怪异”的相关记录很丰富时，其可能性便可限制在相当窄的范围内。因此，便有望最终获得稍微“正经的假说”。如能到达这一步，那么不管如何都必须承认其作为假说的存在价值，同时应该也能对实际的科学工作者们提供某种启示。

从这个意义上讲，自己历来都有一些多少感兴趣的“怪异”。然而要正经研究起来，首先至少必须从古书中搜罗一遍相关文献。这对于现在的我，终究是难以一蹴而就的。要说什么时候能完成，也无法估计。

在此，我只想将一点点空想——多多少少基于某些科学考察的空想或者“小说”当作备忘录记载下来。如果有真正的考证家能对这些问题产生兴趣，那就再好不过了。

一

“怪异”之一是我的故乡高知一带流传的“孕之僵”[①]。孕为地名，与高知的海岸平行的山脉被浦户湾切断，其两侧突出之地加上海峡统称孕。关于此现象，最近土佐乡土史的权威杜山居士寺石正路氏在杂志《土佐史壇》第十七号的《乡土史片段》记载如下：

> 以往常有耳闻，但最近毫无风声，以为是毫无根据的无稽之谈，却在《土佐今昔物语》一书中看到以沼澄（鹿持雅澄翁）之名所书的如下记载。
>
> 孕之海上有发出僵之声的稀有之物，至今无人见其真形。该物半夜发出僵之声，响彻海面。从事渔业为生者，半夜泛小舟，或垂钓，或撒网，僵声通过时，鱼类瞬间骚动不安，过后当夜便毫无收获。相传，高知一带方言中事情不成也说成僵便是源于此。

如此文确出于鹿持翁之手，那便可追溯至小一百年前。由此可知，孕之僵在如此往昔便已流传。

寺石氏指出了上文中关于僵意义转用的错误。最后，引出諏访湖御神渡[2]的巨响，指出孕之僵“也许与某种微妙的地壳震动有关”。

我小时候经常从附近的老人那里听到类似的话。并且，如果我没记错，上文的记载中还应加上伴随着僵声，“水面泛起涟漪”。

关于以上声音的原因，我开始想是不是昆虫或鸟类的群体一齐飞起来的声音。但是，记载中说是半夜，并且如果后来钓不到鱼也是事实的话，那么单纯认为是空中的音波便很牵强了。然而，前些年我去筑波山北侧的柿冈盆地时，体验过好几次在当地不算稀奇的“地鸣”现象。那一刻，我宛如灵光闪现般，觉得“孕之僵就是这个”。这个地鸣声也可以理解成“僵”种类的杂音，并且该地的底盘性质、地表的形状以及覆盖物的种类好像更容易让人听成“僵”的声音。并且，很明显这是一方朝另一方“通过”的声音，不是在空中，也不是在地下，给人一种无法比拟的奇异感。有一次我在观测室时正好发生了地鸣，当时磁力计顶部的管子产生共鸣，我清楚地发现其头部至少发生了数毫米的振动，并且在山中听的时候，我站着明显感到了鞋子底部产生了极短周期的震动。如果有这种程度的震动，在适当的边界条件下，应该能令水面产生微波，而且水中鱼类的耳石肯定也能够感受到。虽然鱼类对这种短周期弹性波如何反应我不太清楚，但很难想象它们会对这种程度的振动毫无感觉。

关于地鸣现象，我国已有大森博士等人做过很多研究，并有各种文献。但其真正的成因机制尚未彻底解开，然而可以肯定的是，这仅仅是物理学上极小规模的地震，它属于局部现象，且多数在地壳表层附近发生。

假设史料中记录的“孕之僵”现象确为事实，并且其与筑波地区的地鸣属于同一系统的地球物理学现象，那么应该可以提出一些稍有意思的地震学猜测。

僵的记录在百年之前便已存在，但并不清楚这个记录是当时实际发生之事，还是对过去的记录。不管如何，据说此现象如今是没有的。我年幼时，对我讲此事的老人仿佛自己亲身经历过一般将其说得活灵活现，即便这值得怀疑，但在这位老人年轻时，这件事应该带着极其真实的色彩四处流传的。

在土佐地区，大型地壳运动的最早记录是西历 684 年天武天皇时代的地震。据记载，当时五十万顷土地下陷成为大海。很久之后，又于庆长九年(1604)、宝永四年(1707)以及安政元年(1854)发生了三次大地震，其中后两次地震中，海滨地带发生了隆起与下沉。那么，这些大地震显示出来的地壳畸变在没有发生地震的时候也会一定程度的存在，因此，如果某局部的地壳具备合适条件，那么此处引发较小规模地震，即地鸣现象也没有任何值得惊讶的。并且，有些年代频繁发生，有些年代基本没有出现，也不是什么不可思议的事情。

我们再看看孕育的地形，如果通过五万分之一的地形图观察这个海峡，毋庸置疑，谁都会发现它是一个明显的地壳缝隙。也就是说，东西向的连山被南北走向的断层线切断了。并且比起西侧，该海峡东侧山脉的脊梁明显下沉百米左右，同时向南偏离了数百米。当然，产生这个断层以及随之发生的下沉和滑动的年代恐怕都属于非常古老的地质时代，当时的畸变不可能残留至今。但是，想象这种显著的地壳旧伤痕有时会对现代的畸变过敏，恐怕不能认为是单纯的无稽空想吧。

那么，如果要对该“怪异”做出某种可能的解释，那就是，在某个年代，也许是宝永地震与安政地震之间，该地区的地壳产生了特殊畸变，表层岩石内部发生塌方，由此发生了地鸣现象，但是近年来该畸变得到调整，已经不会产生变动。

要验证这个假设的正误，我们只能等待。等待将来有一天，该地再次频繁发生地鸣现象，那这个想象才能得到确认。但是，那要过多久，我们完全无法预测。按照上文所提三次大地震的年代差，大概可以想象今后数十年乃至数百年间也许会再次发生强地震，我们能做的就是将地震前后发生的特殊情况记录下来留作后人参考。当然，如果现代读者中有人能够提供类似的怪异传说或地鸣现象的相关资料，那也将是意外之大幸。

二

其次我想谈一谈的“怪异”被称作“颓马”“提马风”，又或者浓尾[③]地区说的“马魔”，据说这是一种袭击马匹至其倒毙的妖怪。我对此的相关知识仅仅出自矶清氏著《民俗怪异篇》，并未自己做过调查。最近偶然读到此书时，想到了一个假说，即这个“怪异”也许与圣艾尔摩之火[④]或者类似的空中放电现象有关。

据矶氏记载，这种“马魔”现象有两种说法。其一，怪物如旋风般袭来，此时，“马的鬃毛一根根立起，其间有如细丝般的红光射入”，马顷刻死去。当时，如果“立刻拔刀挡住马的去路”，那股风便偏离路线，不再袭向马匹。其二，一个“身穿猩红衣物，头戴金色璎珞，骑着金绿色小马”的女人自空中袭来，“妖女的马抬起前腿抵住受害马的口部，后腿踩踏其耳朵至鬃毛一带，即紧紧抱住了马面”。该现象在短时间内消失，之后马便倒下。这两种说法类似，这一点估计矶氏本人也注意到了。用科学的眼光来看，可以解释为马的头部附近产生了某种异常的发光现象。

其次需要注意的是该怪异现象发生的时间分布。即“据说浓州[⑤]多发于四月至七月，五六月尤为多。进入七月，秋风乍起，马魔便隐去身姿。武州[⑥]常州[⑦]一带亦多发于四月至七月”。而且晴天不现身，“只有在阴晴变化剧烈，云团聚聚散散的日子”才出现。然后关于时刻，“早五时(上午八时)前、傍晚七时(下午四时)后不会遇见，一般是日光最盛时”。

再者，其出现场所有固定的趋势，比如一里冢[⑧]之类。

另一个可以参考的是马匹得救的方法。一说当马魔袭来时，用短褂、包袱皮或者草席之类的盖住马头即可。当然，之后还要在尾骨上扎针，但在马头部裹上东西“是比针更重要的魔法”。另外与此有共通点的方法是，作为平常驱魔的方法可以在马的腹部围上肚兜，但必须是印有拔染成白色“大津东町上下仕合”字样的布料。“据说戴了这种驱虻肚兜的马没有一匹遭遇马魔袭击倒下的”。

另外，关于其他说法还有以下记载，“马魔是一种类似白虻、眼睛无法看到的虫子。常陆一带叫它大津虫，该虫呈金绿色，形似长足蜂”。

对于以上现象的记述，我们认定其基于一定的事实，在此前提下来考虑有无类似的自然现象。首先想到的是旋风，如果是旋风，那么可以推测由于气压急剧下降，造成马窒息或内脏受损。但仅仅如此，其与马魔其他属性的相关描写没有任何明显对应。当然，旋风大多数情况与雷雨现象相关，对照后文所述的时间分布，多少有利于该假说的成立。但是所谓的发光现象，以及前文所讲的魔法的意义，完全不能得到解释。

相反，如果将马魔理解成某种空中放电现象，那么鬃毛竖立、光的线条、金绿色的光包住马头等就成了活生生的科学记述。另外，用衣服包住马头、保护马腹等都可以理解成用电的半导体来包住马身体的一部分，防止电流直接流入该局部的肉体。

并且众所周知，这种放电现象多发于夏日，且正午较多。那么前文提到的时间分布便与此极其吻合。

关于场所的固定倾向，我手头没有相关的材料可以进行解释。但可以想象，也许调查就会发现，这些地点与放电现象多发的地点正好重合。

然而，该假说的重要试金石是马对这种放电的反应情况，即对人类不造成任何伤害的放电量能否置马于死地。关于这一点，恐怕已经有相关文献，但我并不清楚。不过，马对电击抵抗力较弱这件事我已从马的相关专家那里得到确认。并且，我们可以使用高压电源进行无数次实验，当然也许已经有人做过一些相关实验了。但是实验室里，在某种指定条件下进行的实验能否直接适用于野外现象就不好说了。最终还是必须等待野外发生此现象时进行实地观察。

不知马魔现象现如今是否依然存在于某地，如果还有的话，我想尽可能收集遭遇者的体验谈。读者中若有人能提供相关材料，实属大幸。

（此篇《怪异考》，如有机会，我想继续写下去。一九二七年十月四日。）

（一九二七年十一月，《思想》）

注释：

①僵：此处为日语拟声词的音译，指海上发出的轰鸣声。

②御神渡：诹访湖的一个自然现象。冬季湖面全面结冰时，由于昼夜温差大，因冰的收缩和膨胀，在发出巨大声响的同时，湖面冰块发生龟裂，冰块会向上隆起一米多，称作“御神渡”。

③浓尾：美浓和尾张。美浓相当于现岐阜县的中部和南部。尾张相当于现爱知县西半部。

④圣艾尔摩之火：古代海员观察到的一种自然现象，经常发生于雷雨天气中，在如船只桅杆顶端之类的尖状物上产生如火焰般的蓝白色闪光。

⑤浓州：美浓国的别名。

⑥武州：武藏国的别名。相当于现东京都、埼玉县大部和神奈川县东北部地区。

⑦常州：常陆国的别名。大体相当于现茨城县东北部。

⑧一里冢：里程碑。大道上，每隔 1 里(大约 4km)便在道路两侧堆土并种植朴树等以表示距离。日本江户时代五条官道及其他各道均有设立。

日本乐器的名称

乐器的历史非常悠久。并且，即便是现在看起来属于某个国家或民族的固有乐器，但实际上透过相当复杂的因果关系网均与遥远外国的乐器有着亲族关系。当然，不仅限于乐器，只要是人类文化的产物均具有这一特性，比如语言、风俗等肯定也一样，只不过乐器作为原始的器械发明，更利于我们理解这一关系。基于以上考虑，我带着门外汉的玩乐心情对此作了些许考察，现将结果记录如下，以为昭和三年的初春添彩。当然，对于专业的考证家而言，恐怕不值一提。

三味线有多种名字，如三弦、三线、三皮前、三皮线等。光是《嬉游笑览》《松屋三弦考》里面就列举了很多文献，因此就更加无从下手。据说由永禄或文禄年间自琉球传入的蛇皮线，经日本人改造后成为三味线并逐渐流传开来。另外，还有关于中国的乐器阮咸与三味线是否为同一乐器的争论。书中还写道，中国元代的三弦称“kofuji”“kofuxi” "kuafuxi"，又或者"kohaxi"[1]等，三味线也许与其有关，又或者无关。另外，也有人说这个阮咸正是竹林七贤之一的名字。

然而奇妙的是，这个阮咸在现在中文里读"jangxian"[2]。另外前文的kofuji或者kohaxi，与此有着相似名字的相似乐器在欧洲、亚洲、非洲、南洋的很多地方都可以看到，这个现象特别引人注意。比如类似琉特琴的弦乐器，可以归于此类的有土耳其的kopuz，罗马尼亚的kobusa或kobuz，俄罗斯、匈牙利一带的koboz等。另外，西伯利亚地区的某处有个名叫"komus"的乐器，在鼓鼓的琴身上蒙以皮制成，两根弦，音程为五度。奇特的是，霍屯督人使用的三根弦的乐器里有叫"gaboui"的，桑给巴尔地区有个名叫"gabus"的胡琴类乐器。另一方面，南洋西里伯斯地区有只有一根金属弦的kaboxi。阿拉伯地区的四弦胡琴类乐器里有名叫"shershenk"的，这也很奇怪。

中国的洞箫、古代的一节切[3]、尺八，这三者之间肯定具有一定关联。有人说尺八是足利时代的禅僧传入的，也有人说是十四世纪的某位亲王带进来的。然而，《源氏物语》《续世继》等书中已出现尺八，还有上宫太子吹奏尺八的记录。再看中国，远在唐朝时代便有关于尺八的记录。但这些"尺八"到底有多么相似却不得而知。据说，尺八因其长约一尺八寸或八分而得名，听起来煞有介事，却又相当可疑。有文献记载，制作了十二支尺八，其长度各异。据说正仓院里保存着八种一尺一寸以下的尺八，或许这些尺八是用来显示声音高度的。

荷属东印度的岛上有名为"jigumbawa"的竖笛，萨摩亚地区有叫"shibaofe"的竹笛。波斯有名为"shak"的笛子。另外，喇叭，更确切的是trombone（长号）中，与shagpat（英）、sakubut（法）、sakabuke（西）等或许也有着某种缘分。

hitoyogiri（一节切的日语发音）肯定就是"一节切"，有趣的是也可以把它看作 hichiriki(筚篥[④]的日语发音)的子音调换。另外，波兰有个名叫"pischaruka"的六孔竖笛，该物件本身及其名称都与 hichiriki 相似，实在不可思议。

南洋的索罗马群岛的某个岛上有一种竹制的竖笛，名叫"pupuhoru"，长 55.4 分米，换算后正好一丈八尺多，长得可怕。但据说只有三个孔。如果将这个 pupuhoru 和《徒然草》中的 boroboro[⑤]联想在一起，估计谁都会忍俊不禁吧。

中国的 fukin[⑥]、朝鲜的 kokun、日本的 kokyu[⑦]、伊斯兰教的 gige、古代法国的 gigu、现德国的 gaige、非洲的 goge，都属于同一类的乐器。

由此我想到了古亚述的竖琴与正仓院所藏箜篌之间的类似。箜篌的中文发音为"konfu"[⑧]，与"harp"有缘，可以联想到阿拉伯的竖琴 junk、马来西亚的名为"gengon"的竹制竖琴、暹罗的 konbon、朝鲜的 gumungo 或 kumunko 等。

中非东北部刚果的某地有名为"kundi"或"kunz"的竖琴。至此已然骑虎难下，忍不住还是想顺便将日本的琴也拿来比较一下。

据说最古老的竖琴可以追溯到忒拜墓前的壁画，实在极其久远。原以为亚述的竖琴只在极东日本留下了一点点遥远的子孙，但却在"东突厥斯坦"发现了相同的东西(纪元一世纪左右)。这是一个意义深远的事实。

有学说认为，在古代所有的弦乐器均被称为"harp"。受此说法影响，我开始将上文所有弦乐器名称改为罗马字母[⑨]，再进行了平面和立体的排列，结果发现它们基本是一个连续的系列。这或许只是偶然，但也有可能并非如此。假如并非偶然，那么是因为这些名称都是拟声所以自然产生了一致，还是由于传统的因果关系，又或者两者都有呢？这是一个很难解释的问题。

再说笛子的名称，比如新几内亚的 mube、新西兰的 pu、马来的 puan、棉兰老岛的 puara、马克萨斯的 puif、缅甸的 purue 或 pirue、斯拉夫的 fuba、芬兰的 fyru、拉丁的 pipa，这些也都好像是拟声，同时又相互有着什么关联。obo 之类的也是它们的“堂兄弟”。

有趣的是，完全不同的乐器的名字有时由相同的音构成，并且例子还不少。比如笛子有叫“pipa”的，弦乐器也有 pipa，即琵琶；弦乐器有 tambour，鼓也有叫“tambour”的。

至此如梦话般絮叨了半天，但仅仅如此无法得出半点结论。然而，将这么多的名称用字母排列出来，悠闲地观察观察，也别有一番滋味。我不禁感觉到至今与自己毫无因缘的遥远国度的民族，好像也不是完全的陌生人了。古语中的四海皆兄弟好像突然闪烁着新的光辉。

如果去赤道，会发现那里根本没有地球仪上的那条线。地图上使用不同颜色的线条明显画出了两个国家的国界线，但如果去实地，也许只能看到一根木棍立在那里。人类制造出来的分界线大概仅仅如此。理所当然的，人类历史上的某个时期，地球上的某个地点产生的文化产物会随着时间的流逝，排除一切人为障碍向四方扩散。如果从永代桥上泼下一桶酒，其中的分子——至少有一部分某一天会到达全世界大海的角角落落。同样，不管是乐器还是语言，还是一切东西，都会不断地“扩散”。只是比起溶剂中溶质分子的扩散，要复杂成千上万倍。由于扩散“物”的安定度较低，情况会变得更加复杂纠结。

以上毕竟只是我的空想。不过，近来我国固有文化的相关研究突然盛行起来，我在感到愉快的同时，自己也受到这个趋势的影响，空想的翅膀不禁飞到了能力以外的领域。对于我草率的考证，如有专家予以指正，实乃大幸。

（注：乐器名称的音译或许有不妥之处。敬请读者谅解。）

（一九二八年一月，《大阪朝日新闻》）

注释：

①此处的 kofuji、kofuxi、kuafuxi、kohaxi 为日文表音文字的音译，可能是蒙古语。后文乐器名也多用音译。

②jangxian：此处为日文表音文字的音译。可能是方言或作者的误解，造成与现代汉语普通话发音有出入。后文也有类似情况。因为文中会比较发音，所以乐器名称多用音译。

③一节切：日本的一种传统竹制竖笛，与尺八类似，长约 34 厘米。日本室町中期出现，元禄时代以后逐渐少见。

④筚篥：雅乐用的竖吹管乐器，采用复簧，把桦树皮缠在长 6 寸(约 18 厘米)的竹管上。奈良初期由中国传到日本。

⑤boroboro：虚无僧，此处为音译。虚无僧属于普化宗的有发托钵僧，戴着名为“天盖”的深斗笠，把脸遮住，颈系袈裟，吹着尺八游历各地修行。此处将 boroboro 和前文的 pupuhoru 作比较，首先日语中两者发音相似，再者都与尺八相关，所以很有趣。

⑥fukin：即胡琴，此处为日文表音文字的音译。

⑦kokyu：即胡弓，此处为日文表音文字的音译。

⑧konfu：此处为日文表音文字的音译。

⑨原文中乐器名称大多用日语的表音文字片假名表示，本译文中为方便比较直接用字母表示。作者此处说的改为罗马字母应与译文中所用字母差不多。

关于比较语言学中统计研究法的可能性

语言的不可思议似乎早就在我的脑海中深深植下了疑问的种子。我记得大约六七岁的时候，在堂兄的教导下开始学习英文，接触的第一句话是“猴子拿手”。当时，我觉得冠词的“存在理由”实在难以理解。“The”(当时按照日语假名注音，读成“ji”)会重复出现在各种句子的开头，这给我留下了奇妙的印象。对自己的手用“拿”当然也很奇怪，而“拿”出现在“手”的前面更令人不可思议。①

现在想来，这个重复出现的“ji”在当时我那幼小的头脑中，也许就像从做梦也想不到的遥远的地方，另外一个稀奇的世界中传入的微弱信息一般。不管怎样，当时模糊的不可思议感随着时间的流逝和我外语知识的进步，不仅丝毫未减，反而不断增长，只不过逐渐有意识地形成了具体的疑问。但是，四十余年前的模糊疑问至今依然没有答案，并且即便读一些语言相关的学说，好像也不能简单地解开这个疑问。

我在学习英语和德语期间，经常碰到和日语发音相似的同义词。这也许是偶然，但想要证明一切都是偶然的巧合，似乎也相当困难。

在我还是学生的时候，有位学者提出将日本神话的舞台搬到希腊附近的大胆学说，结果引起热议。我虽未直接读过整篇文章，但在某处粗略扫过一部分，并对该说法产生过各种疑问。但是，有很多人只因该学说离奇古怪、脱离常识，便从一开始不予理会，只是一味嘲笑，对此我也不得不抱有疑念。不少人连东欧的部分地区与远东日本之间万一存在的某种联系都不作任何考察便一口否定，令我很是惊讶。当然，我并不知道当时语言学家们对此持何见解。我在这里所说的，是针对非语言学家一般有识之士。总之，对于希腊古代与日本古代之间不存在任何交流之说，到底有没有人能够证明我还是存疑的。

大约十年前，我稍稍学过一点俄语。由此，我感觉自己对“语言不可思议”的好奇心与疑问突然上了一大步台阶。并且，新的不可思议大量增多，同时这些新的不可思议好像又能成为解开旧的不可思议谜题的关键。因为不仅是词汇，在文法和修辞中也能够发现连接东西方的锁链。

关于我对“语言”的好奇心急速增长的经过，或许一部分读者会感兴趣，并且也许能成为我忘记本分、擅自窥探他人门户的不道德行为的一点点辩解，所以作为一种忏悔记录于此。

大陆板块水平移动的相关学说，即俗称的“大陆漂移说”近年来在地球物理学界受到关注，我们在利用这个学说研究日本陆地的成立、变化以及与此相关的陆地的升降、地震、火山现象等时，经常会考察远古时的水陆分布状态与现在的异同，此时作为参考资料有时会引用各种地名的意义。如果碰到本国的地名问题，自然必须参照阿伊努语或朝鲜语写的地名起源之说。如此一来，问题自然发生转移，最后甚至不得不多少接触到日语的成立问题。

虽然我不会奢望自己去解决这种大问题，但出于无法抑制的好奇心，每每有空，我便开始撇两眼邻近国家的语言，后来逐渐西移，从所谓的近东一直到东欧方面，虽然只是极其表层，我都简单窥探了一番。

我在沉迷于这种业余者游戏——虽然我自觉比较认真，但在专业学者看来肯定是这样了——的同时，自己一直以来关注的日本乐器沿革的相关考证——当然这也是作为娱乐——也自然地移向世界各地乐器的比较。在此过程中，我发现遥远的异种民族的乐器，不仅在其作为乐器的本质方面，就连名称看起来好像也通过一串锁链相互关联着，这常常令我无比惊异。当然，在物理学方面乐器的原理是普遍的，各国拥有相同乐器也是理所当然，另外如果乐器的名称往往来自拟声，那么类似的名称也没什么好惊讶的。如若就靠以上说辞简单解地决了这个问题，那么我也无法反驳。然而，其他方面似乎提供了许多理由，使人觉得就此打住有点危险。

虽然稍显唐突，在此我想介绍一下某位调查地球上蚯蚓分布的学者的研究结果。据其研究，某种蚯蚓东自日本越过海洋，横穿欧亚大陆，西边一直到达西班牙的边境。更令人惊讶的是，它竟然越过大西洋在北美合众国的东部也有分布。提倡大陆漂移说的魏格纳还引用了这一事实来作为欧洲与北美大陆曾经相连的证据。不管怎样，我们可以考虑一下以下事实：就连运动迟钝的蚯蚓，同一种族竟然跨越了“现在的大洋”。当然先不管这个蚯蚓的祖先和人类的祖先哪个更古老，以上事实足够唤起我们的一个怀疑：古时候全世界的人类间的交流应该要比我们一般想象的、比我们能够想象的更加自由吧。

全世界的人类源于同一祖先，这个单从概率论方面考察也是最容易思考的，但我在此并不想轻率地谈及这个大论题。只不过至少从动物学上看，人类应该都属于 Homo Sapiens 这一种类。这个人类世界的某个部分在某个时代发生的所有文化产物都会随着时间的流逝扩散开去，就跟水中滴入一滴酒精扩散开去的过程有些相似。从理论上讲，以上想象也不是多么荒唐无稽吧。

古代诗人卢克莱修写道："物质的原子就像字母，正如各种语言通过有限的字母组合而成，各种物质也是由这些原子经过各种组合而成的。"这个想法到了近世通过化学式得到了部分科学上的实现。那么如将这个想法反过来，也能得到如下结论。首先，假设语言这一体系由若干词根元素组成。其次，这些元素化合而成各种语言或文章，我们想象关于这些化合分解有着极其复杂的法则。并且，这些元素不一定永恒不变，好比放射性物质，可能会随着时间的流逝发生自然分裂或变化。假如地球历史上的某一时期，某个特别的地点突然产生了某个特殊的语言，可以假想这就像在水中投入一滴酒精，它开始向四面扩散，即该语言的一个词根正如酒精的一个分子到处传播，从一个人到另一个人，迂回转折，毫无规则，总之从统计学上来看应该是离出发点越来越远的。只不过，令问题变得复杂的是，与物质的分子不同，语言的分子并不是独自游荡，它会不断给周围带来影响，使周围产生与其自身相同的分子。然而，我想仅仅一个分子的通过，对路途上的影响应该短时间就会消失。只有当同种分子经过长途跋涉到达某个地域，在某个时间点达到了相当大的密度时才会对此地的语言产生某种固定影响吧。如果我以上稍显牵强又貌似合理的假定能够被允许，我想在某种程度上其与物质分子的扩散还是相似的吧。

在以上假定的基础上，某个分子在时间 t 内，到达距离 r 和比其远 $\mathrm{d}r$ 的距离的地带的概率如下：

$$W(r,\ t)\,\mathrm{d}r = \frac{1}{4\pi Dt}\mathrm{e}^{-\frac{r^2}{4Dt}\mathrm{d}r}$$

如果从中心同时出发的分子总数为 N，那么该时间点到达该地点的分子总数便为 $NW(r,\ t)\,\mathrm{d}r$。但是，如果这些分子像放射性物质一样会自然分裂的话，那么这个总数便会关于 t 呈指数函数递减，公式如下：

$$Ne^{-\lambda t}W(r)\,\mathrm{d}r$$

如此一来，与距离 r 相关的密度将其除以 $2\pi r\mathrm{d}r$ 即可，假设密度为 σ，可得以下计算公式：

$$\sigma(r,\ t) = \frac{N}{8\pi^2 Drt}\mathrm{e}^{-\left(\frac{r^2}{4Dt}+\lambda t\right)}$$

假设从中心的供给不断持续，那么就要对时间 t 进行积分。并且，如果中心有空间性分布，那么当然还需要进一步进行空间的积分。

然而，现阶段要将这个假设应用于实际情况进行具体的数量计算还是不可能的，即便强行执行，其价值也值得怀疑。但是，如果以上考察中包含的根本思路能够稍稍触及部分实际问题的话，那么上文中列举的数学公式所代表的理想过程的内容及结果应该也能稍稍体现现实中语言的扩散过程及其时空分布的一点影子。

如果这个想法能够稍稍被认为有稳妥之处的话，那么自此可以推测出各种虽然消极但很重要的结论。首先，如果世界上两个相隔很远的地方有着相似的语言，即便其间找不到类似连锁的东西，也不能就此判断这一定是偶然的巧合。其次，比如甲地方远古时代的语言至今还留存着或者正在逐渐消逝，其邻国乙现在还在使用，但仅凭此也不能推测这个语言就是从甲传入乙的。因为即便曾经从甲传到过乙，但也有可能甲地消逝后乙地也消逝，很久之后又从丙传到了乙地。其他还有很多根据分子扩散论可以推测出来的内容，总之可以得出以下比较消极的结论：仅仅靠比较各个语言的分子，很难决定其历史先后。这就像即便我们能够一个个抓住水中的酒精分子，但终究很难判定每一个分子的轨迹。

但是，前文的考察给我们暗示了一条出路。简言之，就是通过同系统语言的“统计性密度”的斜率(gradient)来推测其扩散方向的方法。

正如前面的算式所显示的，在理想情况下，一般同种分子的密度的斜率都是相对中心呈放射型的，这个不用通过计算就显而易见。那么如果某种分子从亚洲大陆的某个地点向四方扩散，该系统或同色调语言要素的密度多少就可能产生呈同心圆形分布的轨迹。无论这个要素的等密度线如何变形，只要追踪该密度的倾斜度最大方向的轨迹，最终就可以找到其源头或者至少可以比较接近。

不过，我们面临的第一个问题是，以什么标准来识别所谓的同系要素。当然这是一个很难的问题，但幸运的是，语言学家们的努力为我们在使用逐步近似法(Method of Successive Approximation)的时候，提供了丰富的第一近似的资料。

确定了以上识别法后，下一个问题便是密度的统计性计算。前文所提的理想情况下的“密度”应该直接对应什么数字，这也是一个很难的问题，但至少用各个地方的语言中的问题语系要素的百分率作为一个计量，不失为一个较稳妥的实验方法，并且也不是完全不可行。

当然，词根不是一个语言的全部，词语构成、措辞法等作为语言的要素都很重要。如何将这些拆分为“分子”，这是一个相当难的问题，但至少从原理上也不是不可能的事情。

受到以上模糊想象——当然现阶段只是想象——的刺激，我试着先浏览了一下身边的马来语词汇。结果，该语言与日语极其相似，令我大吃一惊。自然现象与动植物的名称等并不明显，但形容词和动词方面表现出了极其显著的类似点。有趣的是，现行马来语中与我国正常使用的一些粗俗语，以及各地方言极其相似的也不少。我又翻开《古事记》，试着对比了一下古日语，比如其中的歌词——据说是现存最古老的——中出现的一些艰涩词语，能相当煞有介事地用马来语来说明，另外古代神名、人名等至少表面上可以貌似合理地牵扯在一起的情况意外地很多，这令我很是惊讶。举个滑稽的例子，比如稗田阿礼这个名字可以强行理解成“博览强记之人”。另外其他书中，最令我周围的人感到好笑的便是那位大江山的“酒吞童子”翻译成了“可怕的魔鬼”。就连我们这种外行人都能感受到其关系之深，为何至今语言学家们都未高呼呢？这令我感到很不可思议。并且眼下就有学者写道，很明显马来语与日语的关系不大。另一方面，关于日语与朝鲜语、阿拉尔-阿尔泰语、占-孟-高棉语、大洋洲等语系关系的论文我们经常能看到，但直接论及日语与马来语关系，并且引起一般学界甚至世人关注的论文，也许是我孤陋寡闻，至今尚未看到。

至于与朝鲜语的近似，与所有人的预期相反，貌似并没有很多。而阿拉尔-阿尔泰语，论文中表示至少词汇方面也没有很多相似。然而，马来语在这一点上恐怕不比前两者差。

之后，我读了 Van Hinloopen Labberton 于 1925 年登在亚洲学会学报上的论文，发现我那外行的对比也没有那么野蛮，同时我也得知原来在外国学者之间这在很久之前便已经引起了关注。另外，我还碰到了一位名叫 Whymant 的人的论文《日语及日本人的南洋起源说》，其认为日本人相当低能且幼稚，奇妙的是，我在感到不快的同时也没觉得这是什么高见。

继马来语之后，我又与阿伊努、蒙古、中国大陆、中国台湾等地区的语言进行了比较，当然也发现了一些看似很有关系的迹象，但却没有预期得那么密切，这反而令我觉得不可思议。之后，又从缅甸、泰米尔等地逐渐往西，直至波斯、阿拉伯、土耳其、埃及一带都比较了一番，还是找到了一些关联。再后来从匈牙利、塞尔维亚、克罗地亚到芬兰，情况也基本相同。

照这个形势调查下去，结果发现希腊、拉丁自不必说，现行的西欧诸国语言中也存在相同程度的类似。最后，关系网甚至可以扩展到遥远的非洲、冰岛等地。

具体的例子本打算在绪论中省去，但为了更清晰地表达自己的意图，在此我将尝试举一些例子。比如，就连相隔最远的英语，要想勉强扯上关系也还是相当有可能性。如[②]：

beat	butu
laugh	walahu
flat	filattai
hollow	hola
new	nii
fat	futo
easy	yasasi
clean	kilei
ill	walui
rough	araki
hard	katai
angry	ikari
anchor	ikari
tray	tarai
soot	susu
mattress	musiro
etc.	etc.

类似的或者更像冷笑话的例子除此之外感觉要多少有多少。以上这些例子，如果不考虑任何历史因素，就靠子音转讹或同化、字位调换、末尾子音消失等来解释应该也是能够说通的，并且其中有些可能原本就有因果的连锁。

再大胆一点，我把视野放到了非洲的 Chikaranga，稍稍找了一下就发现以下例子[3]：

象　zhou

鱼　hoye

鸟　shiri

咽喉　huro

与象的训读[4]“kisa”类似的有马来语的 gajah（据说来自梵语），然而类似“zou”（日语中“象”的音读）的找了很久都没有发现，但不知为何，却在这里意外出现了。鱼也一样。奇妙的是鸟更像阿伊努语的 chiri。在土佐地区，割“huro”表示割喉自杀，在这里突然出现“huro”，相当引人发笑。不过，可以想象，它通过阿拉伯的 halq 及其他同系语言与西欧的 gorge、throat、Hals 等相连，另一方面又通过匈牙利的 galā 等扩展到东亚也是有可能的。进一步展开空想，甚至会觉得日语中的 goro 都有点可疑了。（鸟的阿拉伯语为“tair”，咽喉的中文为“houlong”）

还有，比如与“裁着袴[5]”同义的 karusan，我原以为来自印度一带，结果意大利语也有类似的名称。（泰米尔语为“Kalisan”，意大利语为“Calzoni”）

但是，我举以上例子决不是为了证明这些语言与日语之间有着因果关系，而仅仅是通过例子来说明基本上任意取两个语言作比较都可能得到这种类似。因此，换个角度说，比如“鱼”或“鸟”的训读能否通过中文来解释也没有讨论的意义了。

总之根据我的表面经验，无论和哪国语言比较总能得到太多的“发现”，因此我意识到必须稍稍改变一下想法。另一个根据是，AB 两国语言中发音相同但意义方面明显毫无关系的例子也相当之多。最滑稽的例子，如芬兰语中鹤（日语发音为“turu”，下同）为“haikara”，狼（okami）为“susi”。再怎么牵强附会，也无法将芬兰的鸟兽和东京的高领（haikara）、江户的寿司（susi）连接起来。但同样的芬兰语中狐狸（kitune）为“kettu”、小船（fune）为“vene”、桦树（kava）为“koivu”，我却无法说明这几个词的类似与前两者的类似之间的本质差别。

我暂且收起仿佛在海边细沙中捡拾樱蛤的孩子的好奇心，稍稍返回冷静，思考了一下，发现这其实是再正常不过的事情。即便不使用统计学上复杂的理论，仅从简单的概率论来考虑，至少理论上是可以说清楚的。

首先仅看子音，假设 A 国语言中子音的总数为 n，为了让问题尽量简单化假设 B 国语言中子音与此同数。接着考虑最简单的情况，假设各子音在各语言中出现的频度或者概率一样，均为 v，则 $v=1/n$。（此法或许看似粗暴，但在统计学上其作为近似法在很多情况下是被容许的。有时频率极其小的可以省略。）其次将词汇分成由一个子音构成的词、二个子音构成的词、三个、四个……以此类推。它们各自在 AB 两国语言中出现的概率用 $a_1a_2a_3\cdots$ $b_1b_2b_3\cdots$表示。如此一来，如果从 A 语言中取出一个有 i 个子音构成的单词，那么可以认为与其同义的 B 语言中的单词也是 i 个子音以相同顺序排列的概率为 b_iv^i。（当然 A 中 i 为 2，而 B 中 i 不是 2 时不能计入该统计）。不过，以上假设 A 语言中的这个词对应的 B 语言中同为 i 级的同义词只有一个。假如同义词各有 s_i 个的话，那么概率便会增加至 s_i 倍。如果再允许音位转换，又扩大 A 词的字音对应 B 词子音的转讹范围，那么该概率还会增加。关于具体如何增加，想计算的话也可以计算。但是在此我们选择最简单的情况，假设都是相同个数的同义词，那么AB两语词汇经过一般比较后得到纯属偶然的一致的概率应该可以通过以下算式求得：

$$P=s_1a_1b_1v+s_2a_2b_2v^2+s_3a_3b_3v^3+\cdots$$

该算式中出现的 s，a，b，v 都可以通过统计算出。

以上为尽量将事情简单化的思考方法。接下来逐渐对假设进行试验性、近似性的修正，一点点接近实际情况，这从理论上是没有困难的，只是计算越来越复杂。但是现阶段太过复杂的计算并不实用，所以尽量以简单的形式进行。

那么，开始第一个实验，首先为了尽量贴合前文所述最简单的情况，先选定材料并进行排列。在比较两国语言时，那些不合适的分子，比如一些无本质意义的接头词、接尾词可以省略(当然这需要某个假设，但作为 tentative method 是可以被容许的，在所谓的精密科学中也一样。并且这个假设中至今语言学家苦心研究的结果应该全部能够得到有效利用。)就此得出上文中的ab，接着通过推测"近似平均值"而导入 s。此时最困难的是将AB的 n 整理为相同数量，但这也有各种方法。比如A为日语，B为英语，首先假设日语用"日式罗马字"书写，而英语子音的"文字"中日语里没有的假设用后者的某个字母代替。比如c，q全部用k代替。复合子音也一样。很明显，像x等不管省略还是用其他代替，对统计结果也不会产生太大影响。如果是阿拉伯语，置换会变得相当困难，但比如有喉音的发音，一半换成k或g，另一半用h代替也不失为一种试验上的权宜之法，由此可以跨出第一步。(此处可以看出统计法的优点。)再比如马来语，可以尝试着省略ber，mer，per等接头词以及中间的ng。

通过如上试验性整理，暂且假设两国语言的子音各为14个。其次

假设 $a_1a_2a_3a_4b_1b_2b_3b_4$ 均为 1/4，a_5b_5 以上为 0，$s_1s_2s_3s_4$ 皆平均为 4，则

$s_ia_ib_i=1/4$，$i=1$，2，3，4

$P=1/4(1/14+1/14^2+1/14^3+1/14^4)$

$1/14=0.07144444$

$1/14^2=0.00510204$

$1/14^3=0.00036443$

$1/14^4=0.00002603$

即 $P=0.07693694\div4\approx0.0192$。

通过以上结果可知，完全偶然吻合的概率约为 2%。

然而以上假设中有个最大的问题，那就是极端高估了只有一个子音的词的比重。除了中文，其他很明显都不适用。

因此，假如单子音词的概率极小，不列入统计，那么可以作如下假设。

$a_1=b_1=0$；$a_2=a_3=b_2=b_3=4/10$；$a_4=b_4=2/10$

$\therefore\ P=4(0.16\times1/14^2+0.16\times1/14^3+0.04\times1/14^4)$

$=4\times0.0008756\approx0.0035$

也就是只减少了不到 0.4%。

另外，如果同义词的数量为上文 4 的 2 倍，那么以上的分比也仅仅增加至 2 倍，对结果的位数并没有显著影响。

其次考虑一种特别情况，将日语切割成一个个假名，找到与它们发音相似的原语以及同义的汉字，再结合起来进行说明。我们看看用这种常见的做法会得到什么结果。此时，a_1、b_1 都为 1，其他为 0，即

$$P=s_1a_1b_1 1/14=s_1\times0.0714$$

然而，中文中异音类义的字很多，所以这个 s_1 可能变得很大。假如这个 s_1 为 5，那么结果为 35.7%，即可以看到很多巧合。在判断用这类

方法进行比较的价值时，以上结果可以作为参考。并且这种情况下，由于同一汉字的发音，不同地区存在不同，如果从中选取适合的，那么 s_1 会进一步激增，结果要多大都有可能。因此很明显，这种比较在语言学上的价值极其稀小。

其次稍稍降低比较的基准，容许音位转换，那么 P 的展开式中的 i 项将会乘上 $\lfloor i$（假设子音各不相同），这样一来，只要 n 不太小，很明显最后结果的位数不会产生变化。

接下来加上子音的转讹，上文的 n 变小而 v 增大，这将对 P 产生重大影响。假设将浊音与清音视作同一音，k 与 h，m 与 b，s 与 t 也一样，那么独立音节的个数 n 仅仅只有五六个。因此，最后 P 显著增大。比如 n 为 5，由于

$$1/5=0.2;\ 1/5^2=0.04;\ 1/5^3=0.008;\ 1/5^4=0.0016$$

即便 $a_1=b_1=0$，$a_2=a_3=b_2=b_3=4/10$，$a_4=b_4=2/10$，因为 $P=s\times 0.007744$，如果 s 为 4，那么结果约为 3.1%，即有大约 3%的吻合，因此无法判断是偶然还是非偶然。

很明显，以上计算都建立在各种不合理的假设之上，对此逐渐进行修改来适应、接近语言学家的要求并非难事，但在此暂不深入讨论。

总之，如标题所示，以上实验仅为探讨比较语言学中统计研究法的可能性而进行的一种尝试。

有些学者由于两种语言间少数词汇的类似，而大胆地对两者间的因果关系进行归纳；相对地，可能也有学者太过细心严谨，生怕被偶然的巧合所蒙骗而避免进行这种比较。我想，如果这两种态度永远相互区别对立，那对该学科的进步应该没有任何益处。而积极地将巧合和必然的现象筛选区分开来才是有利的吧。并且将统计上期待的巧合概率与实际统计的吻合率进行对照，确定表示因果关系“浓度”的数值，对于数值

较大的情况，再次对最初的假定进行推敲，根据结果提出修正后的新假设，如此一步步按照所谓的渐近近似法进展下去，至少比现在的研究要稍稍科学进步一点吧。

比如子音转讹的法则等，抛去主观想法，做出有可能出现的甲乙丙等作业假设，分别算出各自相应的 P 值，同时计算出按照该假设进行的实际比较统计的吻合率，将两者进行比较，再从以上结果中决定甲乙丙哪个假设最为稳妥。

统计法的优点在于从一开始便承认偶然的存在，即便出现各种“错误”或“杜撰”，对最后结果的位数也不会产生影响。并且，相关影响要素众多，它们之间的关系越复杂，这个方法的稳妥性反而会更好。

因此，要想让这个方法真的有效，从一开始就不能排除任何独断、偏见、臆说，而应该暂且尽可能吸收各种不同的东西，对所有的可能性一一进行推敲。因为轻率的否定远比迅速的肯定有害。实验性科学的研究者都知道这一点，同时它又容易被忘却。当然这种细致的推敲相当费时费力。话虽如此，如果一直不采取某种方法，那么独断与独断之间的讨论似乎就没有结束的希望。我相信，无论多么麻烦，只要坚持下去，就不会倒退。而且，如果将其作为专业研究者的专业工作来看，与其他科学工作者，比如天文学家、物理学家、化学家的工作相比，绝对不属于多么麻烦的事情。

当然，与其他科学研究一样，一开始肯定不会那么顺利。并且有很多“批评家”仅热衷于将所有可能的尝试证明为“不可能”，并对其进行抹杀，所以还必须遭受他们的批评。然而，从根本上说，所有“精密科学”都是采用这种方法发展起来的。一开始都是对“不精密”经验的实验性整理，在此基础上逐步发展。在那以前，在和独断与畏惧对峙的岁月里，今天的“科学”是不存在的。只有将“自然”抓进实验室，让各种幼稚的“尝试”通过“实验”来筛选，再使用“数值”作为判断的标准，今日的科学才看到了曙光。如果自古以来科学家们持续进行没有“尝试”的臆断，对“尝试”的结果没有合理的判断标准而随意得出结论，又或者害怕伴随“尝试”产生伤害的风险而谁也不敢出手，那么我们现在关于自然界的知识与收获将依然停留在复兴期以前的状态。并且从现在这个进步的时代来看，初期科学的任何部门中都无法找到完全成熟、完美的东西吧。

闲谈暂且告一段落，如果我们能够确定 AB、AC、AD……的关系，以及慎重起见，将比较的主客对调后，BA、CA、DA……的关系的浓度的大概数值，那么至少 AB 这一“锁之环”可以在比原先稍稍科学的基础上得到假设。接下来，应该以研究 A 的方法对 B 进行研究。这样应该可以找到 BC 这一“下一个环”。如此顺次进行下去，可能的话从世界各地出发，找到各自的锁——当然基于“存在”这个锁的假设之上。如果像很多人相信的一般，这许多的锁自然聚集在世界的某处，那就简单了。这样的话就可以稍微确切地把握集中在焦点的要素，接下来可以检验按照相反顺序从焦点扩散开去的要素在各个时代的空间分布。至此，本篇开头给出的关于扩散的算式才开始拥有了一点点具体意义。当然，即便能够实现，那也在极其遥远的未来了。

但是，上文所说的锁恐怕不会集中于一点，它们是如何偏离的？从这里可以遥望最有意思的未来问题的神秘殿堂之门。我想这篇文章只是通过模糊笨拙的语言暗示了走向殿堂的一条窄道、打开大门的一把钥匙，如果以上能作为此文的存在意义得到承认，那么对笔者来说便是意外之幸了。

我自认为尽量避免了毫无根据的臆断与无视推理的空想。但是如果行文中有一点臆断的气息，那是拙文的责任。如果存在推理的谬误与不周，那也是因为在下能力不足。这个不知天高地厚的门外汉的一点想法，如果能够给专业学者带来一点参考价值，那便是对笔者最大的鼓舞了。

我想，为了让这个方案第一步的尝试能够最有效地执行，恐怕需要语言学家与科学家的合作。如果以上两者能够齐心协力，再加上几个负责机械性计算与统计的助手，那么工作可以相当顺利地进展。但这也许只是做梦般的空想。

附记：以上考察中，仅选取“词汇”“单词”作为研究对象，而对构词法、语法等丝毫未触及，只是因为前者比较适合这种实验方法，但我绝没有忽视后者的相对重要性。当然，即便如文法之类，也不是完全不可能当作数理问题来处理，比如有时可以把它看作某个有限数的形式要素的空间排列方式。近来数学在各种方面的异常进步可以说暗示了其在该方面新应用的可能性。另外由于“例外”引起的困难，有望通过统计法这一利器，至少得到某种程度的挽救。对此，我希望有机会可以进行稍稍具体的思考。

最后，为了避免误解，我觉得有必要在此交代的是，从前虽然也有统计法，但如果只是单纯计算、比较数量的多少，那丝毫没有体现统计的真正意义。只有实际的吻合率与偶然的吻合率之间的对比才有意义，所以本文以此作为研究对象。

（一九二八年三月，《思想》）

注释：

①日语的语序为宾语在动词前面，所以作者会觉得英语的动词在宾语前面很不可思议。

②此处例子左边为英语，右边为日语的发音。

③此处例子左边为日语汉字，右边为对比语。

④训读：日本汉字一般都会有音读和训读两种读法。音读模仿中国汉字的读音，按照这个汉字从中国传入日本的时候的读音来发音；训读是按照日本该词义固有的发音读这个汉字时的读法。比如象的音读为“zou”，训读为“saki”。

⑤裁着袴：男子和服裤裙的一种，膝往下缝制成绑腿的样子，穿时紧裹在腿上，现在主要是相扑比赛时传唤人员使用。下文的“karusan”指同类东西，为外来词。

怪物的进化

人类文化进步的道路上发明或创造的各种作品中，“怪物”肯定是最出色的杰作。怪物也是人类与自然接触过程中产下的正宗嫡子，其出入的世界一面是宗教世界，另一面是科学世界，同时也是艺术的世界。

不管任何宗教，其教典中都有“怪物”大展身手。恐怕没有怪物宗教也无法成立吧。当然，随着时代的推移，怪物的表象可能会变化，但其核心内容应该永远都是一样的。

古人将自然界中很多不可解的现象解释为怪物的所作所为，这也是一种作业假说。以前将雷电现象解释为穿着虎皮兜裆布的鬼怪的恶作剧，现在认为是一种被称为“空中电气”的怪物的活动。说起空中电气，很多人会做出一副了然于心的表情，然而雨滴的生成分裂如何产生电气的分离蓄积，又如何放电，至今连专家都说不清楚。据说今年格拉斯哥的科学家大会上，辛普森[①]与威尔逊[②]两位学者展开了一场大辩论，讨论的正是该怪物的真面目。结果也只是昔日的怪物换了名字和模样而已。

自然界的不可思议，对于原始人和二十世纪的科学家来说同样不可思议。只是我们的祖先将这个不可思议归纳为怪物，而现在的科学家们用分子、原子、电子来解释而已。在古代，恐怕没人像“看”他们身边的石器、土器一般看待怪物。同样，现代的科学家应该还没有任何一个人会像“看”天平、试管一般看待原子、电子。因此，如果说过去的怪物是人们的假想，那么现在的电子和原子也并非实际存在，说到底也是一种怪物。如果因为通过假设原子电子的存在可以充分说明物理界的现象，所以主张它们的实际存在的话，那么就会产生以下疑问，这到底与通过假设雷神的存在来说明雷电风雨现象有什么区别呢？当然，它们之间有着明显的不同，在此无需赘述。但毋庸置疑的是，它们之间也存在着相当多的共通点。总之，这两者的比较暗示了与我们的科学的本质相关的省察的某一方面。

雷电的怪物发生分解，一半进入科学，另一半投入了宗教的怀抱。所有的“怪异”都一样。前者集聚、浓缩成电子、质子，后者互相凝结成了全能之神、天地之大道。两者都是人类的创作，都是艺术，只是流派不同。

因此，怪物的历史是人类文化某一方面的历史，其如实反映了时间、空间等环境的变化。只要将镰仓时代的怪物与江户时代的怪物，江户的怪物与伦敦的怪物进行对比，便能充分理解这个道理。

前两年有人将八头蛇与海德拉③进行了比较。最近也有学者论述了印度的毗湿奴④与希腊的波塞冬⑤之间的关系。还有学者想从犍陀罗的某个雕刻中找到加尼米德⑥神话的影子，于是在他的想法中巨鹰就化成了迦楼罗⑦。有趣的是，该雕刻中迦楼罗的脸长得跟我国的天狗大和尚很是相似，又与爪哇的某个魔神很像。还有我们小时候熟悉的“赤鬼”带着不同的名字和表情一路从爪哇、印度、“东突厥斯坦”横行到希腊。另外，关于大江山的酒吞童子，据说中国也有相似的故事，同时又与尤利西斯战胜库克罗普斯[8]的故事有很多相似之处。不仅如此，酒吞童子的发音还与来自阿拉伯的马来语“可怕的恶魔”相似。再说点题外话，源赖光的音读与赫拉克勒斯[9]有点相似，当然可以当作偶然的巧合一笑了之。然而，难以用科学方法证明其是巧合的例子也是数之不尽的。无论如何，调查全世界怪物们的系谱图可以作为探寻古代民族间的交流的一条线索，这已然是众所周知的事实。并且可能比通过言论、文字、美术作品等进行同样的研究更有希望，因为各民族的怪物是该民族宗教、科学、艺术的综合体。

然而不幸的是，随着科学的进步，其真实价值受到误解。人们对科学过高估计，同时对怪物的兴趣过分稀薄。在现在这个形势下，就算有人想要认真研究怪物，也会心怀自卑吧。

我感觉现在的怪物实在太少了。如今的孩子们对神话故事中的怪物基本只剩下了一点空想的滑稽感或者怪异感，像我们小时候那种贯穿头顶到脚尖的神秘感好像已经不复存在。到底哪一种对孩子来说是幸福，哪一种对孩子的教育更有利，这个问题也许意外地不像多数老师们相信的那么简单。西方有这样一则故事，有个糊涂蛋想知道“毛骨悚然”的感觉而特意跑去鬼屋探险。听了这个故事，是应该羡慕那位豪杰，还是觉得他可怜呢？这也是一个问题。无论如何，不知道“毛骨悚然”的豪杰，即便成了科学家恐怕也难成大事。

幸运的是，我们少年时代的乡下还留存着很多妖怪，因此我们得以受到充分的“怪物教育”。我老家的大杂院里有位名叫重兵卫的老人，他每晚喝酒时便会叫来附近的孩子们，嘎嘣嘎嘣啃着生大蒜再美美地抿一口热酒，接着便讲起数不尽的鬼怪故事。我想这位老人有着不逊于《一千零一夜》作者的创作才能。他娴熟地让那些传说中的怪物和自己新作的怪物们一一登场。我们怯懦的小心脏在老人的操控下一高一低地鼓动着。夜深了，在各自回家的路上，树荫下、河岸边、小巷深处，到处都埋伏着伺机而动的怪物幻影。当时，怪物在我们的世界中无忧无虑地生活着。即便上了初中，我们与怪物的交流也未停止。有个名叫N的秃头朋友，他创作怪物的才能非常出众。他在附近所有的拐角、草坪、桥畔、大树的树梢等处都安置了极其合适的妖怪，比如“三角草坪的舔脚怪”“T桥畔的手臂沙滩”等。前者是指河边那片草坪，吹着干冷风的晚上经过那里时，不知被什么东西突然舔一下脚，接着便会发起烧来，三天之内可能死亡。后者指城山脚下的桥畔布满了如一颗颗小沙石般的人手臂，它们会拉着行人的衣角，抓住人的脚不让人走，遇到这个的话基本当场毙命。当然，对于已经受着中学教育的我们，谁也不会相信这些怪物是能够接触到我们五官的真实性物理存在。尽管如此，这个创作家N描绘出的出色的妖怪之“诗”往我们涉世未深的头脑中灌入了某种神秘的氛围，又或者鼓动了我们对神秘存在、不可思议的世界的某种憧憬。司空见惯的日常世界的彼岸也许有着按照常识难以想象的世界，仅仅这个想法也会引导我们去省察隐藏在诸多自然表象深处的东西。

这种怪物教育不仅没有阻碍少年时代的我们对科学知识的兴趣，反而越发鼓舞了我们。这个说法乍一看很奇怪，但细想起来其实是理所当然的。听起来有点讽刺，真正给予我们科学教育的，也许并不是一本本精美的中学教科书，而是大杂院的重兵卫爷爷和友人N。我想以上并非是一无是处的奇思怪想。

不幸的是，科学的中学教科书往往会违背其原本目的，有时甚至会扼杀受教育者中不断萌发的科学家胚芽。现在的教科学好像都有以下倾向：将事实上谁都没有真正理解的事情用极其斩钉截铁的语调，像介绍很平凡的事情一般进行非常简单的说明，并且表现得再没有任何疑问一般，好让学生彻底放心，这实在太令人匪夷所思了。如果这种科学教育普及开来，所有的学生都乖乖接受，那么恐怕世界上的科学便就此止步不前了吧。

所谓的通俗科学也一样，仅仅是为了取悦"科学迷"，而在培养科学家方面到底有多大的效果足以补偿其弊病呢，这也是一个值得思考的问题。特别是当其作者还是没有任何科学研究经验的货真价实的记者时，则更加堪忧。

一旦这种浮于表面的科学教育普及开来，所有的怪物们不要说箱根了，将会被驱逐出日本。一切怪物相关的珍贵"事实"都被迷信一词所抹杀，人们会误认为这便是科学的目的和功劳。然而，这才是"对科学的迷信"。科学的真实目的在于找出怪物，并教育人们这个世界实际上充满了数不清的怪物。

古代的怪物对古人来说是真切的事实。一个世纪前科学家认定的事实，现在已被否定，这样的例子不胜枚举。比如人们对于电气、光热、物质等的思考，以前与现在可以说截然不同。然而，古代学者们相信的东西对他们来说仍是事实。有些科学家嘲笑古人以为雷电的真面目是鬼怪，可谁又能保证他不会被百年后的科学家嘲笑呢。

古人留下了大量关于怪物的记录，这些可以看作他们对不可思议事情的记录。当然，在今天的科学看来，这些现象是不可能真实存在的，但可以肯定的是，从这些记录中可能挖掘出现代科学的事实。

关于这类怪物的例子，我之前对"提马风"的真面目进行过论述。之后我又研究过被称为"镰鼬"的怪物。

镰鼬的故事出现在很多书中。据《伽婢子》记载，此现象多见于关东地区，突发旋风，“行人被风刮到后，大腿一带出现仿佛剃刀切的竖纹裂口，但人毫无痛感，且不出血，等等”。书中还写道，正统的武士不会遇害，身份卑贱者哪怕是有钱人也有可能碰到。此处也反映了时代特色，很有意思。《云萍》杂志中写道，“西国[10]有物谓之风镰”。关于这个现象，前些年我国的某个学术杂志上，有人从气象学角度进行了论述。我记得文中说因为旋风中气压极度下降，造成人的皮肤开裂。但这个说法在物理学家看来有点难以信服，因为即便形成真空，人的腿部也不可能像气球或膀胱一般裂开吧。很明显，这应该是强风刮起路上的木竹片或者沙砾之类的撞击到人身上而造成的皮肤断裂。我不清楚旋风的最高风速，但据说每秒超过七八十米的情况也不少见。虽然比不上子弹的速度，但可能比玩具弓箭射出的箭要快。几年前，美国的气象杂志上有过这样的例子，麦秆被大旋风吹起扎在了坚硬的门板上，照片上显示就像箭立在门板上一般。麦秆都能穿入门板，那竹片刮破人肉也没什么不妥。关于下贱之人多此灾之说，因为不是统计结果可以不予理睬。但如果下贱者总数本就高于高贵者的话，那这个结果也是理所当然的。并且如果下贱者露出腿部行走的概率较高，那就更好理解了。另外，关东地区旋风是否特别多，因为没有充足的统计资料，所以无从得知，但据说像武藏野这样的平原地区多发所谓的小规模的“尘旋风”，因此这个说法也并非毫无根据。

也许有人对用科学来解释怪异现象的做法抱有反感，他们认为好好的神秘感被浅薄的唯物论者践踏了，因此感到不快。但我觉得这是一种偏见和误解，因为即便能够做出所谓的科学解释，这些现象的神秘感不仅丝毫没有减少，反而会愈发加强。比如镰鼬现象，假如它真像前文所解释的，那么真正的科学研究才刚开始，前文所讲只是问题的构成，并不是解决。而即便这个现象通过大量实验和数理研究，得到了一定程度的解决，但后面还有无数的课题。并且，无论多么伟大的科学家也永远不可能预言某人某日会在某地遭遇此现象，能够做到这一点的只有“神”。

还有一个叫作“鹦鹉石”的奇异现象，《輶轩小录》《提醒纪谈》《笈埃随笔》等书中均有记录，指的是山腰露出的平滑岩石能够反射某些声波形成回音，这个连现在的小学生都知道。大多数理科学生也能明白如果岩石表面长有草木便会扰乱音波，无法充分产生回音。但这些记录中令人觉得有趣的是，有书上说笛子声无法得到充分反射，还有书上说像钲鼓铃之类一般没有回声。《笈埃随笔》中写道，“此地为神迹，忌讳佛具，因此钲铃等无回响”。对此有人抗辩说绝无此事，“如若果真如此，那么念经唱佛应都不回响，但实际回音很大”，最终以五行说之类的勉强解释，这一点很有意思。五行说也可以说是一种不成熟的物理学。对此，我想起十余年前的夏天，为了调查大岛三原火山，我们在火山口平地的一角搭帐篷过了数日。一个平和无风的日子，我站在火山口的高地上发出大声，结果从前面的火山壁上传来非常清晰的回音。我觉得很有意思，又尝试着喊出 a、i、u、e、o 几个母音，结果 a 和 o 反响很大，i 和 e 的回音却又短又弱，我想可能是因为后面的母音中有很多振动频率较高的泛音，而这些泛音波长较短，容易吸收和分散，因此最终反响度变弱。总之，此情况与鹦鹉石对钲、铃及音调较高的笛声不会产生回音的记载有着相呼应的地方。当然，这些只有通过正式的研究才能弄清楚。

最近测量海洋深度时，会从船底向海水中放出高频音波，利用其从海底反射回来的原理进行计算。我不清楚该方面的专家对以上问题进行了何种程度的研究，但此时，这个鹦鹉石问题必须作为目前的问题重新进行探讨。即便是伊势的鹦鹉石，如果当今的物理学家们想去实地研究，也是有很多课题的。而研究的结果肯定可以在大讲堂或剧场等的设计上找到有益的应用。

说句题外话，距今大约二十年前，美国演员来日本，在歌舞伎座表演了《瑞普·凡·温克尔》。瑞普·凡·温克尔在山中大声喊着自己的名字，而回音听起来就像"瑞·汪·温屋尔"，声调低沉、空虚，仿佛令人不快的嘲讽，非常逼真，我当时觉得很有意思。正如前述理由，由于声音音色的改变，再加上反射面有不同的层次造成声音的延迟或者听起来有几个人的声音，而剧中正是抓住了这两个要素，所以听起来很逼真。我想这个演员肯定对"木魂"[11]之怪研究得很透彻。

《伽婢子》卷十二中有篇题为《大石相战》的文章，讲的是上杉谦信的春日山城内有两块大石头在某日傍晚不断躁动互相冲撞，战斗一直持续到半夜，最后一起破碎。不久之后谦信也病死了。这当然不太可信，但是故事的创作可能也是从某种自然现象得到了启示。据我调查，北陆道一带自古多发山体滑坡现象。对此故神保博士等人有过详细研究，至今报纸仍时有报道。在滑坡地带，地盘运动相对缓慢，有时建在上面的房子会摇晃着一起移动。因此岩石等发生颤动、相互冲突并整体移动也是有可能的。或许就是从这些实际现象中产生了"石头相争"的灵感。因此，如果能从谦信所居城池的相关史料中找到有用信息，那么这个假设或许能成立，但目前看来，只不过是空想。然而无论如何，这个故事可能成为此类科学研究的导火索也是不争的事实。

地壳变动相关的"怪异"中还有空中落毛的现象。对此自古以来有很多记录，一般会被称作"火山毛"，即"佩蕾女神的头发"[12]。江户便有庆长、宽永、宽政、文政时期的记录。据《耽奇漫录》记载，文政七年秋落下的火山毛，长的有一尺七寸。据记录，这段时间伊豆大岛火山有过活动，正好有台风通过江户，便将其从大岛的空中搬运至江户空中飘落下来。据此，可以大致推测出当天低气压的行进路线。

与气象相关的有“狸子的腹鼓”⑬。这个现象在如今的东京也许仍然存在，但由于受到二十世纪文化之音的压制，谁也注意不到了。总之可以想象的是，此怪异现象与气温、风等的特异垂直分布造成的声音的异常传播有关。现在该现象变换姿态出现在我们身边，引起关注，比如有时距离很远的停车场里汽车进出的声音会显得非常近。狸子也跟随潮流变得现代化了。关于此类现象，如果能一一做出详细记录进行研究的话，应该也能对气象学做出有益贡献。

说起“天狗”“河童”之类，好像与物理学、气象学相距甚远。但“天狗奏乐”等应该还是属于前文所提的音响异常传播。

天狗和尚与宙斯之神的大鹰之间的亲族关系前文已经提过，而河童与海龟的亲戚关系，通过《善庵随笔》中的“写生图”与记录，又或者看看《筠庭杂录》里面的图画和记载便一目了然。河童的写生图很明显具备了龟的主要特征，而其记录中“如龟一般”的表述有四处之多。如此一来，这些捕获河童的记录便成了某年某月在某个沿岸捉到了海龟的记录，也许还能成为海洋学上的珍贵参考资料。

顺提一句，印度一带的语言中称海龟为“kachifa”，与河童的发音“kappa”相似，很有意思。

当然所谓“河童”实际上是由各种复杂的现象综合而成的，我们今天如果想在这里论述这个问题，首先必须分析其主要成分，对各成分进行一一推敲后，再研究它们如何组成，根据时代与地点的变化研究其组合形式如何变化。这做起来相当不易，但如果能完成，我想是相当有趣且有益的。如果通过以上分析能够分离出一些怪物元素，那么说不定其他怪物也是由这些怪物元素组成的不同化合物，就像 C，H，O 这几个元素能组成很多有机物一样。当然这也是我的一个空想。

总之，不管用科学对妖怪进行何种程度的解释，它们都绝不会散去或消灭，只会渐渐变成不同的容貌出现。随着人类的进化，怪物也不可能停滞不前。但是无论怎么进化，怪物依旧是怪物。现在全世界的科学家们每天关在各自的研究室里与怪物较量，努力想要识破其真面目。然而，自然科学界的怪物不计其数，各个怪物又有无数的面貌。以为是怪物却原来是枯柳树，以为是枯柳树却又是怪物。怪物与科学家之间的战斗恐怕永远不会停止。就这样，人类与怪物永远走在进化的道路上。

认为没有怪物反而是真正的迷信。宇宙永远充满了“怪异”。一切科学书籍都是百鬼夜行的画卷。如果弄清了这一切“怪异”，失去了畏惧之心，那么科学便已死亡。

我有时暗暗地想，这个世上出入神秘世界最多的应该就是被世人称为物质科学家的科学研究者。不知不觉间，一切神秘之物均已离开宗教领域而进入了科学之国。

我还想，科学教育也许应该像以往的怪物教育那样，不是像背诵法律条文那样的填鸭式教育，而是以灌输对不可思议的自然的憧憬为第一要义。要做到这一点，仅仅重复对既得知识的现学现卖是不够的，教育者自身就必须时常体验这种不可思议。这就跟实际宗教体验很少的宗教家说教时，很难唤醒听众的宗教心一样。

之所以会这么想，或许是因为自己小时候接受的“怪物教育”药效太强，把好不容易受到的正统科学教育映在了自己的“怪物镜”曲面上。如若果真如此，那这篇文章便可以算是一篇忏悔录。到底如何，全凭读者判断。

据传言，被称为现代物理第一人的丹麦物理学家尼尔斯·玻尔在论述横亘于现代物理学根基中的矛盾时说过，我们人类的大脑还没有发达到足以解决这个矛盾。这位伟大科学家的谦逊之言是对认为如今的科学可以解决一切问题的迷信者的箴言，我想它同时也承认了我所谓的“怪物”的存在。如此一来，长久以来被封印的怪物们也可以大摇大摆地走在光天化日之下了，不过这恐怕也是我疑神疑鬼的解释。期待有识之士予以启发。

（一九二九年一月，《改造》）

注释：

①辛普森：George Clarke Simpson(1878—1965)，英国气象学家。

②威尔逊：Charles Thomson Rees Wilson(1869—1959)，英国物理学家。

③海德拉：Hydra。希腊神话中的九头蛇。

④毗湿奴：Vishnu。印度教三相神之一。

⑤波塞冬：Poseidon。希腊神话中的十二主神之一，海神。

⑥加尼米德：Ganymede。希腊神话中特洛伊的一位王子，以美貌著称，宙斯因为喜爱他，把他化作一只巨大的老鹰将他擒走做神的斟酒者。也和宝瓶座的来历有关，是宙斯所有情人中的唯一的一位男性情人。

⑦迦楼罗：Garuda。古印度神话传说中记载的一种巨型神鸟，在印度教中是三大主神之一的毗湿奴的坐骑。

⑧库克罗普斯：Cyclops。希腊神话中的独眼巨人。

⑨赫拉克勒斯：Heracles。希腊神话中最伟大的英雄。

⑩西国：日本关西以西的地区，尤指九州地区。

⑪木魂：日语也写作木灵、木精，指山、峡谷等处出现的声音反响。

⑫佩蕾女神的头发：Pele's hair，火山毛，指细长如发的火山玻璃。它是由流动的熔岩喷成喷泉状飘浮在空中冷凝而成。

⑬狸子的腹鼓：日本的传说，相传月夜狸子会将自己的肚子当作鼓敲作乐。

卢克莱修与科学

绪　言

那已是距今十余年的事情了。我在某人的物理学史中碰到了以下内容：耶稣纪元前1世纪左右，罗马诗人、哲学家卢克莱修(纪元前98—54)以射入暗室的日光中跳舞的微尘的混乱状态为例说明了物质元子[1]的无秩序运动。读到这里，我不禁非常惊叹。我想起"天下无新物"这句谚语，同时也深切地感受到世上无旧物。

之后，我读了友人安倍能成君的《西洋哲学史》，大致了解了从留基伯、德谟克利特、伊壁鸠鲁传至卢克莱修的元子论的梗概、其哲学意义以及与其他学派的关系等。作为一名科学工作者，我对该元子说产生了强烈的兴趣，便想对这个学说的内容作进一步详细了解，但像我们这种职业科学者，总有读不完的新专业书籍，因此我感觉没有空闲去复习两千年前的物理学，便一直搁置了。

然而，就在去年夏天的某一日，我在丸善的二楼漫无目的地探寻“Everyman's Library”(人人都能有座图书馆)时，发现了这样一本书：*Lucretius*：*Of the Nature of Things*(《卢克莱修：物性论》)。仿佛偶遇故知，我马上购得一本，在回去的电车上挑着读了一些，感觉比预想中有趣许多。之后我利用平时往返各处乘坐电车的时间大致读完了一遍。后来，我还在某个物理学者的集会上介绍了这本书的梗概，将它推荐给了很多年轻的学者们。

而今年(1928)四月十四日发行的《自然》杂志的卷首介绍栏上刊登了达尔西·汤姆逊关于芒罗的《卢克莱修》(第四版，最终修订版)的介绍文。文中说，该书第二卷有芒罗的详细评注，并收录了物理学家达·安德拉德关于《卢克莱修》科学意义的解说。我便订购了该书，在看解说的同时，对照评注中的摘要又详细读了一遍。我不禁深深感受到，这本书真是越读越有意思。

芒罗的注释当然是为想阅读拉丁原文者所作，对于我这种没有古典知识的人，可以说大部分是“对牛弹琴”。而原诗中每隔十行或者三十行的摘要却非常有用。

芒罗的第三卷是他的对照译文，据说在伯恩的公共图书馆中也有此书，但我还没有读过这版译文。

我想，如果读完《卢克莱修》，或许能挖掘到至今的卢克莱修研究者们所没有发现的意外收获。因为他的诗作中蕴含着许多对未来的启示。

安德拉德在解说中提到，近代物理学大家开尔文男爵也很爱读《卢克莱修》。男爵在1895年的某封信中写道：“近来，借助芒罗之力攻读了《卢克莱修》。我想尝试着对原子冲突做出自己的解释，大费周章却依然无果。”

从卢克莱修的诗作中受到某种巨大启示的学者大有人在。安德拉德说，如果读牛顿关于原子的说明[2]，便会发现他肯定知道《卢克莱修》。很明显罗伯特·波义耳①也直接，或通过伽桑狄②间接与卢克莱修进行了亲密接触。而想要通过微粒子雨来说明重力的勒萨热③甚至以“Lucrèce Newtonien”命名自己的论文。众所周知，关于此事，后来开尔文又进行了深究。另外，据说克拉克·麦克斯韦④、丁达尔⑤这样的大家也都对《卢克莱修》有过关注。我想，读完这本书，所有人都能感受到，肯定还有无数未在物理学史上留下印记的物理学家、化学家以及生物学家曾经从《卢克莱修》中受到过某种巨大感化。书中包含着大量对未来的暗示，有些部分一百年前的人读来或许像是毫无意义的呓语，而五十年前的读者终于可以用当时的科学语言来解释了。更有甚者，有时十年前的物理学家毫不在意读过去的一句话，在最新学说的映照下竟仿佛预言一般刺激着我们的眼球。

我在介绍《卢克莱修》的集会上，便有人表达出以下疑虑：事到如今这种陈腐的东西，到底能否给现在物理学研究带来某些具体的启示？这或许代表了很多现代科学家的疑惑。然而可以肯定的是，我便是相信这种可能性的其中一人。当然，科学家们性格不一，有些人对启示很敏锐，也有人很迟钝。众所周知，古典解析性人格多属于后者，而浪漫几何形学者多属于前者。只要不是对启示紧闭耳目的学者，便肯定可以从《卢克莱修》这篇启示录中获取无数可能性的源泉。至少当他行进到某处遇到死胡同时，从该书找到某些东西给他的思想投入新的光亮，令其产生新的冲动的情况绝不稀奇。

总之，《卢克莱修》是一本伟大的科学启示录。当然我们不可能直接把它当作现代意义上的科学书。如果想要对该书内容逐一查点，并照着现在的知识进行科学批判，指出其中各种理论与事实的错误，从而沾沾自喜，那比扭转婴儿的手腕还要简单，同时也更为幼稚和愚蠢。

最近到货的杂志《画报》[3]中有一篇带插图的稀奇作品，题为《〈启示录〉中的飞机与科学战》。文章写得很有趣，将《约翰启示录》第九章中令人恐惧的蝗灾预言与欧洲大战中的飞机巧妙地结合在一起。这也属于一种启示，然而无论蝗虫的描写与战斗机多么贴合，也绝对很难称之为科学预言。那么卢克莱修的启示是否也仅是同等意义的东西呢，对此我绝不苟同。约翰从目的上已经完全属于宗教幻想，而卢克莱修从一开始便是用科学精神来对待科学的对象。他描绘出的元子影像即便与现在的原子模型有着千差万别，该元子也还是物质的终极组成分子。他尝试通过元子的结合或运动来说明的诸现象正是现在我们想通过原子来说明的物理化学现象。

意义不明的语言中确实可以导出一切意义。狡猾的伪预言家们非常善于利用这一规律。然而卢克莱修在记述自己所知事实时，从未有意使用晦涩的语言，至少译文没有给我这个感觉。多数情况下我们可以很大程度地具体把握他所想表达的内容，就这点看来，卢克莱修的书也决不能与偶然的预言混同。

为了让读者不产生误会，我感觉在介绍卢克莱修之前，有必要首先对此点多加赘言。然而，如果想给卢克莱修的书冠上科学之名，肯定会有许多人发出异议。特别是当今所谓精密科学的学徒们肯定不会容许将该书列入他们脑中的科学领域。

问题最终归结于科学是什么、精密科学是什么。但这很明显不是科学的问题，因此光靠科学家自身很难回答。我也不想在此尝试解决这一难题，只是现在大多数精密科学的学生确实都对该问题毫无兴趣。他们从高中来到大学，接受过各自专业方向的丰富课程和大量教育，但至今在任何地方都没有人告诉他们怎么去研究“何为科学”这一命题。那结果会如何呢？也许会出现以下情况：比如一个人顺利修满了物理学的课程，并且进入研究生院，通过五年的研究成果获得了学位，但即便到了这一步，对于“何为物理学”这一命题，他可能连做梦都没有想过。当然，这丝毫不会影响他成为一名出色的物理学家，就像即使你从没考虑过何为日本人也能成为一名堂堂的日本人一样。于是，这名学者如果只专注于自己的研究便不会产生什么问题，但当这些学者们聚集在一起，相互陈述各自对科学的本质、目的、范围等的看法时，便会惊异于这些想法是多么地七零八落。比如甲认为最为科学的事情乙却认为是工业性的，乙觉得是最为科学的事情在甲看来却是最不科学的游戏。

他们会发现，丙认为数理的应用才是最高级的科学工作，而同时丁却觉得实验、测量才是真正宝贵的科学本源。当然这些意见的分歧不一定会阻碍科学的进步，甚至还可能是不可或缺的。但现在说到要不要给卢克莱修冠以科学之名的问题，前文中意见分歧的结果便显而易见了。

现在的精密科学方法的重要目标便是高级数理的应用和运用精致器械进行的测量。这给当今的物理学带来了与百年前的物理学截然不同的目标。某种程度上甚至可以说物理科学的进步即应用数学与器械的进步。如果以这两个目标为基准来评价卢克莱修的话，不用说肯定是不及格，而且是只能打零分。因为放眼全书，没有一个简单的代数公式，也没有任何一处哪怕使用简易器械作的测量。

然而，将没有任何数理和器械、赤手空拳的卢克莱修和堆满了数学书和器械的橱柜摆在一起细细品味也是很有意思的。无论如何，卢克莱修空着双手奠定了后代物理科学的基础，这是不争的事实，而仅靠没有思想的书籍和器械，科学却不会进步分毫。

不幸的是，如此明白的道理却常常被人置于脑后。数学与器械靠着暗处驱使它们的灵魂之力才能获得伟大的成绩，而现在对这些成绩的感叹正在不知不觉中转变为对数学与器械本身的偶像崇拜。这种倾向不仅大量存在于受现代学究式教育的年轻学生之间，即便在西洋，二三流以下的学者之间也相当盛行。这个迷信往往会带来极端滑稽的结果。以极其不恰当或者错误的想法为前提来解开复杂得令人可怕的高等数学的算式，当求得解答时，便以为可以通过这个算式的神秘力量，从瓦砾般的前提中得出宝玉般的结果。又或者常常产生计算越复杂，其结果的物理价值越高这样的幻觉。然而数学的应用终究只是前提分析，并不具备化铅为金的魔力。同样，越昂贵高级的器械越能得出理想结果，这种毫无根据的预感也是对器械的一种迷信。无论多么优秀的器械，倘若使用不当便还不如高明地使用低级的器械，这类例子并不少见。当然，如果追求老套陈腐的方法，一般来说器械越好得到的结果也会越好。但是想光靠搜集一些市场上陈旧过时，甚至带有保证书的器械来进行真正意义上的崭新独创性研究，恐怕至今还未见一个成功之例。

话虽如此，我对运用常规数学应用理论或既成的方法、器械进行的例行实验测定工作的价值没有丝毫贬低之意。毫无疑问，正是因为有无数这些基础研究才筑成了现在如此壮丽的科学殿堂。

然而，无论多么完美的建筑材料，仅仅将它们堆积起来终究无法成为殿堂。殿堂的建造需要设计者天马行空的幻想。

虽然称之为科学殿堂，但其建设与普通房屋的建造当然不可同日而语。普通房屋的建造可以听凭设计师的心意，只要不触犯必要的建筑学规则便可设计成一切喜欢的样子。然而科学系统的设计却不能如此任性，因为我们面对的是眼前这个已然存在的自然界。比如空中落下的石块，我们便无法叫它停下。如果我们非要将科学系统的建设比作建筑，那么就是要建成一个必须完美满足无数既定条件的房屋。这种建筑、这个系统究竟能否建成？对此，卢克莱修时代无法得知，现在也一样。而一代代的学者抱着必成的信念努力至今，便形成了现在的科学之塔。

科学的高塔是一座从古至今未曾建成的巴别塔。人们以为眼下基本完成，而实际根本未成形，这样的证据随处可见。工人们的措辞混乱，难以理解。尽管如此，各个时代的学者们都梦想着其能在不久的将来完成。现在是，未来恐怕也将是。

这座物理科学的殿堂也许永远无法完成，那它的基础又是由谁奠定的呢？当然这肯定不是出自一两人之手。然而，画出最初的图纸、立起第一根顶梁柱的人，肯定是给予卢克莱修启示的享乐主义哲学家们。也许有人会举出亚里士多德或毕达哥拉斯。前者提供了大量科学素材与问题，后者向自然科学导入了数的观念，就凭这两点便足以称他们为科学家的祖先。然而他们的立场却看似与现在的自然科学截然相反，因此难免被批判为穿着自然科学外衣的形而上学主义。而彻底脱离这种目的论形而上学主义气息、基本制定了现在意义上的物理科学根本方针的恐怕是伊壁鸠鲁学派的人们。至少可以说他们在奠定现今科学的路线或骨架方面起了决定性作用，而后代的学者们便是努力在上面添加皮和肉。

这一大设计绝非依靠数学或器械之力，而是单凭哲人们的直观想象。古代的哲学家们想象出元子，毕竟只是“嗅”到了元子的气息。而到他们闭着眼睛嗅到的事物迎来说明之日，却经过了两千年的等待。

在嗅出真理方面，法拉第[6]可谓天才。而他丰富的直觉能力丝毫未损害他作为科学家的颜面。如若他以自己对真理的嗅觉为耻，那么这肯定会给十九世纪物理学的进步带来不小的阻力。

然而法拉第并未忘记将他的直觉放入严谨周到的实验中推敲。如果没有这一步，那他肯定不能成为十九世纪的科学家。话说回来，德谟克利特、伊壁鸠鲁、卢克莱修等人确实没有像法拉第那样做实验，在这个意义上，他们明显不属于科学家。但假设他们拥有如此惊人的直觉，且又生于伽利略之后的法拉第时代，那会是怎样的光景呢?

当然，卢克莱修能不能称为科学家这件事本无所谓，并且我以为两者皆可。我在这里想讨论的是，对于现在的精密科学，卢克莱修所涉及的内容或者其思想精神能不能起到一点作用。又或者不谈内容，他的方法与精神对于现代科学研究是否有用。

给科学带来划时代进展的新观念或学说绝大多数是基于卓越头脑的直觉，对此已无需赘言。然而，亘古不变的那种狭隘的学究风潮，令人们对直觉本身一律生出轻视或忌讳之情。这并非仅限于日本或德国，美国学者中也有人对此进行过深刻阐述[4]。对于科学来说，这无非是一种自杀式偏见。哪怕是近代物理学中划时代的相对论、量子力学以及波动力学，如若没有直觉，光靠推理与分析也是难以形成的。我当然不会认为爱因斯坦、德布罗意⑦等人也读过卢克莱修，但要我说的话，我觉得给予他们最初的灵感，在他们屡遭思维瓶颈时总能赋予他们新的启示的肯定是他们脑中的卢克莱修，而绝不是他们那塞得满满的图书室中的物理学书籍。

然而，这并不仅限于爱因斯坦、德布罗意等顶级大家。可以说几乎所有的理论或实践型工作，只要稍稍冠上独创之名，都是没有直觉便完全无法想象的。没有“预想”便无从开展，没有“嗅觉”任何实验都寸步难行。如果有人心存怀疑，只要放眼这个世界的学术界便一目了然。

我并不清楚开尔文、麦克斯韦等人为何要读《卢克莱修》，但可以想象的是他们肯定从这本书中感受到了某种熟悉的气息。事实上，仅仅是《卢克莱修》所体现的科学者之魂便能在现代科学家们的胸腔中产生极大共鸣。不仅如此，即便其具体内容与现在的科学大相径庭，但在思考的方向上有很多一致之处。任谁都可以轻易想象我们从这本书上可以得到多少启发。

原子量的存在、由原子量结合而成的物质的构成方式、物质总量不灭定律、原子的运动碰撞与物性的关系，卢克莱修预测到了以上事物，甚至有人认为他也想到了电子、分子晶格等。另外，很明显，被认为由牛顿直接或间接继承的光的微粒说也是一段时间被人们抛之脑后，最近又以新的形式复活了。还有他想出的生物母体传给子孙的遗传元子与近代生物学者所说的遗传因子极其相似。我想，他既然能够预言十九世纪、二十世纪的事情，谁又能保证他没有预言即将到来的二十一世纪呢？谁又能断言他的书中现在令我们付之一笑的想法在百年后不会以新的意义复活呢？

假设有些科学家自己的脑中没有任何"想法"，那他们即便将《卢克莱修》读上一百遍也不会起任何作用。就像女子学校毕业的年轻主妇以看菜谱的心情将这本诗集角角落落研读一遍，终究也无法找到适合午饭的食材一样。如果出于以上目的，还不如看看随处可见的廉价烹饪书，找些完美的菜式来得好。

然而，大多数科学探究者们并不满足于此。他们努力跻身当代科学前线，想在此找到属于自己的事业，他们急于从眼前漆黑的迷雾中找到某个影子。他们在黑暗深处发现了某个难以名状的似幻似影之物，但却不能看清楚。这种状态一直持续着，直到有一天突然从天边闪出一道如闪电般的光芒，一瞬间眼前的物体露出了真面目。之后为了真切地掌握它，必须小心翼翼摸索着靠近。当然，走近发现那只是一个没有实体的幻影而大失所望的情况常有发生，然而如果没有那道天赐闪光，他们将寸步难行。

如果卢克莱修对现代科学有效，那么他的作用肯定便是这道闪电。

比如，研究化学分子立体结构的化学家、梦想着涡动原子结合的物理学家们肯定从卢克莱修那弯弯曲曲、棱角分明的元子中获得过某种启示。再比如，最近玻尔在自然杂志上发表了一篇名为 *The Quantum Postulate and Atomic Theory* 的论文[5]，很有意思，我读后打开《卢克莱修》第一卷，仔细品读了以下诗句后震惊了，最新学说中包含的伟大思考与这些词句最深层的内容是多么地接近。

> Even time exists not of itself; but sense
> Reads out of things what happened long ago,
> What presses now, and what shall follow after:
> No man, we must admit, feels time itself,
> Disjoined from motion and repose of things. ⑧

如果将卢克莱修的 sense 与“实验观测”替换，将他的 motion and repose 与 ΔE 替换，那便成了玻尔的观点。当然，我不认为玻尔、海森伯等人从卢克莱修的书中得到了启示。但当他们的想法在意识阈下正要发酵之时，如果偶然遇到了以上诗句，而且此时他们的心窗又对启示之光打开，恐怕他们会拍案而起，如阿基米德般叫出那句“我懂了”⑨。以上当然只是我脑中的小剧场，但谁也无法保证这种场景永远不会在某时某刻发生。

当然，要想启示的闪光发挥作用，人们必须睁大双眼直面目标。因此，对于那些隐居于科学的既得领土上细数着珍藏之宝者，这本书毫无用处；在激战后的夜晚，匍匐在荒野上的战场之间，蒙着眼睛摸索着捡拾余利的“拾穗者”也不会从这本书中得到任何好处。总之我相信这本书对名为“科学学者”的一类人没有用，但对于可以被称为“科学研究者”级别的人，这本《卢克莱修》肯定可以在某方面充分发挥其作用。

另一方面，我认为也可推荐年轻的科学学生们读读此书。学生们被灌输了终究无法彻底消化的营养，都得了知识性胃病。人绝不能仅靠淀粉蛋白和脂肪活下去，也需要维生素。虽然光有维生素也不行，但少了它可能会引起坏血病或诱发脚气。我担心现在很多学生处于类似的境遇。对于这些学生，《卢克莱修》也许确实能起到维生素的作用。

以上洋洋洒洒的前言想必令很多读者心生厌倦，然而想要斩断入园小道上的荆棘，引导更多的人走进《卢克莱修》的花园，这点磨刀的劳力肯定是要花的。因为住在现代科学的巴别塔尖的我们已经忘记了离我们脚下极端遥远的地上之事。

我想在接下来的文章中尝试对卢克莱修的书进行极其简略的介绍。

当然，我对哲学史一无所知，所以我不太懂这本书所体现的哲学史意义。至于到哪里为止是德谟克利特、伊壁鸠鲁的学说，从哪里开始是卢克莱修的独创，这种考证也不适合我。我只是作为生在现代的一名科学修行者，在偶然读了《卢克莱修》之后，用幼稚的语言阐述自己朴素的感想。而我非要行这厚颜之事的唯一理由便是，在日本的科学者之间，关于《卢克莱修》恐怕连这种程度的介绍都未有过。

对于《卢克莱修》的所有相关文献，以及其内容的详细考证、注释，我想交给芒罗。

以下我所说的卢克莱修，不一定就是指那位罗马诗人卢克莱修·卡鲁斯，而是将书中的代表学说集合而成的抽象物，希望大家在知晓此点的基础上阅读以下解说。

一

卢克莱修的第一卷始于向女神维纳斯的祈祷。这好像与无视、否定一切神和宗教的他看起来不相符合，但实际上这里的维纳斯应该是指“自然”及其“生成法则”。如此读来，他的诗句便会充满生机。诗人接着向维纳斯倾诉，希望她能劝说自己的爱人——战神马尔斯不要妨碍他写这本诗集。这也足以体现在凯撒、庞培等人活跃的恐怖时代，诗人躲在罗马的某个角落静静修补着科学摇篮时的心境。

总之，这个开头更像是为了沿袭诗篇的形式而放置的装饰物，或者将其看作弥漫于全篇情绪的前奏曲也别有一番趣味。

接下来，虽未点名，应该是对留基伯或伊壁鸠鲁的赞美诗。这位希腊的贤人向受到宗教压迫而被遮住了理智之光的人类第一次明示物的形成及其法则，他大大称赞了这一功绩，并抱怨自己的母语拉丁语太过贫瘠，无法很好地传达这位希腊人发现的真理。尽管如此，他还是尽量努力传递了“照亮物体中心隐藏的核心的彼岸之光”，并表示将对物体最初的胚芽——元子进行阐述。

书中说到，也许有人会认为我论及此事是对神的亵渎，而屡次做出更为亵渎之事的却是宗教自身。谈及此，诗人举出伊菲革涅亚牺牲的惨剧，牺牲是罪恶的，犯下此罪的正是宗教，而归根结底就是因为人类害怕死亡。如果真能了解死为何物，这种恐惧便会消失，宗教也不会犯罪。此处同时为下文所述灵魂非不灭论埋下了伏笔。仅读到这里，便能明白他是多么纯粹彻底的自然科学者，令人兴趣斐然。稍感讽刺的是，现代的职业科学家中尚有许多披着科学家外衣的迷信家，而生于两千年前，不知电子为何物的罗马诗人却拥有如此彻底的科学魂。

接下来，诗人咏叹道：

This terror, then, this darkness of the mind,
Not sunrise with its flaring spokes of light,

Nor glittering arrows of morning can disperse,
But only Nature's aspect and her law

以上诗句下文也反复出现。我觉得这四句很适合印刻在某个科学研究所吸烟室的墙壁上。

接下来的两句为：

Which, teaching us, hath this exordium:
Nothing from nothing ever yet was born.[10]

诗人说，驱除迷信带来的精神不安的护符即“物质不灭法则”。当然，他从物质元子论出发，最终将论及灵魂可死。我想此处的序言[11]，即便稍稍一般化地理解为“自然科学世界观”，应该也没有偏离诗人的真意。

现代物理学中的物质不灭法则、原子的存在已经通过实验得到归纳证实，被世人所相信。而两千年前的卢克莱修使用的方法却不一样，他只是闭着眼、插着手空想。尽管如此，他的想法在后代学者的长期努力下基本得到确认。这是一种偶然吗？在此，对于物理学的认识论意义，我碰到了极其重要的问题，简言之，即物理学及其他物理性科学系统是否唯一？但我现在不想在此踏入歧路，只想介绍一下卢克莱修的笔法。

参照当今的科学方法，他提出的“无中不能生有”宣言可以看作他的前提和作业假说。当然，如果无中能生有，那么某个母体中应该能生出与之不同的孩子，我确实看过类似的讨论，但很明显这些绝不能得到证明。那么，如果有中能生有，便有必要假定有的种子。而关于种子的想法，伊壁鸠鲁学派确实取得了他的前辈和同辈们难以企及的进步，甚至可以说与现在的原子观极其接近。当然这也不是经过严密推理得出的结果，终究还是依靠直觉的透视。卢克莱修坦率地说道："Thus easier 'tis to hold that many things have primal bodies in common (as we see the single letters common to many words) than aught exists without its origin."[12] 正如字母聚集在一起形成各种单词一样，若干不同种的原子通过各种结合方式形成各种物体，卢克莱修的这种想法与现代的想法基本一致。不仅如此，有趣的是，现在我们就是用字母来代替原子的符号，并且用这些符号的组合来表示各种物质，可以说完全出自卢克莱修。

卢克莱修说，这些元子虽然人类肉眼不可见，但我们不能怀疑它的实际存在，就好比我们虽然看不见风，但它却发挥着各种作用，即通过作用来显示其物理实在性。寥寥数行令我不禁想起十九世纪末关于原子实际存在的激烈争论。我还想起物理学界提倡"脱离拟人论"的普朗克学派的主张，以及最近出现的否定直接可测以外的物体的实在性的新量子力学先驱者们的强烈呼吁，不禁感慨这个问题是多么古老。

他还举出香气、湿气等来证明人眼不可见之物的实际存在。另外引出物体的磨损现象来证明了人眼不可见的微小部分的存在。

要想通过元子来说明自然，首先需要的就是空间，他把我们的空间命名为"虚空"(void)，他说"没有空间物体便无法运动"。他的空间是真的虚空，并非以太之流。这一点也可以说是相当现代。

通过物质原子在空间的配置与运动来说明一切物理化学现象确实是近代，至少是十九世纪末以前的物理学理想。并且直到二十世纪初，我们关于原子与空间的想法比起卢克莱修的想法，恐怕丝毫未有本质上的进步。近年来，原子被换成电子与质子，加上最近波动力学的出现才开始不断给这些物质基本量的相关观念带来明显的变化。另外，由于相对论的发展，所谓空间的相关想法也开始脱离这种朴素的状态。然而即便现在，大多数具体问题的解决仍然在利用以往的空间与原子概念。

接下来，他提出物质由原子与虚空混合而成，并就此阐述了物质的有孔性及其比重的差异。他认为声音也是由于原子的发散而形成的，而声音通过墙壁也是因为墙壁的原子间有空隙。这作为当今学生的答案来看肯定是错的，但实际上如果墙壁的元子间毫无空隙，而是完全刚体，那么声音的能量也无法传递吧。在这个意义上，卢克莱修的说法也是事实。他接着举出鱼在水中的运动以及物体的撞击反弹来说明虚空，遗憾的是这个解说很难翻译成现在的语言。

接着，他宣称空间和物质是仅仅两个“存在于自身”之物，除此之外没有第三个。其意义与前文所述作为机械力学自然观的基础而留存于现代的理论相同，据说这是对将物的作用与性质等也视作物体的斯多葛学派的严厉驳斥。并且这一想法又被理所当然般地教授给了现今的物理学生，甚至从未遭受过一次怀疑。这也相当讽刺，我不明白的是，现在学生的智商不如两千年前的诗人，还是现在的教育方法太差了。

这里值得注意的另外一件有意思的事是，对于“时间”，诗人也否定了其自身的存在，而是将它看作与物性、作用等同类别，即所谓偶然的、非永久性之物。十九世纪物理学的力学自然观想将所有现象记载为空间中的质点运动，因此使用包含着三个空间坐标和一个时间坐标这四个变数的方程式来表现一切自然现象。相对论成立之后，时间也被看作一种空间坐标，但并没有哪个物理学家想彻底剥夺时间的根本性地位。然而归根结底，相对论被需求的原因便在于一直以来关于时间的看法的模糊性。可以想象，卢克莱修的“时间本身也不存在”论与此有着某种关联。“我们不能脱离事物的运动和静止而感受到时间”，这也是一句值得深思的启示之句。他认为“运动”或者速度、加速度都可以当作确实存在的物理性可测现象，而时间反而是一种附属物。这种想法难道真的那么没有价值吗？

在普通力学问题中，当运动方程式被完全解开时，所有质点在各个位置上的速度、加速度、动量或能量等，都作为时间的函数被给出。相反，即使不总是单义的，只要给出后者的数值，时间便可以作为它们的函数被给出。有趣的是，在可逆性周期运动的情况下，如此得到的“时间”并不一定是单义的。实际上，在只有这种运动的世界里，物理学上不存在不可逆的时间。于是，我的脑海里浮现出一个如梦般的想法。难道我们不可能用某种能量或类似“作用”的量来代替时间，将其作为基本的东西与空间对立起来，从而重建新的力学系统吗？如此一来，现代物理学面临的种种困难也许就会迎刃而解。我认为，卢克莱修的话至少暗示了这样的问题。

接着他论述道，虽然通过元子可以制造出各种硬度的东西，但元子本身必定属于完全刚体。因为如果元子是柔软的，那其中便包含着虚空。然而，虚空和元子应该是对立的，元子中不可能包含着虚空，即 where'er be empty space, there body's not; and so where body bides, there not at all exists the void inane[13]。此时我想起曾经出现过的分子和原子的“弹性”问题。为了说明可触性物体的“弹性”，有人提出分子和原子有着与可触性物体同样的“弹性”，而现在卢克莱修的这句话辛辣地讽刺了其方法论上的错误或拙劣性。

卢克莱修的现代程度令人吃惊，他无论如何都拒绝赋予物质元子与物体同样的二次属性，而仅仅通过几何学性质，即其形状和空间的排列以及运动来说明其偶尔的“无常”现象。并且正是这一点让我们看到了他是如何远远凌驾于他所驳斥的赫拉克利特、恩培多克勒、阿纳克萨哥拉斯等人之上的。他还告诉我们，即便是现在被称为科学家的人之中，依旧偶尔可见以上三者的后裔。

卢克莱修试图证明元子是恒久的刚单体(solid singleness)，并且其虽然微小，但具有有限的大小。如果不是刚体，便无法从中制造刚体。如果不是恒久的，便无法永久地补充(replenish)这个无常的世界。并且如果大小不是有限的，物质就有可能无限分裂，那么在过去无限的年月里被破坏分解的物质要想再次合成并恢复就需要无限大的时间，最终什么都无法成立。这显然触及了玻尔兹曼学说所提出的宇宙进化的大问题。当然，这个讨论的根基中便有后面将要阐述的时间无穷性的假设。

我相信近代物理学创立的物质及能量的基本量是基于所谓经验的科学事实。同时，我还常常怀疑，这种基本量的假设是不是从一开始便被默认包含于物理学的根本假设中。我感觉，近来我们逐渐地认识到了，为了将自然系统化而使用的思维形式的机巧中，从一开始就被赋予的必然性表象。对此疑问，卢克莱修虽未给出任何明确回答，但至少他似乎鼓励我进一步深入研究这个问题。“For, lo, each thing is quicker marred than made.”[14]书中有这样的句子，我想试着将它看成热力学第二定律的首次宣布，是不是也很有意思呢?

他还进行了哲学家作派的讨论，即如果物质没有最小限度，那么最小的物质也将包含无限，如此一来微分和总和的区别便会消失不见。对于此类讨论，科学家们恐怕不感兴趣。这或许对哲学上的怀疑主义有某种意义，但在我们看来却没有直接的必要，因为科学终究不过是“由经验证实的臆断”。在此，我们只需赞美伊壁鸠鲁学派这些伟大惊人的臆断即可。

卢克莱修在说明了他所谓的“元子”是什么之后，对与伊壁鸠鲁学派对立的其他学说进行了严厉的攻击。比如万物由火组成、由地水火风组成之流，又或者金子由金子、骨头由骨头，即所谓的 homeomeria[15]组成，他列举了这些想法的问题点。同时，他还就其他学派可能针对自己的指责进行了勇敢的应战。然而这归根结底是以他的元子说，特别是赋予元子二次属性是不稳妥的为前提的一种延伸，但在现代物理学中它已得到了承认，变得理所当然。读完这里，我发现了许多如果当今物理学家和古代希腊学者们进行辩论肯定会出现的话题，非常有趣。

在以上的争论中，也可以看到一些近代思想，如“热是元子的碰撞运动”，“仅仅是元子的排列顺序的不同，就会产生事物的变化”。

于是，卢克莱修又说道：“我将借助缪斯女神的灵感，进一步深刻地阐述真理。”然而，要解释这种令人头疼的事情，就必须借助“诗”。正如要让人吃苦药，必须在杯缘涂上蜂蜜。

接下来是对空间无限性的论述，但这仅仅是“前方还有前方”。直到爱因斯坦的广义相对论问世，无论外行还是科学家都怀着这种纯朴的想法，并无稀奇之处。

接着，他阐述了物质总量的无限性。如果在无限大的空间里只有有限的物质，那么这些物质全部分解成它们的组成元子，从而不能合成任何物体，世间便空无一物。因为物质世界的保存需要来自“彼岸”的不断补充，这需要无限的物质素材。正如后文所述，该论述的前提在于他所认为的“元子之雨”不断从无涯的空间尽头掉落到地上。与现在的科学相比，让卢克莱修处于最不利地位的是，他在这里将地看作平面，把“上”和“下”看作脱离重力的绝对存在。他在这里对“大地球形说”提出了反对，就像哥伦布时代的和尚们说的那样。然而在无限的虚空中，某个“中心”如何存在，又是怎样被支持的，面对这个责问，不要说牛顿之前的学者无法回答，即便是现在也绝对难以解释清楚。可见这些问题充分触及了有关宇宙结构的科学问题的要害。关于物质宇宙的极限，以及其进化的各种问题，我们能够知道的，即便时至今日也是极少的。

卢克莱修在论述物质量的无限性时表现出了另一个重要想法，即元子聚合形成物体是元子在混乱撞击间的偶然事件，并非出自谁的命令或意志。因此想靠这种偶然合成物质，就需要无限的物质元子的供给。这种“偶然”的想法似乎也暗示了近代原子说的根本——统计力学的内容。在仅由偶然支配的宇宙中，熵[16]会无限增大，走向灭亡。难道就没有另一种“理”可以唤回它，给予它重生的喜悦吗？玻尔兹曼和阿伦尼乌斯写下了原理之梦。但是这个梦想还未有人实现。文中的以下词句对此问题给出了某些启发。

It is *preserved*, when once It has been thrown
Into the *proper motions*[17]...

换言之，这意味着某个“选择原理”作用于“偶然”的产物。关于进行这种选择的魔物是什么，他只字未提。但是，认为此处内容暗示了该魔物的存在真的毫无道理吗？麦克斯韦妖(Maxwell’s demon)难道就不可能是魔物之一吗？

二

在第二卷中，卢克莱修比之前更详细具体地记述了元子运动的状况及其形状和结合的机巧。

开头照例是引言，大意为富贵权势不是幸福的源泉，反而是不幸的种子。只有通过理智探究真理，才能得到真正的心灵平静。之后又重复了前面提到的四行副歌。

元子会结合，但这种结合并不固定，而是不断地被替换，分离又被捕获，是 eternal give and take(永恒的给予和索取)。但物质的总和恒久不变。谁都会承认这个想法让人联想到后代的“物质不灭说”。并且从另一个角度来看，它又包含了让人联想到例如溶液分子的化学平衡的某种东西，所以很有趣。

元子互相碰撞，其速度一部分是固有的，一部分通过碰撞获得。碰撞的结果多种多样。有些元子因其复杂的形状而相互钩住并结合在一起，形成刚性的物体，有的则相互排斥，成为柔软的物质，或者完全分离。这可以看作对固液气三态原子结构的说明。

元子聚集在一起形成微小的物体，微小物体聚在一起又形成更大的物体，并逐渐形成肉眼可见的物体。这与从原子到微晶，微晶到多晶金属的组成，或者从胶体到有机体的生成等机理是相通的。

在日光下跳舞的微尘这一著名比喻便出自此处。我觉得有趣的是，书中阐述了这样的观点，即由原子相依而成的细粒，在不可见的原子的冲动的驱使下，产生了整个粒的运动。这正好相当于布朗运动的描述。

为什么元子在运动，而其组成的物体却看起来是静止的呢？他说这是因为我们的“知觉是有限的”，并举了一个诗意的例子来证明，说在遥远的小山里觅食绿草的羊群看起来只是一抹白色的斑驳。如果将这种知觉的界限延伸开来，就会成为“观测的界限”这一最近物理学的标语。

元子的速度有多大？太阳一出来，世界瞬间被光包围。他认为，如果太阳光的元子不是通过虚空，而是通过物质照过来便已经这么快了的话，那么它在虚空中飞行时的速度应该更快。

在这里，卢克莱修意识和想象到了光的速度，以及其在真空和物质中速度的差异这些概念。

接着文中插入了卢克莱修针对元子说的反对者们提出的“神的意志”进行的辩驳。对此，芒罗也表示不清楚其和正文的联系。但是，这也可以看成作者准备叙述元子被某种自然法则支配前的序言。也就是说，接下来他将提出“一切物质都不能凭借自己的力量向上”的原则。

外表看来从上面往“上方”漂浮的东西很多，但诗人认为这是出于某种动力，应该另当别论。据说这也是对斯多葛派的反对。

按照以上想法，一切元子皆笔直往“下”掉落。那么在此情况下，元子如何能够相互碰撞呢？为了突破这个难点，诗人想出了一个现在看来很奇特的说法，即这些元子在各自直线并行降落的途中，会在某个不定的时间、不定的地点发生极其微小的路径弯曲。

也许有人会说，在各种元子中，如果重的和轻的各自的下落速度不同，那么相对距离就会发生变化，所以就有可能发生相互的碰撞。但卢克莱修断言这是错误的，因为在真空中没有阻力，所以所有的元子都以相同的速度下落。我不知道他是如何在没有任何实验的情况下认定亚里士多德关于落体的谬误的。硬要想象的话，或许是偶然观察到的空气和水中的落体诱发了他的直觉。

元子相互碰撞造成物质的生成与转变、原子等速并行运动，为了中和以上两种想法的矛盾，诗人提出了原子的“偶然任意偏向说”，后来又灵机一动向“自由意志”的存在靠拢。这一想法非常值得关注。

他无条件地承认人与动物存在自由意志。那么按照他的元子论，所有元子根据自然方法保持直线下落，或者至少被某种确定的法则所支配。如此一来，世界上一切现象均按计划进行，其间便不存在任何“自由意志”出场的余地。但另一方面，如果允许意志的存在，那它又从何而来？作为彻底的物质论者，他无论如何也未采取从物质以外的世界借用这种东西的二元论态度。因此，出于理所当然的需要，他将意志的根源赋予了他的元子。

这种想法乍一看极不科学，在当时也被西塞罗视为儿戏。但是，如果想彻底贯彻现在科学的目标，将物理学的疆域扩展到生物界的话，这是任何人都必然会遇到的一个观念。我曾在杂志《思想》昭和二年九月号上发表的《备忘录》一文中，阐述了个人关于生命起源的不成熟见解，我认为生命的胚芽还是应该赋予原子本身才合理。这是几年前我看到暗示同种元素的原子存在个性的威廉·索迪[18]的学说后受到启发想出来的，而现在看来，可以说我的这个想法完全在不知不觉间沿袭了卢克莱修的这个说法。

“选择原理”拯救了逐渐走向灭亡的自然，卢克莱修在前一章就其作了阐述。在这里，我又对此进行了反复思考，我觉得在这个元子的任意偏向性假说中可以感受到其所追求原理的一鳞半爪。

在说明元子的形状和大小之前，卢克莱修先阐述了元子种类的多样性。关于这个类别，现在我们区分有限数量的元素，但认为同一元素的所有原子都是同等的。不过，化学方面碳原子的各种化合物具有区分，光谱物理中对同元素原子的种种素量状态也会进行区别，但这种变异可能是一切原子共通的情况，所以还是不能认为同元素原子具有个性。然而，从卢克莱修的话来判断，他似乎认为，就像人与人不同，羊与羊不同一样，没有一个完全相同的元子。也就是说，他也承认原子的个性，正如威廉·索迪暗示的那样。我不知道这个与现代科学不一样的思考方式是出于何种必要或动机，但值得注意的是，它与前面提到的元子的自由意志在相当程度上是可以相互融合的。

卢克莱修认为元子大小不一。例如，雷电的火元子比薪炭的火元子微小，所以具有更强的穿透力。光能够透过灯笼的羊角[19]，雨却被弹了回来。这也是由于光和水的元子大小的差异造成的。

接着阐述了元子形状的差异。他认为，酒容易流动，而油却很难流动，是因为后者的元子“弯曲纠缠在一起”。也就是说，他想从原子的形状来解释液体黏度的差异，但这个问题到现在还没有得到充分的解决，所以我们不能轻易嘲笑他的观点。

他认为刺激我们感官的光、音、香、味，都是从各自目的物飞来的元子产生的一种触觉。而且，所有给我们带来愉快感觉的光、音、香、味的元子都是圆润光滑的，让人感到不快的元子都是有棱角的、疏松的。炎热和寒冷的元子都有刺，但刺的样子不一样。这些当然是相当随意的想象。但是，考虑到芳香属有机化合物共通的环状分子结构等，我认为至少在嗅觉、味觉等方面，很难保证将来这种想法在某种意义上不会得到确认。即便是声音和光，如果考虑将声波的形状赋予音色，将光波的波长大小赋予色彩，那么一百年后的生理学学者或许可以对卢克莱修的话进行适当翻译。不规则有棱角的音波听起来是噪音，振动迅速的紫外线会引起白内障，至于理由，至今尚未解释清楚。更何况光的量子说，未来仍是未知数。现下，光对视网膜的作用是否属于光电现象的争论如火如荼。如果答案是肯定的，那么这种情况下的光终究是量子性的，即光元子。而决定该波的量子能量的振动数，在某种意义上也可以看作量子的“形状”吧。

总之，他试图将所有的感觉归结为机械现象，在这一点上，我们必须承认卢克莱修身上显现的近代科学精神。

接着，卢克莱修表示固体的元子是弯曲或分支的，而液体的元子是圆且光滑的。如果考虑到结晶体是原子晶格的一小部分，并且液体分子集合缓慢，那么可以说以上想法在某种程度上是正确的。他还说烟和火的元子虽然有尖锐的形状，但没有纠缠在一起，这一点我不太明白。还有比如海水，在光滑的水元子体之间混合着盐的粗糙的元子体，如果在地下被过滤，只有水可以通过。这些也很有意思，不能全部一笑而过。

他阐述道，元子的形状多种多样，但其种类是有限的。因为如果有无限的种类，那么我们必须承认其中有一种元子具有无限大的形态。单看字面意思很难理解，但如果试着翻译成如下内容，我觉得他的话便多了几分生机，即他认为形状的变化是由决定形状的“部分”的错位排列产生的。并且，如果认为该“部分”具有有限的大小，那么为了产生无限的种类，必然需要承认它能生出无限大的物体。在某一点上，这个想法作为现代原子内部结构的预测来看是很有趣的。也就是说，原子通过其核周围一个个电子的增加而从一种物质转向另一种物质，即原子数量的增加。如果元素的种类无限多样，那么就应该存在原子数量或原子量无限大的物质原子，但实际上没有那样的东西。也就是说，原子“形状”的种类是有限制的。

> ... these primal germs
> Vary yet only with *finite tale of shapes*. [20]

这句话极其贴切地形容了现代的原子模型。他接着说道，

> Betwixt the two extremes：the things create
> Must differ，therefore，by a finite change[21]

以上描述的是冷与热之间的量子性推移，即所谓的温度量子说。但这也可以看作极为彻底的一般量子说的口号。同时也像对现在如洪水般不断席卷物理学领土的量子说的暗示。

“元子的种类是有限的”这一想法看似和最初的元子个性说相互矛盾，然而，这是一个极其珍贵的矛盾，实际上是无机界科学与生物界科学之间的矛盾。而化解这个矛盾，正是未来科学最重大的任务。

元子的种类有限，但各种元子的数量是无限的。这是物质总量无限

大这一前提下的必然结果。

这些无数的元子通过其运动不断生成物体，产生的物体又不断被破坏，世界在生成与破坏的战斗中前进。生伴着死，死伴着生。这种想法中包含着所谓的“平衡”观念。

物体的性能越复杂，其组成元素就越多样。我们的大地母亲是其中最显著的，因为她是万物之母。因此，从前的希腊人将大地人格化，供奉为神。但这只是比喻，大地不过是无生物的集合。

动植物从大地获取食物而生长。因此，它们中包含着很多共同的元子。但是，即使由共同的元子组成，也会根据该元子的结合方式和顺序产生不同的物种。就像各种不同的词有着共通的字母一样。

但是，元子的结合方式具有定则，不能任意妄为。因此生物会保存祖先的定型，而不会生出残次品般的怪物。也就是说，这里第一次提到了遗传的问题。

为什么能这样呢？这是因为动植物会从摄取的食物中留下合适的部分，而排出不适当的，即卢克莱修在此也提出了“选择原理”。他认为无机界也发生着相同的事情。也就是说，元子的结合受到某种定则的支配，因此每个特定的物质才能有所区别。这也可以看作是阐述了化学中所有法则的根本原理。

接下来，如前文一样，诗人又一次详述了元子为何不能像可触性物体一般拥有二次属性。例如，如果元子有颜色，就很难说明同一事物的颜色变化。诗人表示颜色的变化可以通过元子排列顺序的变化或元子的交替来说明。这也是非常近代的想法。

卢克莱修说颜色有光才能产生，这也是正确的。他举出在黑暗中看不见颜色的证据，因为光照颜色看起来不一样。他引用的有色物质磨成粉末后会逐渐褪色的例子也很有趣。也就是说，按照他的想法，如果分割得更细，到达元子的程度就会变得无色。但遗憾的是，这里所说的色彩和它刺激眼睛的元子之间的关系不太清楚。

卢克莱修认为光照射产生颜色是由光元子的碰撞引起的，而碰撞方式的差异则取决于物质元子的形状。我想这是可以进行一定程度的近代科学解释的。

同样，元子无香无味，既不出声，也不热不冷。这种易变无常的二次属性不可能存在于永远不变的元子身上。

就像从没有颜色的东西中产生颜色一样，没有感觉的泥土会生出蚯蚓，草和水会变成牛马。同样的元子根据不同的混合排列方式和运动方式，可以生出各种各样的东西。在这里，他试图说明生物是如何从无机物中产生的。因为后文将论述精神的元子，所以在此似乎没有必要做相关议论，但这里好像是将感觉与心和精神分开来考虑的。总之，具有感觉的物体的组成元子不需要有感觉，甚至有才是不合理的，我觉得他的这个观点中隐含着相当重要的意义。归根结底，这是对前面反复提到的关于物质与生命之间“迷失的链环”的考察的一部分。简单地说，如果元子像生物一样具有系统的感觉，那么它们组合而成的物体又是如何拥有系统感觉的呢？

卢克莱修接着表示，如果生物受到剧烈的冲击，肉体和精神的结合就会破裂，后者就会从前者的孔中逃跑。他尝试由此对痛苦和快乐进行物质上的解释，认为没有“笑的元子”。然而就我现在的立场来看，这些想法都处在我能详说的范围之外，所以在此全部省略。

以上言论似乎终究是为了导入人类灵魂非不灭论的前言，卢克莱修对此倾注了极大热情。

按照以上方法形成的世界中，共存着很多相同的东西，从该观点出发，他认为与我们相同的世界还有很多。这也是真知灼见。没有哪个神可以靠一己之力支配无限的宇宙，卢克莱修以此为要点不断重复着对宗教的否定。

这一卷也阐述这个世界的诞生、成长、衰老、死亡等相关内容。在此予以省略，直接进入第三卷。

三

第三卷的要点为：阐述人类精神的本性，并认为它也是由物质性元子构成，接着“证明”了灵魂会灭亡，最后提出死不足为惧的结论。

从卢克莱修的哲学立场来看，这些观点可能是最重要的，但从我现在的立场来看，不得不说这是一个过于脱离现代科学领域的问题。当然，我可以想象，一两百年后的精神物理学家，如果以我现在的立场阅读这一卷，或许能从中遇见自己最感兴趣的内容。但对于我，现在只能主要根据芒罗的摘要对这一卷进行极其概括性的介绍。关于这些观点在哲学史上的意义，也只能让位于其他哲学书了。

开篇照例是对伊壁鸠鲁的赞美之词。接着前言部分写道：一切罪恶的根源是对死亡的恐惧。如果能弄清精神的本性，死亡便不再可怕了，下面我将试着说明这一点。

首先关于心(mind, *animus* or *mens*)，卢克莱修认为它不是其他学者所说的人体协调原理或生命原理，只不过正如头或脚是人体的一部分，它也是人体的“部分”而已。其证据就是，即使身体有病，心灵也可能是幸福的；即使心灵不好，身体也可能是健康的。就像即便脚痛，头也可以安然无恙一样。

同样，精神(soul, *anima*)也是人体的一部分，而不是整体的协调。即使去掉身体的某部分，生命也会持续。与此相反，“热和空气的粒子”稍微一点就会死亡。从这一点，我们可以明白生命的延续需要某种特别的要素。但这是人体所包含的元素，并不是什么整体协调原理。

在此，卢克莱修是如何看待心与精神(*animus* 和 *anima*)的呢？他认为两者相互关联，心作为统治者位于胸部中枢心脏，精神分布于全身，遵从心的命令。如果我没理解错，他所谓的心相当于大脑，精神相当于遍及全身的知觉以及运动神经。抱着这样的想法去读，应该会比较容易理解。

心灵的冲动刺激精神，带动肉体。推动物质肉体的还必须是物质。因此，精神乃至心都必须是物质的。这是他的唯物观的必然结果，恐怕也是现代许多物理生理学家所默认的一种假设。

如果精神是物质，那么它也应该由物质原子构成。只是心灵和精神的元子肯定非常微小，且速度非常之快。因为思考的速度比什么都快。而且人即便死了，至少在外观上，其大小和重量都没有变化，就像泄了气的酒一样。卢克莱修当然不知道神经传播速度的实际情况，总之他用某种物质的速度来代替了思考的速度。

现在恐怕没有一个学者会去比较人咽气前后的体重。但是，从彻底的现代科学精神来看，不完成这个实验而从一开始就断定结果肯定是不被认可的吧。

卢克莱修认为精神由“精”“热”“空气”，以及第四种“无名者”组成。这第四种是最细小且速度最快的，是感觉的基础，它一旦被破坏，生命就会消失。这四种东西混合在一起形成一个整体。

人类和动物的性情性质的差异是根据热量、精气和空气的含量比例产生的。例如，狮子具有较多的热量，鹿具有较多的空气和精气。

精神通过肉体结合，进而激活肉体。其中只要一个被拉开，两者都会被破坏，生命也会灭亡。另外，通过两者的相对运动产生感觉。卢克莱修认为德谟克利特的肉体元子和精神元子一一成对的说法是错误的，他认为后者的数量与前者相比要小得多。

以这些想法为基础，卢克莱修为了“说明”他的信条“精神会随着肉体的死亡而消亡”，列举了大约二十八条来发挥他的雄辩。但在此逐条阐述并不是我的任务，而且只会不断招致读者的倦怠。值得注意的是，其中有一条论及各种生物特有的性状由父母遗传给子代的事实，并且他认为必须假设心也具有“固定的种子”，否则很难解释这种现象。另外他说道，如果灵魂是突然进入肉体的，那么当一个孩子就要出生时，肯定会有好几个灵魂挤在产妇的枕边争着想要进入孩子身体，令读者不禁莞尔。

如果灵魂和母体一起死去，那么死亡便丝毫不恐怖。无论罗马获胜还是迦太基获胜，都与灵肉飞散后的我毫无关系。即便我的精神元子作为元子存在于世界某处，但脱离肉体并且分解后的元子也不再是“我”。当然，现在构成我的所有元子在不可预测的未来，某个偶然的机会，可能还会像原来一样结合在一起而形成与现在一模一样的我，但这个再生的我也肯定不会记得前生的那个我。

死后不存在第二个我为自己的死而悲伤，所以我的死对我来说并不悲伤。因为随着死亡，欲望也会死去，所以没有人会对未被满足的愿望感到留恋。并且即便再多活几年，对于永远的死亡，那余命也等于无。

人们所说的死后要去的地狱，其实就是眼前的欲望世界。逃离它的唯一途径便是万物的物理研究。

我对这种利己主义者的哲学不作任何评论。只是我怀疑，如果现代有一位连肚子深处都充满科学气息的科学家，那么至少他对死亡的观念，应该与此极为相似。

以上观点中，现代物理学家最为感兴趣的想法应该是，由大量元子组成的某个特定集团在分解和离散后，即使在过了几乎无限的时间后，也有可能再次复活成原来的样子，并且这其中不包含任何神的意志，而是单纯的统计学偶然的产物。读到这里，很多物理学家都会不禁想起玻尔兹曼在气体论的第九十章中留下的意味深长的谜题吧。

另一个值得注意的是，不仅限于这一卷，作者似乎默认一般情况下元子越小其速度越快。我们当然不清楚他的这种观点产生于什么根据或机缘，但无论如何，这至少可以看作对后代气体论中出现的能量的等分配规律的质的预测。

我想，直觉和梦完全不同。所谓科学，说到底就是“改写成通俗易懂的语言的直觉”，直觉就是“用人类看不懂的语言书写的科学书的最后结论”。读卢克莱修的时候，我常常被这种妄想袭击。

顺便提一下，在我国的神官之间流传的传说中，有人认为人的灵魂是“奇妙的圆”。我听幸田露伴博士说过此事后，得知自己民族中存在着与这里的心灵和精神元子多少相似的想法，一股奇异之感涌上心头。这就像希腊语的 temos 与日语的 tamasi[22]相似一样，到底是不是巧合完全无从得知。

四

进入第四卷，我感觉相比前三卷，有必要对介绍的态度和方法进行一些改变。

通过以上介绍，虽不能说完美，我大致传达了存在于卢克莱修根底中的科学精神的一般诸相、他的元子说的主要前提以及其运用方法的概念。以下三卷中出现的这些根本性东西，大多可以看作前述内容的变形和展开。

另一方面，关于以下各卷中出现的对于具体自然现象的具体说明，当然依旧无法抵挡现代科学的批判。

因此，如果后面还像以前那样逐条详细介绍解说，那势必常常陷入不必要的重复和过于繁琐的对细枝末节的刨根问底。即使它能得到读者的宽容，编辑给我的纸张数量也是有限的。

鉴于此，后文我想尽量避免重复，主要针对一些具有科学意义的内容，较随意地进行选取和说明。

第四卷开头的重要题目是关于物体被我们的视觉器官感知的机巧。亚里士多德和毕达哥拉斯等人认为，从眼睛发射的某种东西会撞击物体，所以才会看到物体。相反，作者却认为是因为物体飞来的某种东西刺激了眼睛，无论如何这一点是离真相更近了一步。但是，他认为来自这个物体的东西既不是今天的光线，也不是光波，而是被命名为“像”(image)的薄膜状物质。这就像蛇蜕皮一样，从物体的表面脱落，以极快的速度不断向四面八方飞去。当它击中眼睛时，我们便能感知到该物体的形状和颜色。如果这个像撞上镜子，就会发生反射，“翻个身”回来。我们可以感知物体的距离，是因为“像”飞过来的时候将前面的空气压到眼睛上。因此，镜子里的东西就像在镜子后面一样，我们看时可以感受其距离。

书中也出现了反射角等于入射角的阐述。作者描述了插入水中的桨看起来是弯的这个现象，但没有发现类似折射规律的内容。另外，也提到了大量镜子引起的重复反射的现象。

文中说道，如果碰到表面粗糙的物体，这个薄膜状的“像”便遭到破坏而不能产生影像。作者还对光的扩乱进行了说明，如远方的物体看不清楚是因为“像”在空中长期飞行期间受过无数冲击，导致其尖角被磨损。这些内容都含有些许近代思想。

卢克莱修认为，虽然知觉给予的东西总是正确的，但由于判断的错误会产生错觉，并对此举出了各种例子。接着又发表了感觉论式方法论的宣言，即自然的认识基础终究只能是我们的感觉。这被认为是后来马赫一派学说的先驱。即便普朗克等人所说的“从感觉中解放出来”在他们的意义上是正确的，我们也必须同时承认卢克莱修的话为真理。不管一个人如何妄自尊大，五官都被封住了，这样还能学习物理学的课程吗？

卢克莱修认为声响也是一种放射物，但与“像”并不一样。对于声音的散射、反射等，他也进行了一定论述。有趣的是，在阐述声音衍射现象的内容里，我发现了与惠更斯原理相似的观点，即一个音可以产生另一个音，就像一个火花可以生出很多火花一样。并且，他还对光会产生影子，但声音不会产生影子的现象表示了关注。

我曾经在某地的入学考试中出过这样的题目，要求学生证明声波和光波在外观上的衍射差，但答题时触及正确要点的人很少。我想这是因为大多数学生碰到教科书上没有的问题便无法思考。而且只要是老师教的东西，不管多么麻烦的算式都会背下来，到了答题的时候，不管对不对题，一律原封不动写在试卷上。不知道是因为两千年前的卢克莱修作为科学家更优秀，还是现在的教育有问题。

关于卢克莱修对嗅觉和味觉以及其他生理学问题的论述，在此全部省略。不过，值得一提的是，他反对目的论自然观，认为人的生活官能并不是为了人的用途而设计制造出来的，而是有了官能之后才产生它的用途。

作者在卷末提出了关于遗传素的想法，该想法非常具体地近似于现代的遗传学说。在最近的《自然》杂志[6]的投稿栏里，甚至已经有人专门提到了这一点。

五

在第五卷的开头，卢克莱修再次改变方向，将反抗的矛头对准了他的敌手——“目的论学说”。他对神敬而远之，将其带入与世界毫无关系的天边。他认为世界不是神的产物，这从世界充满缺点这一点中也可以看出。苏格拉底说“因为神是善的，所以世上没有恶”，相比之下，两者立场的差异一目了然。一人从公理演绎，一人从事实归纳。

为了讨论世界的可死性，他引用水、空气和火的轮回，触及了种种文学问题，同时也对地质学上的轮回抛出了暗示。当然，在这些记述中也提到了地震和海啸。

最有意思的是关于宇宙生成论的研究。在天地混沌中，元子的偶然结合而产生了分离和析出，这种想法与日本等许多国家的传说相同，但如前所述，卢克莱修从元子角度来看是非常近代的。

遗憾的是，他对地球静止的解释很难进行有利的翻译。

接下来，为了说明星星运行的原因，卢克莱修列举了四种可能的方案(alternative)。方案的内容姑且不论，在后文中，他也常常对当前的问题尽力列举可能的说明，这种科学的方法值得我们关注。他说，我们无法确定这其中哪一个是“我们的世界”的根源。但是，宇宙中存在“各种世界”，它们有各种起源。也许我提出任何一种可能性，都存在于某个世界。只是要断言我们这个世界属于哪一种，不是像自己这样“小心谨慎者”该行之事。

这种方法论实际上是非常科学的。将他的想法引申开来，即没有被经验明确否定的所有可能性，都有可能是真的。这件事却往往被当下的科学家所遗忘，在提出“精密”“数量”这些口号之前，首先必须考虑的出发点——质的可能性(alternative)，却意外地经常被忽视。其结果可能是，以极其武断的错误假设为基础，绞尽脑汁地想出了麻烦的数学理论。在这个意义上，卢克莱修的这种态度，毋宁说是现在的科学家所必需的。

在这种态度下，他对太阴太阳周期为何不同的原因、产生昼夜长短的原因、月亮盈虚、日月蚀的原因等提出了很多种可能的解释。即便这些解释不能原封不动地适用于今天，但有些却能适用于他所说的“其他的世界”。例如，在盈虚和蚀的说明中，明示了近代为说明变光星光度的周期性变化而提出的模型，这绝非偶然，而是一种理所当然。也就是说，在这个世界上不适用的某个东西必定会适用于其他世界。我想，即便在将来，他学说中的某些东西，也可能为身处战斗一线的天体物理学家们某次停滞不前的思考射入几束暗示之光吧。

在开天辟地论、天体论之后，卢克莱修对这个世界上的生物的产生和进化展开了解说。他认为最先有植物，其次出现的第一个动物是鸟。鸟并非从天边飞来，而是一样诞生于土地，就像雨水和太阳的热量使昆虫从肥土中诞生一样。这听起来就像在嘲讽近代物理学的大家将生命的种子归为上天的生成物的拙劣说辞。他认为人类最初也是诞生于土地中，由土地的细孔中渗出的乳汁养活。但后来大地渐渐衰老，所以早就放弃了生孩子的打算。听起来的确很奇异，但从他的说辞来看，也并非那么毫无道理。

在阐述了大地的衰老之后，诗人吟唱道：

> For lapsing aeons change the nature of
> The whole wide world, and all things needs must take
> *One status after other*, nor aught persists
> For ever like itself.㉓

在某种意义上，这也可以看作对自然法则变迁的思考。科学法则果真是永恒不变的吗？对此，极少有人提及。据我所知，只有亨利·庞加莱在其晚年的随笔[7]中有所论述。当然，这个问题仅凭我们的科学很难决定，但却也是科学家们丝毫不能忘却的。

他论述道，一开始出现了各种各样的畸形和怪物，但由于它们不适合生长繁殖，不久便灭绝了，这里分明讲的是“适者生存之理”。他还补充说，残存并繁荣的种族不是拥有自卫能力，便是依靠了人类的保护。作者还说明了半人半兽的怪物不能生存的原因。

接着作者对原始人类的生活状态到人文发展的历史进行了相当详细的论述。我想，即便将这些观点与当今学者的观点进行比较，恐怕在根本上也没有多少不同。比如关于火的发明的论述，就是跟我书桌上某位科学家关于火的著作的内容一模一样；而关于语言起源的思考，比起近代语言学家中最不合常理的说法，还要稍微切中要领一些。

作者对冶金、纺织、园艺的起源以及音乐、舞蹈的滥觞也进行了有趣的阐述。他从梦中得到了神之观念的启示，并表示其会进化为一切不可解、不可能现象的载体。最终，不断重复对宗教的否定。

六

第六卷主要论述了地球物理学的现象，给当今的气象学家、地震学家、地质学家们提供了很多相当有趣的内容。但我在此不能对其进行详细介绍并加以评注。我只希望，他日若有机会，特别将“卢克莱修的地球物理学学说”提取出来介绍于某处。

他之所以详细解释雷电、地震以及火山喷发，似乎是为了通过对这些现象的物质性解释阐明它们并非神的所为，同时消除人们对这些现象的恐惧。这也是现代科学教育的目的之一吧。然而不幸的是，二十世纪的大多数民众与公元前一世纪的相比，在这一点上并无多大进步。比如，尽管地震学家费尽口舌宣传解释，人们却毫不在乎，所以大正十二年的关东地震才酿成大祸。那场地震本不应造成多大的灾害，产生灾害的主要原因是东京市民对地震的非科学性恐惧。我不禁深切感受到，科学虽在进步，人类却和过去没有区别。同时我想我们必须清楚地认识到，即便当今的科学家不能从卢克莱修那里学到科学本身，但可以从他那里学到很多关于科学家这类“人”的知识。

关于雷电现象，作者也同样列举了多种可能的原因。有趣的是，其中预测了雷雨的产生原因和云以及风的涡旋之间的关系。另外，关于雷的声音如何产生，作者也提出了种种想法，关于此问题，现在也有多种不同说法。对于潜心于这方面研究的气象学家，这一节将为他们提供取之不尽的启示之泉。

另外，卢克莱修提出风会因为速度而发热。由于压缩热的种子被挤出的说法也很有趣。这些也可以看作气体热力学的一部分预言。

在对雷电的热效应和机械效应的阐述中，作者举出一例，当雷击到酒壶，酒蒸发，壶却安然无恙。这些在普通气象学书籍中无法见到，事实如何，我也不知道。

作者认为雷电之火的种子一部分借自太阳，这个想法也可以说正中要点。

电火惊人的机械效果是由极其微小的粒子在物质间的空隙中飞速前进造成的，这一观点与近几年德鲁塞[24]提出的闪电假说很相似。另外，此处卢克莱修的记述中，有些内容可以让人联想到现在的电子。电火能够融解金属是因为这些粒子的进入使金属元子的结合变松，这种说法也很有意思。

在对雷雨的季节分布的论述中，卢克莱修将寒暑的接触视为雷雨的成立条件，这一点值得注意。

关于龙卷风也有相当正确的观察和接近真相的考察。

在云的生成方面，凝聚心核的想法实属真知灼见。并且他认为有粒子从天外飞来，这令人联想到现在的宇宙微尘和来自太阳的辐射粒子线。

接着是地震问题，与现在一样，卢克莱修也论及地壳内部构造。只是他假定地下有空洞，并想用“风”来填满它。这听起来似乎有些勉强，但如果把这个“风”翻译成熔岩，就接近现在的想法了。他还考虑地下有“河”和“水洼”，这可以看作熔岩的脉络和口袋。他认为该空洞墙壁的坠落引起了地震，该想法一直残留到近年，也暗示了重物坠落的冲击会波及地面的想法。

他认为“地下风”的压力令大地倾倒震动，这让人联想到最近有关岩浆运动和地震关系的学说。

书中还加入了对海啸的描述，我想这是只有地震国希腊、罗马的学者才能做到的。

接着，作者结合大洋水量的恒久性，对蒸发和土壤的渗透性进行了论述。

他将火山比喻成人体的疾病之后，论述了物体大小的相对性，宣称任何物体对于总和来说都等于无。

另外，关于火山的产生原因，现代反复出现的假说认为是海水渗透到地下滋养了火山根，这种说法也可以从卢克莱修身上找到线索。

关于尼罗河的洪水问题，卢克莱修也提出了四条可能性。这四条，恐怕和当今的某个地文学家对某条河流重复着的平庸见解完全一样。

其次是毒气泉和井水的问题。他对井水温度的见解很奇特。

下面关于磁石的论述与现在的科学书籍的体裁相比，有些唐突。不过，作者的本意在于解说所有的“不可思议”，而不是阐述科学系统。

在对磁石作用的论述中，也可以看到“感应”观念的胚子——“力场”“指力线”等想法的萌芽。但不幸的是，整体的说明很难用现在的语言来表达。

结尾有一节关于“疾病”的论述，其中讨论了地方病和气候的关系。另外关于传染病的种子，出现了类似细菌的描述。

最后，以真实的笔触描写了当时雅典瘟疫流行的恐怖状况。据芒罗说，该部分内容主要译自托基迪斯[25]，其中也有谬误。我想，如果医生看了，一定会感觉很有趣。据说这里面混杂着各种瘟疫的症状。这一节应该是作为空气传染类疾病的实例而添加的。

瘟疫说完后，卢克莱修的 *De Rerum Natura*(《物性论》的拉丁语表达)便结束了，给人一种差点什么的感觉。卢克莱修也许想在后面添加点什么。我反而觉得这种不像结局的结局很有趣。事实上，科学的卷轴本应只有开始，没有结束。

后　记

通过卢克莱修的著作，我们应该学习的不是其中具体现象的知识，也不是他的逻辑，而是贯穿其中的科学精神。从这个意义上说，这是一部珍贵的经典。如果在不同的时代加以适当注释，那它便是一本永远适用的科学方法论解说书。当我们的科学想象力枯竭时，它就是可以汲取启示灵水的不死之泉。同时它也是维生素，可以为我们治疗知识中毒引起的坏血病。

我们赞叹现代科学的花朵与果实之美，却往往容易忘却其根本。卢克莱修让我们想起了这个科学系统的根基。只有这样，我们才有机会在科学的树干上发现新的枝条。

实际上，古往今来，站在科学前沿开辟新路的一流学者们，在某种意义上都是卢克莱修的后代。即便是现在，尼尔斯·玻尔和德·布劳里等人也明显是他的后代。他们只不过是掌握了当下最高学术课程的卢克莱修。

被称为能量不灭论之祖的罗伯特·迈尔[26]最好地继承了卢克莱修的衣钵。然而不幸的是，由于他不精通当时的物理学，他那篇伟大的论文受到了当时物理学界的排挤。后来，在当时拥有学术界入场券的另一位卢克莱修的后代亥姆霍兹的帮助下，这一观点才得以公开。

我不认为现代科学只靠卢克莱修就能发展。但是，没有卢克莱修，任何科学部门都很难向未知领域迈出一步。

假设现代科学家们作为科学家应该具备的要素有三个。一个是卢克莱修式的直觉能力，我们将其命名为 L。其次是数理分析能力，命名为 S。第三是通过机械实验将现象系统化、归纳的能力，命名为 K。假设这三种能力能够测量，若以 L，S，K 为坐标创设一个三维的八分仪空间，那么便可以在这个空间中的各个领域分配不同的科学家。

亥姆霍兹、凯尔文、雷诺兹等人便是 L，S，K 各项数值都很高的代表。现存的学者中，约瑟夫·约翰·汤姆逊应该也是这种类型的人。法拉第和现代的卢瑟福[27]、伍德[28]等都接近 L，K 轴的平面。玻尔兹曼、普朗克、玻尔、爱因斯坦、海森堡、狄拉克等人相当于接近 LS 面的各点。但是 $L=0$，即位于在 SK 面内的著名大家鲜有出现。或许像瑞利勋爵[29]这类学者，至少可以算接近这个坐标轴平面的大师。

索末菲[30]等数理物理学家位于 S 轴上部附近，纯实验、纯测定的大家则被罗列于 K 轴之上。他们贡献了许多科学成果，从科学上的纯粹主义来看，他们是最值得尊敬的学者。

然而，位于 L 轴正上方的人已经不是科学家了。他们是诗人。在最好的情况下，他们可能是形而上学者，但在最坏的情况下，他们可能是妄想者或疯子。这样的人在西方和日本都时有出现，令科学家为难。但是，大多数情况下，他们的言论中都存在可供科学家参考的东西。也就是说，他们可以向我们提供 L 要素。

当然，坐标中心附近聚集着众多科学家，而离中心较远的地方则有少量的星星在闪耀。以上的比喻虽然拙劣，但有助于说明卢克莱修对于现代科学的独特地位。

为避免误解，我再重申一遍。只有卢克莱修，科学无法成立。但若没有卢克莱修，科学便难以取得本质性进展。

我想告诫科学的学生们不要一味追求在 L 轴上的进步，同时也恳切希望从事科学教育的权威人士不要过分将学生拘束在 SK 面上，盲目切断他们飞向 L 轴方向的翅膀。

最后，我害怕这一篇不成熟的解说未能充分准确鲜明地描绘出卢克莱修风貌的一个侧面。对此，期望读者宽容。

在阅读《卢克莱修》，并写下解说的过程中，我常常不自觉地被某种兴奋袭击。因此，本应冷静客观的态度往往被破坏殆尽，我意识到自己的笔端散发着强烈的主观气息。同时，我也必须反省，是不是借着卢克莱修把自己多年来培养的科学观强行兜售给读者了。但假如我丝毫没有犯这种罪的危险，那我恐怕早把卢克莱修的书扔进垃圾堆，这辈子便也没有机会写这样的介绍了。

[1]—[7]为作者注：

[1]卢克莱修的 atom，为了与现代的原子区分，此处暂译为元子。

[2]Newton，*Opticks*，pp. 375，376，Second edition，1718。

[3]L'Illustration，7 Juillet，1928。

[4]Daly，*Igneous Rocks and Their Origin*，p. xxii。

[5]N. Bohr，*Nature*，April 14，1928，Supplement。同样内容的德语版也出现在 *Naturwissenschaften* 中。顺便提一下，已故日下部四郎太博士于十年前向东京数学物理学会提交了一篇有趣的论文，题目是《关于时间的量》。遗憾的是，我现在已不记得文章的内容。然而不知为何，这篇论文并没有刊登在学会的记录上。也有传言说，因为内容过于奇怪，所以在什么地方被搁置了。既然都流出了这种传闻，可见文章还是有些原创成分的。然而放到现在再读，或许并不奇怪。日下部博士是一位具有大量卢克莱修元素的学者。另外，我曾在什么地方读到过，伊壁鸠鲁学派认为时间是定量的，但我在卢克莱修的书中没有看到该方面的明确说法。另外，据拉斯维茨的《原子论史》(I，S. 140)，阿拉伯的穆塔卡里文(Mutakallimūn)一派的学者认为时间不是连续的，而是一个个不连续的时间点序列，并以人的感觉是有界限的，为这种说法表面上的不妥进行辩护。这一点也值得注意。

[6]R. C. McLean，*Nature*，May 12，1928，p. 749。

[7]H. Poincaré，Letzte Gedanken 的第一篇论文《自然法则会变化吗？》

对《物质与语言》的补记

写完这篇卢克莱修的介绍后，我又入手了一些相关文献，记录在此以作参考。

(1) T. Lucretius Carus, Von der Nature der Dinge, nach der Uebersetzung von K. L. v. Knebel (Reclams Universal-Bibliothek, Nr. 4257—4259.)
(2) Lucrce, De la Nature, Traduction nouvelle De Henri Clouard. (Classique Garnier)
(3) Lucretius, De Rerum Natura, with an English Translation by W. H. D. Rouse. (Loeb Classical Library)
(4) Xnia Atanassivitch, L'Atomisme d'Épicure. (Paris, Les Presses Universitaires de France)

（一九二九年九月，《世界思潮》）

注释：

①罗伯特·波义耳：Robert Boyle(1626—1691)，英国物理学家、化学家。

②伽桑狄：Pierre Gassendi(1592—1655)，法国神父，数学家、哲学家。

③勒萨热：Georges Louis Lesage(1724—1803)，瑞士物理学家。下文中的论文题目大意为“牛顿主义的卢克莱修”。

④克拉克·麦克斯韦：James Clerk Maxwell(1831—1879)，英国物理学家、数学家。

⑤丁达尔：John Tyndall(1820—1893)，英国物理学家。

⑥法拉第：Michael Faraday(1791—1867)，英国物理学家、化学家。

⑦德布罗意：Louis de Broglie(1892—1987)，法国物理学家，波动力学创始人。

⑧此处摘自《人人都能有座图书馆》的第 18 页。大致意思如下：“甚至时间本身也不存在，是感觉读出很久以前的、当下的以及今后的事情。我们必须承认，没有任何人能够脱离事物的运动和静止而感受到时间。”

⑨此处为引用阿基米德洗澡时，通过浮力想起检测皇冠真伪的方法，叫着“我懂了”跳出浴缸的典故。

⑩此处六句诗摘自《人人都能有座图书馆》的第8页，斜体部分为作者的强调之处。大意如下："能驱散这个恐惧，这心灵种的黑暗，不是初生太阳炫目的光芒，也是清晨的闪光之箭，而是自然的面貌和法则。在这个序言中，她告诉我们'无物能由无中生。'"

⑪序言：此处指上文诗中出现的exordium。

⑫此处摘自《人人都能有座图书馆》的第9页，斜体部分为作者的强调之处。原文为四行，此处引用时连在一起写了。大意如下："像这样认为许多事物具有共同的原始体(正如我们看到许多单词具有共同的字母)，比认为任何事物没有起源而存在，要容易得多。"

⑬此处摘自《人人都能有座图书馆》的第20页，大意如下："虚空的空间中没有物体，有物体之处完全不可能存在空的空间。"

⑭此处摘自《人人都能有座图书馆》的第22页，大意如下："因为，瞧，每一件东西损坏得都比制造起来快。"

⑮homeomeria：阿纳克萨哥拉斯认为任何东西里面都有其他东西，"一切都在一切里面"，任何东西都是由其中占优势的成分赋予其特性。比如骨头由骨头的小片构成。像这样各部分形成相同组织，亚里士多德称之为"homeomeria"。卢克莱修的原文中直接写的希腊语，英文译者改写成了拉丁文字。

⑯熵：由德国物理学家克劳修斯导入的物理量，其本质是一个系统"内在的混乱程度"。它在控制论、概率论、数论、天体物理、生命科学等领域都有重要应用。

⑰此处摘自《人人都能有座图书馆》的第39页，大意如下："一旦投入固有运动，便会被保存。"

⑱威廉·索迪：Frederick Soddy (1877—1956)。弗雷德里克·索迪是英国化学家，研究放射性元素，最早提出同位素假说。

⑲光能够透过灯笼的羊角：此处在《人人都能有座图书馆》的第59页中为"Again, light passes through the horn/On the lantern's side, while rain is dashed away"。其中的"灯笼上的"(on the lantern's side)这一句拉丁原文中是没有的，是英译者为了说明"角"(horn)，同时调整诗句韵律而补充的内容，因此有些混乱。此处可理解

为“光能够透过角，而雨却被弹回”。

⑳此处摘自《人人都能有座图书馆》的第 62 页，大意如下：“这些原始的种子会变化，但只限于有限的形状。”

㉑此处摘自《人人都能有座图书馆》的第 64 页，此处必须结合上面两行才能理解清楚：“寒暑各个阶段按照正确的顺序完结一切，同时存在于两个极端之间。于是，各类事物以有限的差异存在着。”

㉒此处 temos 与 tamasi 分别为希腊语和日语中“灵魂”一词的音译。

㉓此处摘自《人人都能有座图书馆》的第 221 页，大意如下：“因为流逝的岁月改变了整个世界的性质，所有的东西都必须经历一个个不同的状态，没有任何东西能永远保持不变。”

㉔德鲁塞：N. Ernest Dorsey，美国物理学家，其闪电研究出现在 *Nature*，XVIII (1926)，p. 190。

㉕托基迪斯：Thoukydides，存在于公元前五世纪的希腊历史学家。

㉖罗伯特·迈尔：Robert Mayer(1814—1878)，德国医生、物理学家。他提出了能量不灭论，但其论文长期未被学界认可。

㉗卢瑟福：Ernest Rutherford(1871—1937)，欧内斯特·卢瑟福，英国物理学家。

㉘伍德：Robert Williams Wood(1868—1955)，美国物理学家，光学研究者。

㉙瑞利勋爵：原名约翰·威廉·斯特拉特(John William Strutt)，英国物理学家。

㉚索末菲：Arnold Sommerfeld(1868—1951)，阿诺德·索末菲，德国物理学家。

LIBER STUDIORUM[1]

一

灾后重建的第一步便是浅草凌云阁[2]的爆破，我也去参观了现场。只见几个工程兵在塔周围勤勤恳恳挖着洞，挖好后装上炸药，准备一次性炸毁。工程兵们在希望塔倒下的方向多挖了一些洞。当一切准备就绪，预定时间临近时，观众们被命令撤离到相隔一定距离的警戒线外。我们也退到花屋敷铁笼后面的火灾废墟上，等待开始的喇叭吹响。就在这时，我看见一只饿着肚子的小野狗有气无力地越过人类的警戒线，一边东张西望地嗅着废墟上的泥土，一边毫不知情地走向随时会倒塌的塔。

突然从塔底喷涌出火红的云，向四面八方绽开，塔的十二楼挤成了歪歪扭扭的折线，下一个瞬间便被揉得粉碎，直瘫瘫地堆积下来，仿佛从一个看不见的漏斗往下筛着红锈色的灰。

大家都认为这楼瘫倒的方式就像一根手杖倒下来。

塔的一面墙壁残留了一截，就像立着的佩刀，后来又经过一次微弱的爆炸彻底倒塌粉碎了。

我想这个破碎方式无论如何也不适合“爆破”一词，因为眼前看到的就只是由坚硬的岩石构成的某个物体突然变成了土、灰或落雁之类的东西，就那样直溜溜地瘫落下来。尽管如此，塔底炸药附近还是的确发生了爆炸，即便两三百米开外的地方也能看到一两个豌豆大小的砖瓦碎片飞过来砸在石墙上。

爆炸的瞬间，四面八方攀升起火红色的云，那景象确实奇特罕见，就仿佛一百头红毛狮子同时起舞。

等塔完全坍塌，看热闹的人一下子涌了上来。有两三个狂热分子争先恐后地冲上碎砖瓦山顶，其中还有人喊起了“万岁”。这个仿佛明治砖瓦时代最后的守护者一般坚挺的巨人站着剖腹倒下了，随之而来的将是钢筋水泥时代，是爵士乐、有声电影、专业文学的时代。

那只走近塔的小狗怎么样了？每当回想起当时的情形，我就会想起。然而无论问谁都无法知道。

世上竟还有如此可怜的存在。

二

有一天，在丸之内的电车里，我对面坐着两个中年男女。男人穿着洋装，看起来像是卖鱼的，女人就像是附近蔬菜店的老板娘。然而，两人从交谈的姿态到脸上的表情，完全不像日本人。周围的乘客大多死气沉沉，一副刚从坟墓里爬出来的表情，只有这两人满面春风，愉快地交谈着。他们看上去既不像夫妻，当然也并非情人，而是极其普通的商业关系，并且就像美国的鱼贩子和美国的蔬菜店老板一样，想来实在不可思议。

我想这两人或许是以前的默片或最近的有声电影的追捧者。因为只有这样假设才能解释他们身上表现出的雅痞气质。

比如咖啡店里的年轻男女，如果露出电影里的表情姿态，那当然不足为怪。但如果这影响波及四十岁上下的规矩人，那就相当难得了。

也许在天平时代[③]，日本都城里的男男女女们就是这样向唐和新罗靠近的。

三

我在书店二楼餐厅吃午饭时，透过玻璃窗眺望秋高气爽的天空。正好看到远处一家大型银行的楼顶上有两个年轻男子，看起来是午休时间，正无所事事。其中一人只穿一件白衬衫，时而练习体操，时而模仿跑步，时而做投手的样子。另一个人则悠闲地将手伸进裤兜，作仰天长啸漫步状。天空一片湛蓝，大楼的墙面闪烁着温暖的土黄色光芒。

此番光景在十年前恐怕是见不到的。这两人可谓代表了一个时代。

我想这就是爵士乐流行的原因吧。

四

我每周一次往返于永代桥。当电车驶过桥中央偏西处时，从座位上向西北望去，便能看到靠近河岸的地方耸立着一座粗糙结实的仓库，上面挂着的铁带呈缓缓的曲线垂下，吊着沉重的桥体，此景无比美丽。广重[④]的隅田川线条细致，但已不复存在，取而代之的是钢筋混凝土的新隅田川，并且呈现出与过往截然不同的美。有点雾蒙蒙的日子更是绝美。

晴天的黄昏，从邦乐座旁的桥上往数寄屋桥方向望去，落日余晖下的景色也相当美丽。河两岸的建筑物错综复杂，那些混凝土墙面在夕阳的照耀下，表现出温暖美好的颜色，而背阴部分则呈现出从钴蓝色到紫色的各个阶段的色彩变化。白炽灯和红、蓝、紫的霓虹灯慢慢亮起，就仿佛镶嵌在屋子上面的宝石。

清晨，从白木屋七楼餐厅朝西的窗户眺望大手町，也可以看到很稀有的景色。只见高架铁轨画出一条水平线，上面行驶着省线[⑤]电车[⑥]，有时会有吐着雪白蒸汽的火车通过。与之直角相交的吴服桥大道呈弓形竖立，上面除了绿色电车外，白、红、蓝、绿的巴士像奇怪的甲虫一样上下交错着。远处可以看到古城的角楼，对面大内山的树丛柔和地模糊了地平线。左边横卧着小豆色的东京站，尽头可以看到金黄色的富士山，两者之间耸立着新议会塔。这是从前没有的景象。每次在这里喝咖啡时，我都会想，要是有人从一百年前一直沉睡，突然有一天在这扇窗前醒来……

震灾前的东京，从高处俯瞰，便是一片沉闷的灰色屋顶的海洋。震灾后，整体变得温暖明亮、愉快起来。同时，天空的颜色似乎比以前更深、更蓝了。这大概是对比的缘故吧。我想如此显著的色彩变化肯定给首都人的心情带来了某些影响。

实际上东京的空气应该一年比一年浑浊。光是汽车尾气就足以提供雾的凝结核。在寒冷阴天的无风夜晚，从九段坂上往下看，会让人联想到所谓的“伦敦雾”。这肯定也支配者市民的“精神状态”吧。

五

经过上野的百货商店前，看到宽小路[7]一侧的人行道围着一圈幕布，里面有人影在动。警察在维持秩序，制止行人聚集。直觉告诉我幕布里有人死了，后来一看晚报，果然是跳楼自杀。这并不稀奇。

过了几天，又有一个女人从同样的屋顶花园跳了下去，只不过这一次是反方向。屋顶花园终于被封闭了。

又过了几天，我经过某大学的校园，看到一个人站在壮丽的图书馆屋顶上，独自俯视着大门前的喷水池。因为距离太远，不知道是学生还是巡视人员，我觉得有些奇怪。几天后，我在晚报上看到，有学生从耸立在同一所大学中央的讲堂三楼跳楼了，异样的感觉又一次袭击了我。这个最后的自杀者和前面图书馆屋顶上的人或许没有任何关系，但在自己的脑海中，前后四个“屋顶上的人”被牢牢地拴在了一起。

作为一个胆小鬼，我也会常常想象自己从高处跳下来。我的脑海里不禁浮现出乾坤一掷这个词，虽然这个词不能用于此场景。一旦跳下，对跳楼者来说，无论这座大楼和它的所有者，还是国土和宇宙，一切的一切瞬间灰飞烟灭，所以也就不存在跳楼地点适不适合的问题。然而对其他人而言，世界还在那里，建筑物和事件的记忆也在那里。

又过了几天，一个下雪的日子，有位妇人养的四只白腰文鸟快死了，她将它们托在掌心，拼命对着火盆取暖。一看，已经完全变冷了。但妇人却说：“即便知道不行了，我不这么做也无法安心。”“这和人死后诵经是一样的。”她接着说道。

世上还是有一些这样的唯心论者的。

六

在某所大学礼堂前，通向右边下坡路的转角处，有一块调色刀形状的草坪。规矩地走过拐角和踩着草坪直行，走的距离不差三尺。可是，很多人为了节省那三尺的步行距离，不惜践踏草坪，因此有一片光秃秃的很是可怜。我把这件事告诉朋友，他说那是设计不好。原来如此，要说在那种地方种植草坪确实也有问题。

上野竹之台的入口并排出现了两个喷泉。虽然有明显的告示牌，写着禁止进入周围的草坪，而实际上不管小孩还是大孩都非得踏入草坪看看水面才肯罢休。如果对此也只能总结一句是设计不好，那恐怕就是所谓的时代变迁吧。这要在二十年前，无论设计或告示牌如何，只要不遵守公告便是不讲公德，便是恶行。

而在我的家乡，现在不知情况如何，二十年前的婚礼上，新人举行三三九度[⑧]交杯仪式的房间，谁都可以毫不介意一哄而入，一手拎着满是泥巴的木屐，大模大样地对着新郎新娘评头论足。如果想要阻拦，那即便一扇门被毁了，也不能有怨言。这甚至可以认为是超越了 1930 年。

据说此次法令更改后，对于不小心闯入他人住宅者，可以用手枪对其开火。这是与草坪事件完全反方向的推移。当然，在非洲内地，即便是现在，如果不小心越过国境稍作视察，就会立刻被拘禁，有时甚至会有生命危险。

以上事件的关系极其错综复杂，无论怎么思考，思绪都像是在捉迷藏，最终毫无结果。时代只会前进，不会倒退，而时代巨浪的形态也许在不断重复。不仅仅是重复，某些东西的积分肯定还是沉淀了下来。而要说这些沉淀的实质内容，我想归根结底还是科学的收获。思想和智慧这类时兴玩意儿是不会总朝着一个方向前进的。

七

我做了一个奇怪的梦。梦里我在大河岸边一栋房子的楼上，不知什么原因，几分钟后我就必须进入另一个房间，执行自己不希望的自杀。我可以清楚地看到那个房间，房间面对着大河，视野很好，很整洁，河对岸的山就是记忆中故乡的那座山。有四五个身份不明的人站在我旁边，一言不发。五分钟、三分钟、一分钟，时间到了，我径直起身，走进另一个房间。至此，我对死亡还满不在乎，可坐下的一瞬间突然害怕起来。就仿佛河堤被截断，对生命的欲望顷刻泛滥。想到这里，我被自己可怕的呻吟声惊醒了。

两三天前，我和一位友人聊起了伽利略、布鲁诺[9]和笛卡尔。三人将学说和生命放在天平两端，给出了三种结论。那时，我的脑海中掠过沉沉乌云，也许就是它们让我做了这样的梦。

布鲁诺无法将学问、宗教和生命割裂开来。在笛卡尔看来，它们是被分裂的。而伽利略则站在两者之间烦恼着。

做这个梦的晚上，我在临睡前读了《续日本纪》。橘奈良麻吕等人的事件严重刺激了我的神经，或许这也是一部分原因。胆小鬼经常做这样的梦。

（一九三零年三月，《改造》）

注释:

①LIBER STUDIORUM:《寺田寅彦随笔集》(第五卷)的《自由画稿》中称,此语为透纳(Turner,1775—1851)画集的题目,该画集中文译为《研究之书》。拉丁语为"学习书"或"练习本"之类的意思。

②浅草凌云阁:又名浅草十二楼,位于东京浅草公园,是一座用于眺望的12层高楼。建成于1890年,当时为日本最高建筑。1923年的关东大地震中,浅草凌云阁从八楼被震断损毁,同月就被政府下令拆除。从此十二楼在浅草消失。

③天平时代:日本文化史上的时代划分,以天平年间为中心,广义上包括整个奈良时代(710—794)。

④广重:歌川广重(1797—1858),日本江户后期浮世绘画师。集浮世绘风景版画之大成,对法国印象画派也有影响。作品有《东海道五十三次》和《名胜江户百景》等。

⑤省线:日本旧铁道省(今国土交通省)管理的国营铁道线,也是其电车的通称。今称JR线。

⑥电车:电气列车。靠空中输电线或第三轨供电运行的铁路车辆,运载旅客及货物。

⑦宽小路:此处为上野广小路。东京的道路名。

⑧三三九度:新郎新娘交杯换盏仪式。日本新娘新郎在婚宴上,用3只酒杯互相交换,每只酒杯交换3次共9次。

⑨布鲁诺:Giordano Bruno(1548—1600),文艺复兴时期意大利思想家、自然科学家、哲学家和文学家。

电影时代

我记得很小的时候，曾多次前往高知城东五六里远的亲戚家赴宴，因为路途远，晚上便宿在那里。为了增添宴会的气氛，客人们会表演各种各样的节目，其中最吸引我们这些孩子的是一位木匠的拿手好戏——皮影舞蹈。那是用几根筷子和手巾做成屈伸自如的人偶，上面盖个酒杯，将其影子投在纸拉门上跳舞而已。要说当时乡下宴席的照明，那便是烧着大蜡烛的传统烛台。但蜡烛摇曳的火焰给一切物体的阴影带来生动的脉搏，令这奇异的皮影戏更显梦幻，将年幼的我们的思绪带入一个不可思议的世界。

我虽未看过爪哇木偶的实际表演，但其效果应该与这位乡下木匠的原始皮影戏有相似之处。舞蹈的影子本身并不是目的，它充当的是由其暗示的幻想世界的向导。

无论如何，如果说现代的电影是“影子的散文或散文诗”，那么这种影子人偶便可比喻成“影子俳句”。

幻灯这种东西第一次在高知的某个剧场上映，大概是在我的小学时代。从筷子和手巾的人偶戏到幻灯电影，这是一个巨大的飞跃。即便听了别人的说明，在亲眼看到之前，我还是无法相信有能映出彩色图画的影子戏。我还记得第一次看幻灯电影时的强烈印象。那是一部描写出生在白尼罗河岸边的黑色少年坎坷冒险生涯的连载电影，由某中学老师用尖尖的嗓音讲述。在那之后很久的甲午战争时期，我也经常去剧场看“幻灯会”。即使只是描写本县出身的年轻将校们的悲壮战死故事的普通石版画图片，也足以刺激我们这些中学生柔软的头脑，使之兴奋。而女校学生合唱的悼念这些勇士的歌曲，更让年轻的脑袋感伤。其中一个原因是观众席很暗。我想同样的效果在电影中也应该加以考虑。

早已成故人的外甥阿亮曾经“发明”过手工制作的原始幻灯，显然是受到这些刺激的结果。那个“器械”确实很原始，在书箱上竖上两根钉子，其间贴一张三寸的四方纸作为屏幕。接着在差不多大的玻璃板上，用黑、红、绿的墨水随意画一幅画，紧贴着立在小屏幕的背后，最后在后面放一盏煤油灯。当然，用包袱皮或硬纸板把屏幕周围的同一平面堵上，将后台和观众席隔开，确实费了一番工夫。观众是阿亮的兄弟和我们，共四五个人。阿亮担任影片技师、旁白同时兼任影片创作，不仅如此，关键的玻璃板也只有两张可以勉强替换，可见阿亮是何等操劳。之后又拜托我的父亲找木匠做了一个正式的木箱，可以将稍大一点的玻璃板插入其前面的沟槽里，并且能够移动替换。幻灯片也事先准备了十几二十张。如此一来，附近所有的少年们都跑来看了。除了幻灯片，作为余兴，还请相熟的医生准备好药剂，进行一些模仿性的化学魔术，如无色液体混合后变红变黄等。这倒也罢了，我们还合唱了明治十年左右姐姐在东京樱井学校学的所谓的英语歌曲，实在是很奇怪。歌词我现在还记得，但意思至今仍不明白。现在想来，依旧冷汗涔涔。但无论如何，这些洋气的游戏曾流行于明治二十年代土佐乡下的孩子们之间，此事在乡土文化史上或许多少有些意义。更重要的是，它们给我的一生带来了意想不到的巨大影响。

后来，我从玩具店买来放大镜镜片，尝试制作正式的幻灯机，结果失败了。现在想来，当时的我毫无光学知识，并且使用的镜头极为低劣，加上焦距很长，原画却放得太近，所以无法得到清晰的影像也是理所当然的。尽管如此，这次失败的尝试确实有效地刺激了我的理学求知欲。南国盛夏的正午，在门窗紧闭的仓库的二楼，浑身大汗淋漓的我将脸凑近煤油灯，拼命努力地尝试着如何将模糊的影像放大变清晰，那场景仿佛就在昨天，当时的心境也是记忆犹新。我至今还能想起用蓝红两色墨水涂的拙劣鸟画的模糊影像，我记得那是一只倒着飞的鸟。

那应该是明治二十三年，父亲去参观东京的博览会，带回来真正的幻灯器械和几十张幻灯片。我长期的愿望终于实现了，然而奇怪的是这个满足感的记忆浓度，比起那个给我带来的强烈心荡神驰感的失败尝试，反而却显得稀薄。

那时的幻灯底板，基本每一片都带着长方形的桐木框架，内容有东京名胜、日本三景等的彩色照片，还有从历史、故事中撷取精华的。除此之外，还有被称为电影祖先的滑稽人偶跳舞的绘画，只是单调重复着睁眼闭眼、吐舌缩舌等简单的动作。还有美丽的五彩花形图案在旋转中变化。即便是如此幼稚的东西，给当时的孩子带来的惊异感，恐怕比收音机和有声电影给现代的少年带来的还要大得多。从一看十是十倍，而从一百看同样的十只有十分之一。现在的孩子对新事物的惊异似乎过于麻木了。

第一次看到电影大概是明治三十年代吧。那是暑假返乡期间，在镜川原纳凉场一间简陋的草席小屋里，恰逢骤雨过后，场内的一角河水哗哗地涌进来。电影讲的类似追赶偷鸭贼的无聊内容，这也属于“看之前不相信，看了之后惊讶，不久又变成理所当然”的体验。但似乎没有第一次看到幻灯时那么惊讶。

明治四十一年到四十三年的旅欧期间，我和其他任何人一样经常看电影。当时在柏林，电影俗称“Kientopp”①。虽然有好几个常设馆，但都很小，只能容纳少量观众。像邦乐座和武藏野馆这样的地方好像一处也没有。去各地旅行的时候，要想排解夜晚的寂寞，最简便的办法还是看电影。还记得在布鲁塞尔车站附近看了一部关于外科手术的电影，结果差点引发脑贫血。影片里从根部砍掉了一条肿胀得像腿般的手臂。

回国后，我只在浅草看过一次武打片。那时，我第一次听到了所谓的“辩士”②，这令我非常吃惊，哑口无言。自那以后，我便暂且与电影断绝了关系。直至今日，我仍想不明白“辩士”存在的理由。

在我逐渐将电影遗忘的时候，它却完全不把我当回事，悠哉地征服了整个日本。大儿子升入中学时，我作为家长被学校叫去。我在教室等待时，发现课桌上用小刀认真刻写着各种图画，其中有一幅稚拙的西洋妇人站姿，周围刻着“丽莲·吉许”“玛丽·璧克馥”等名字。回想起自己中学时代的恶作剧，我深深感到了自己的落伍。

当时杂货铺和粗点心铺为了招徕客人，会在店门口挂一些照片，这些照片上的人也会频繁出现在报纸和传单广告上。一问才知道，他们都是电影演员，即所谓的明星。扮演幕末勇士等角色的男演员的脸比任何蛮族都要怪异、阴森，但这似乎特别受民众欢迎，他们的网眼版在我经过的一切商店前瞪着我，对我造成威胁和压迫。

直至最近，无缘已久的电影才又开始重新投射到我的日常生活上。听说有从飞机上投下炸弹和系留气球燃烧掉落的场景，我想着可以当作自己目前所作研究的参考，便去看了《翅膀》。后来，因为听说能看到大群大象，便去看了《昌古》；因为有非洲大自然，所以看了《桑巴》。不久又听说出了有声电影，我便抱着学习的态度去看了。不知不觉中，我也成了一名新晋粉丝。

我觉得最有趣的是写实拍摄。创作出来的东西总有不充实的欠缺感和无法掩饰的空虚。在这个意义上，新闻电影对我来说是最有趣的东西之一。例如，麦克唐纳[③]或胡佛[④]之类的人出现，进行简短的寒暄。我感觉通过这些简短的场景，可以了解到他们是如何成为英国工党内阁首相和北美合众国总统的。我们在短时间内瞥见世界上重要和不重要的事件，便会感觉世界被凝缩成了一个极其狭小的空间。同时，我仿佛听到了人类文化飞速进步的脚步声。

即使是像《桑巴》那样以自然描写为主题的作品，恐怕也有不少电影制作者未意识到的琐事，这些反而最能吸引我们的心。例如，狮子、长颈鹿、斑马本身的生活姿态固然有趣，但其周围的环境及其与环境的关系往往会引发意外的新知识和兴趣。例如狮子与迎风飘扬的草原的搭配，只有在看似极其渴望水、随风飘动的草丛中，才会出现真正活着的非洲狮子。长颈鹿奇特的脚步本身就很有趣，但只有在珍稀的矮树林中才能看到这种动物的全部生命。鳄鱼受到惊吓跳入河中，之前它静静躺着的河岸上的石子地和草丛给整体添加了一层腥气。如果没有这些背景，我们在动物园里便可以满足了。正因为如此，我们才希望电影能多多展现这些背景和环境，可惜一般影片在这一点上都很节约。因此，难得的宝贵体验很容易被概念化。

胡佛的演说也是如此。比起只拍个说话的人脸，还不如站在临时小屋的讲台上，被一大群老少男女围住，这样更像美国总统。周围美国市民漫不经心的表情和姿态反映出来的胡佛更能很好地表现其本人。最好一半拍胡佛，另一半把摄像机对准听众，这样会比较有效。

在这种现实感方面，戏剧电影大多极其空洞。他们一贯的做法似乎就是故事情节以外的东西，哪怕一丝一毫的多余也不表现出来。就戏剧的性质而言，这也也许是理所当然的。但是，在舞台上表演的戏剧和电影戏剧不一定相同，既然如此，那便应该利用只有电影才有的优势，巧妙地加入一些天然、偶然的情节，从而取得必然的效果。

著名的电影《柏林》便相当好地利用了这种天然性。拂晓时分柏油路上被风吹起的报纸、施普雷河的浊水中流淌的漩涡等就是此类例子。这些自然风物里有着人类语言无法解释清楚、只能依靠电影才能表现出来的东西。《银岭》这部电影可能原本就是以写实为主题，片中檐下冰柱忧郁的水滴诉说着悠久的悲伤，锅中逐渐融化的雪块讴歌着命运的不可思议，冰川上飞机的倒影宣示着山的高度，这些也都是活用自然的例子。但是，在不以写实为目的的电影戏剧中，能否更自在地融入天然呢？恐怕这拥有无限的可能性。忘了具体什么电影了，那是一个东洋片，里面夹了毒蛇和獴殊死搏斗的场景。虽然我也不认为它有多么了不起的成效，但无论如何，在人类戏的剧本中加入天然剧的短镜头从而增添效果，这种方法应该比以往更多更自由地应用于电影中。

我们通过研究俳谐连句也能得到一些有益的提示。在连句中天然与人事之间错综复杂的场景到场景的推移之间，我们感受到场景深处流淌着的某种强有力的运动。例如《猿蓑》的某一卷：

入冬秋雨 刷净鸢羽
阵风吹过 风过叶静
清晨过小河 水涨裤脚湿
身负筱竹弓 渡河吓貉狸

从以上各个场景开始，接下来有：

枳壳垣治薄情郎
离别际拔刀相向
慌张梳头理乱发
且看我拼死表现

之后是去来[5]的杰作：

拂晓青天有明月

不知为何，每次读到这里，我定会想起陀思妥耶夫斯基的《白痴》中去往死刑场途中的光景。这些场景的变化节奏缓急自如，确实有着肉眼无法识别的微妙感。如果能尝试着做出一部如实表现出该卷内容的电影，那么像《柏林》之流，实在不过是黄毛稚子的只言片语罢了。

然而，如果故事情节不通，恐怕很多观众会觉得不满。那么可以试试像漱石、虚子曾经尝试过的“俳体诗”，也未尝无法实现。

说实话，电影的情节一点也不重要。人们看到的其实不是情节，而是场景，或者说是一个场景向另一个场景过渡的呼吸感。然而很多观众并没有意识到这一点，只是沉浸在追寻无聊故事情节的乐趣中。美国喜剧的无厘头之所以受到大众的欢迎，原因之一不就在于此吗？著名的小说和戏剧编排出来的作品意外地总是容易失败，原因之一也在于此吧。

连句虽然没有普通语言所能表达的条理，但乐感方面却条理分明，三十六句构成了浑然天成的乐章。我想，要是有人能拍出这种意义上条理清晰的连句式电影就好了。

像派拉蒙新闻这样的组合在某些偶然情况下，也有可能产生前述的连句效果。最近的《朝日画报》中出现了将街头速写组合起来的页面，将这些巧妙组合在一起也可以形成“连句”。

虽然有些电影也尝试表现机械的活动美，但做出来的东西实在空洞无趣。例如，《大都会》中的器械幼稚且愚钝，无意义且令人不愉快。与此相反，电影中普通工厂的真实机器有着与实物不同的深刻味道。即便是司空见惯的平凡机器，只要给予适当的拍摄，它便会成为完全不同的东西，散发出实物中看不到的内容。

表现得和实物一样，这不是绘画的目的，同样也不是电影的目的。让观众发现在实物中根本无法发现的东西，这才应该是电影的特长吧。例如，如果我们亲临猎狮的现场，能体会到草原的摇曳吗？有余力对被杀的狮子产生怜悯之心吗？能够将自己置身事外，发出例如“人有什么权利去杀戮这片自由之野上的居民呢？”的疑问吗？

试图在影片中表现拙劣的天然色彩很愚蠢，而仅仅是将戏剧复制了一遍的有声电影也是失败的。不用说，作为独立艺术的有声电影，其目的并非复制其他已有的东西，而是创造现实中没有的东西。在这个意义上，偶尔作为余兴节目出现的发声漫画的确是一种艺术。虽算不上高雅，但它却创造了一个新世界。与此相反，环夫人[6]的独唱只不过是极其不愉快的现实揭露罢了。

就像绘画从写实走向印象，从印象走向表现，再走向分离和构成一样，电影应该也会走上同样的道路。而最后幸存下来的根本要素应该就是与我小时候乡下的原始皮影戏相似的东西吧。

我曾在欧洲的某个曲艺场看到过一个意大利人用手指做的影子戏。他将双手交叉在头顶，用一点弧光发出的光在银幕上映出影子，这实在是一种出神入化的技艺。两只小猴子相对而坐互抓跳蚤或者争吵打架，看起来就像真的，但实际上只不过是毫无玄机的两只手的影子罢了。除此之外，比如喝得酩酊大醉的男人很晚回家敲门，他的悍妻从阳台上泼下一壶奇怪的液体，最终扭打起来。这样一出闹剧也仅使用了一些小道具和背景便表现出来了。后来我去美国时，又偶然遇到了同样的表演。我不禁感慨，要是有这样的特长，便可在全世界讨生活了。我想喜爱这个表演的人们不仅是佩服其高超的技艺，同时也陶醉于皮影所具有的特殊魅惑吧。

尽管这些原始的影子戏和现在的有声电影隔着几个世纪，但现在的电影也许有很多东西值得向这些普通的“影子”学习。

有声电影中的声音，如果只是单纯用于推动剧情的对话，那其发展还是有限的，也大体可以预见。还是“声之影”更具有长远的未来吧。

最近看了一部以美国河船为舞台的故事片，有个场景是一群黑人像猪一样层叠着躺在货舱里，还唱着悲伤的乡村歌谣。听着听着，我觉得自己好像在通览美国的黑奴史。

沙漠里蹲着几只骆驼，这时传来飞机的轰鸣声，骆驼吓了一跳，高声嘶叫着站了起来。仅凭这一点，戏剧的谎言便得到充分利用，观众的眼前不禁展开一片热浪沙海。旅店的一间房里有人正在对话，这时透过窗户可以听到远处屋顶上阿拉伯人向安拉真主献上的祈祷歌，平凡的房间便突然飞向德黑兰的一角。这种效果恐怕只有通过音响才能得到。侦探来了，说着“可能的凶手”，这时隔壁房间传来土人姑娘的摇篮曲。于是，侦探竖起耳朵，他便能听到一部长篇小说。这样的例子或许不胜枚举，但一般电影大都充斥着汽车引擎声、手枪声等千篇一律、过于吵闹的声音，总是那么差强人意，给人一种明明有其他那么多好声音却放着不用的感觉。我真想尝试着制作一部没有汽车、手枪和爵士乐的有声电影。

俳句中也有很多巧妙地利用了“声之影”的实例。例如，有一首俳句写道“远方枪炮声，乌云映卯月”。同样是枪，这和美国有声电影中的手枪声还是略有不同。还有“午时见村落，吹响海螺号”，比起爵士乐的小号，别有一番风味。“灰汁滴水停，静听促织鸣”是田园诗的经典场景。“小贩叫卖声，高高拖长空”则是喜剧中的某个瞬间。我想至少本国的有声电影润色者们应该多去研究芭蕉、芜村等人的作品。

未来的电影技术会有怎样的进步？接下来会是立体电影吗？当然这不是单单依靠立体眼镜，实际制作立体影像也未必不可能。然而，即便能做到这一点，又能有多大意义呢？我想，电影的进步恐怕还是只存在于无色平面的有声电影的纯化方向上。电影应该逐渐排除舞台戏剧的翻版这一不良分子，成为影与声的交响乐或连句。

这时，有人告诉我，前卫派的电影多少表现了这种发展方向，但我还没能亲眼看到。

写完以上内容后，我有一次在乌发公司的教育电影中看到了海洋中的浮游生物。用显微镜看时，人会清楚地意识到眼前的显微镜和镜片下面的标本的相对大小。可一旦放大到屏幕上，便会认为就是那么大的怪物。那个怪物有着透明的肢体，各部位做着复杂微妙的运动。可我们愚蠢的人类完全不知道这些运动意味着什么，目的是什么。因为不懂，所以看着就觉得很可怕、很吓人。可悲的人类科学只能茫然地张嘴眺望。这不是神秘又是什么呢？如果把这个实际存在的怪物和威尔斯描绘的火星人进行比较，便能看出人类空想的可能范围是多么狭小贫瘠。

这之后，我又去瞧了一下《素浪人忠弥》。相比之下，这看起来便只是小刀工艺品和糨糊工艺品的杂乱罗列，就像看完钻石后再看玻璃碎片的感觉。但观众席却掌声雷动。我中途退场，走到外面，看到门口贴着“满员谢礼”的牌子。《唐人阿吉》也是如此。

看了这些国剧电影，我注意到以下几点。第一，过于局限于传统戏剧的固定模式。传统戏剧的演技必须登上设好布景的桧木板舞台上，在舞台灯光的照射下才能实现，而现在却被简单粗暴地搬到了光天化日下。因此，在新晋粉丝眼里就是疯子行为。怎么看都不像是我们留着丁髻的祖父母、曾祖父母。第二，群众的运用方法拙劣。众多登场者的排列没有远近的透视，没有疏密的节奏，所以画面单调而空洞。比如民众集中开大会的场景，给人的印象也只是摆着茨菇的蔬果店。这一点，舶来品大概都考虑到了。第三，无视由胶片每秒的帧数自行规定的速度制约，从近距离拍摄快速运动的场面很多。这种场景只会让人眼花缭乱，印象空洞，甚至只会给人不快的刺激。拍电影应该考虑到胶卷的速度限制，快速场景的拍摄应该隔开适当的距离。这也可以参照海外作品。第四，布景道具太多，常常给人留下散漫、啰唆的印象。例如《忠弥》中贫民窟的场景便是如此。布景的各要素相杀相克，感觉极不统一。对于此点，导演者向“俳谐”学习之处甚多。此外，德川时代的人们在由县土木工程师设计监督的现代化大道上阔步前行，在瓦楞铁板围墙前进行真剑比试的场景等也需要三思，但这些也许是不得已的事情。

相比而言，现代题材的日本电影多少处于有利地位。首先上述第一点的不自然可以轻易避免，第四点的布景问题也会自然消失。因此比起武打戏，出现令人极不愉快的破绽的可能性要小。即便如此，在我看来整体还是表演痕迹过重，并且演员刻意模仿西方人的表情，显得极不自然。导演难道不能努力通过普通日本人的普通表情来增加真实感吗？电影难道不能反映出日常生活中进行日常交流的各种人的生存方式吗？现在的电影只是以现有的明星为材料，加上既定模式，在其基础上进行后期润色。明星崇拜者自然会高兴，但做出来的东西却是千篇一律。当然，这不限于日本电影，也许全世界都存在这种趋势。我的不满便是针对这种一般倾向，电影的使命并不只是为大众建立明星崇拜的礼拜堂。

美国的荒诞电影和音乐喜剧等看似极其无聊、毫无意义，但在某种意义上却有着很大进步。有人说过，艺术不是对已有事物的再现，而是对未有事物欲望的表现。如果当真如此，那么这些电影对不良少年来说便是最高艺术。观看这些电影，也就是观众自己跳舞唱歌，谈放纵的高速恋爱，胡乱地放枪。不能自由饮酒的他们，将自己投射在这类电影上，沉醉于互斟共饮的美禄中。在这一点上，这些电影与爵士音乐属于同类艺术。爵士乐也不是客观欣赏之物，而是与自己狂舞有着同等价值。其证据是，走在街头的喇叭裤男孩们只要听到店里传出的爵士唱片，就一定会像廉价的机器人偶一样跳起来。因此，这与野蛮人的战争舞蹈对野蛮人的震撼是同一意义上的最高艺术。在相同意义上，我国的武打剧中的大混战也会博得大众的喝彩。看到荒木又右卫门迎战三十余人的场面，大多数日本人都会禁不住兴趣大增吧。所谓的专业艺术，其共通的目标也在于此。

美国爵士音乐和荒诞电影盛行，本就是那个国家古老意义上的哲学、科学和艺术不够兴盛的表现，也是其黄金哲学、钢筋混凝土科学与摩天楼犯罪艺术发达的原因吧。

与此相反，德国古老意义上的哲学科学之所以发达，归根结底是因为其国民“脑袋笨”，不得要领，过于计较。因此，我感觉德国电影还是在银幕上努力追求着1930年以前的艺术和哲学。

法国人是聪明的人种。我觉得这个诞生了马蒂斯和德彪西的国家，不久也会在电影上创造新鲜的东西。前卫派虽然尚未见过，但总而言之，我们对法国电影的未来抱有期待也未尝不可。

至少在艺术上，我们的祖先中也不乏聪明得可怕的独创性天才。比如光琳、歌麿、写乐，还有芭蕉、西鹤、芜村等。如果将他们从地下召回到如今的昭和年代，请他们担任无声电影及有声电影的剧本导演，会怎么样呢？恐怕他们会在彻底消化了美式和德式电影的基础上，制作出崭新的纯国民电影。光琳和芭蕉负责面向少数人的艺术电影，歌麿和西鹤负责面向大众的情色作品，而写乐和京传是社会讽刺画。另外，让广重制作新东京百景和隅田川新铁桥巡游也很妙，让北斋制作日本阿尔卑斯风景和现代世道的剧目也很有趣。如此一来，这些新日本电影便会像江户时代的浮世绘一样，出口到欧美。我想，即便不是极度的爱国者，做这种梦也应该挺愉快吧。

我沉浸于空想中，一一清点古代的日本画家，这时无意遇见了鸟羽僧正。只见身穿僧衣、挂着绶带的僧人觉猷[7]当上了电影导演，他正拿着扩音器拼命拍摄他的杰作——一部动物喜剧，想到这里，我不禁独自微笑起来。我回想起那幅有名的高山寺藏画卷[8]，脑海中浮现出“画卷与电影时代”这一论题。

画卷最初的理念或许来自海外，但无论如何，这是一个相当伟大的理念。在某种意义上，它也可以看作电影的先驱。将实际存在的三维空间中的某一维忍痛除去，限定为二维的截面，而将第四维的时间投射到一维空间，由此我们任意支配时间的流逝过程，这一想法便是两者的共通之处。在机械技巧方面，两者之间几乎隔着十万八千里，但如果从艺术批判的立场来看，或许未必能轻易决定两者的优劣。画卷中一个场景到下一个场景的推移是参观者在头脑中按照各自的幻想进展的。卷轴上的云彩、波浪、风景、花鸟是背景，是蒙太奇，创造氛围，酝酿着即将到来的下一个场景的预感。这时终于出现了下一个画面，与观众头脑中的连续场景“重合”。从而给观众头脑中的电影以强烈的音符，同时也给予下一步进展的冲动和指针。不得不说，这是一门令人惊叹的艺术，也是一个重要课题。我想，如果深究这个问题，其结果必定会给电影制作人提供许多极为重要的指针。

威尔斯有一本名为《时间机器》的小说。依靠这精妙的机器，我们可以自由地飞向过去和未来。想来，绘卷及其后代电影，说来也是一种“时间机器”。它们可以随心所欲地支配时间的脚步，或快或慢。当然，电影纯粹依靠物理机制，它不可能拍出实际物质世界的未来，也永远放映不了没有固定在胶片上的过去。然而心灵世界的过去和未来却在各种画卷的纸面上自由展开，所以很有意思。虽然我还没看过名为《世界的一亿年》的电影，但无论成功与否，制作者的意图恐怕还是瞄准了这种“时间机器”吧。

如何将现代电影保存至遥远的未来是个问题。声音的保存已经由金属留声机的唱片原盘来执行了。而电影胶卷若用现在的材质应该无法长期保存，最终还是只能转录到由能够完全承受风化的无机物质制成的原盘上，再保存到合适的场所吧。比如可以考虑将还原的银直接烙在熔融石英胶卷的表面。总之，采用某种方法将现在的电影保存起来，数十世纪后，我们的子孙便可以在银幕上看到一排排我们的幽灵。想到这里，不禁感觉有趣滑稽、恐怖悲伤，同时也有安心和空虚吧！

这篇零零碎碎的电影漫谈，若将它视为胶卷，我想在此暂且剪断。

（一九三零年九月，《思想》）

注释：

①Kientopp：德语，相当于 Kino，意思为“看电影”。

②辩士：即默片解说员。

③麦克唐纳：James Ramsay MacDonald(1866—1937)，英国政治家，曾两次担任英国首相。

④胡佛：Herbert Clark Hoover(1874—1964)，美国政治家，美国第31任总统。

⑤去来：向井去来(1651—1704)，日本江户前期的俳人，松尾芭蕉的弟子，与野泽凡兆合编俳谐集《猿蓑》。

⑥环夫人：三浦环(1884—1946)，日本第一个名扬世界的著名女高音歌唱家，代表歌剧是《蝴蝶夫人》。

⑦觉猷：1053—1140，日本平安后期画僧，生于京都。天台宗僧人，接受鸟羽太上皇的皈依。因住在鸟羽离宫内，故被称为鸟羽僧正。研究密教图像，画技精湛，据传《鸟兽戏画》《信贵山的由来》为其所作。后世将具有同样画风的画称为"鸟羽绘"。

⑧高山寺藏画卷：此处指收藏于京都高山寺的画卷《鸟兽戏画》，相传为上文的鸟羽僧正所作。画卷指画在卷轴上的图画作品。

时事杂感

烟囱男

在某纺织公司的劳动争议中，一个患肺病的年轻男子登上工厂的大烟囱顶，挥舞着红旗发表演说，还在上面坐了一百多个小时，任凭怎么说也不下来。看热闹的人渐渐多了起来，甚至有人专程从远方坐火车来观看，最后还出现了卖东西给这些人的货摊。与此相关的新闻报道与当时正举行的陆军大演习交相辉映，引发了天下人的关注。宗教、道德、哲学、科学、法律全都茫然地张着嘴，望着烟囱上空的一个人影。

争议解决，烟囱男再次落地的第二天早晨，我去了常去的某研究所。当时正好有很多年轻军人前来参观，我的同事们站在四层楼顶的露台往下看，下面的人一边仰视一边大声取笑着什么。“喂，争议已经解决了，快下来，快下来。”后来，在一所大学的运动会上，作为余兴节目制作的这个烟囱男玩偶也博得了喝彩。

就这样，这个患肺病的劳动青年成了全日本的红人，其波动恐怕还会传到全世界的报纸上。

我试着思考这个男人的所作所为为何如此打动人心。除开报纸的助推作用，我认为其一，他的做法相当具有独创性，至少令对方的传统对策出现了短暂的无计可施；其二，他具有彻底执行其独创计划的强大耐力，他拖着病弱的身躯承受着寒冷高空的风雨，在滚滚煤烟的余波中呜咽，面对饥饿和甜言蜜语的诱惑，却从未改变斗争的决心。对于他这种独创性和坚定性，很多人自然从心底涌现出了类似赞美、感叹之情。但另一方面，又有人说，他不过是自知重病不治而寻死罢了，或者简单解释为一种疯子行为，并贬低其价值。这种看法或许也有一定道理。当然，我并不关心这些批判，我读着烟囱男的报道，脑海中浮现的是，“如果他不是纺织公司的工人，而是我研究室的一员呢?”总之，他没有模仿任何人，全凭自己的头脑想到了这个极其合乎目的的做法，并且不畏一切困难战斗到了最后。这样的人如果被赋予充分的素养和资料，并能够自由从事专业科学研究，那他得取得多么优秀的成就啊。当然以上也只是我的一点突发奇想。

都说日本人缺乏创造力和耐力。虽然不知道这是经过何种程度的统计得出的结果，但毋庸置疑的是，日本的学术研究方面历来不太尊重这两个能力。以至于现在如果某人用不太被关注的问题作为研究题目，或者试图用没人用过的特殊研究方法，这种人基本不是无人问津，便是背后或当面受人耻笑，又或者被台上的大家批判。如果他不顾一切执着于自己的坚持，那么终将被视为疯子。而本人要不受不了周围的暗示真的变成疯子，又或者被某个权威之力阻止最终动弹不得。当然，同时拥有这种独创力和耐力的人大多比较古怪和顽固，经常会伤害同为学者的同学和前辈们的感情，这也是不争的事实。因此，这些与众不同的学者陷入逆境或许也实属无奈。并且，这种独创性工作常常如“瑕疵百出的玉”，如果站在学究立场，仅仅挑出瑕疵对其进行评判，那要葬送它简直易如反掌。如此一来，原本雕琢一番便能光芒四射的美玉便被埋没于尘土中。这也是人类的自然现象之一，也许毫无办法。但是，这种情况下，如果能够不纠结于负面情绪，为真正的学问做出冷静判断，敢于承认那粘着泥土的脏玉，那么全世界或者我国的学问，也许会稍稍有点起色。

日本人的研究成果，除非拥有具备某种适当条件的“通行证”，否则很难得到海外学界的认可。并且除非它们在海外获得认可后再被逆向输入日本，否则也很难得到本国学界的认可。海外学术界也存在封建情感，并且派系复杂，因此东洋人的独自研究尤其难以受到关注。然而世界的学术界并非那么盲目，即便是东洋人的研究，只要真正优秀，最终总会得到承认。所以不怨天尤人，保持良好心态坚持研究，终究有可能成就伟业。即便很多人认为毫无意义，只要深入研究，也有可能挖掘出非常重大有益的结果。自然界本身既不旧也不新，也没有无聊和有聊之分，问题在于研究自然界的人的想法和方法是新还是旧。使用最新的器械，用流行的方法研究最近流行的问题到底“新”吗？而使用旧器械研究老问题，但从自己的新见地出发，使用偏离传统的方法进行研究，这样到底算“旧”吗？我无法判断。

今年印度人拉曼由于物理学上的功绩而获得了诺贝尔奖。对于他的履历我也不太清楚，但据人说，拉曼从印度的大学毕业后，为了生活在一家银行从事底层工作。工作期间，他喜欢解答剑桥大学的 Mathematical Tripos 试题，并请英国的学者指导。据说他就是以此为契机成了加尔各答大学的一员，从而正式开始了他的研究之路。拉曼起初研究振动、海水颜色等，这看起来不怎么尖端，用新潮者的话来说，就是所谓的陈旧苍白的问题，但他却一个人兴趣盎然地埋头于自己的研究。但不知从何时起，他对廷德尔效应的古老研究已经从后方悄悄逼近当今物理学的前沿。研究资金不太充裕的他叹息道：“要是有一个光谱仪就好了。”当他终于拿到了光谱仪开始试验后的不久便捡到了一个“发现”，这就是今天以他的名字命名的“拉曼效应”。一切都那么突然，就仿佛刚从乡下来的庄稼汉一跃成了帝都大舞台的主角一般。于是，物理学家的最高荣誉自然而然地戴在了这位东洋学者的头上。仔细想想，此人也的确有些古怪。对于多数人红着眼睛你追我赶的所谓尖端前线，他总是摆出一副毫不在乎的表情，悠闲地摆弄着自己的古董。而后却暗中钻过一条意想不到的小路，突然微笑着出现在敌方前哨面前。

当然，如果打算模仿拉曼，埋头研究同样陈腐的问题，最终是否一定能像他一样获得新发现呢，答案当然是否定的。只是偶尔也会出现拉曼这样的例子，所以我们希望能耐心守护这些与众不同的学者们。

这位世界级物理学家的故事和川崎烟囱男的故事之间没有任何直接关系。前者获了奖，后者则以入侵住宅等罪名被告发，两者有着天差地别。两人的相似之处仅仅在于，都不模仿别人，而且都很有耐性。

即便如此，如果模仿烟囱男的所作所为，那“模仿”的行为本身就不像不模仿别人的烟囱男了。不仅如此，最后还会像民间传说中模仿别人的老头子一样，吃尽苦头。

有趣的是，在这个被称为没有独创性的国家的民间传说中，却有很多告诫别人不要随意模仿的故事。

另外，在劳动争议这一极其缺乏创造性的运动中，竟然出现了如此充满个性和创意的人并博得大众喝彩，也不得不说是一个不可思议的现象。

星期五

总理大臣被粗暴的年轻人枪击了[①]。时间是星期五。之前某位首相在同一车站被刺的时间是星期五，再前面某人被杀的时间也是星期五。人们都在热烈讨论这个“不可思议的巧合”。事实上，被这么一说，谁都会觉得有点不可思议吧。

假设相互无关的某特定事件发生三次，并且一周七天发生的概率都是均等的，那么其连续三次发生于星期五的概率是七分之一的三次方，即三百四十三分之一。然而，这和星期四来三次，或者其他任意的概率都一样，例如“四五六”“一三五”等。但是，假如发生的日期是“四五六”组合，那估计谁也不会觉得有任何奇怪吧。那么，为何人们会对同样概率的“五五五”组合感到不可思议呢？

在三百四十三种情况中，三个相同“名字”连续的情况是七种，与之相对的“三个不全相同”的情况是三百三十六种，因此两种情况的种类数之比是一比四十八。很明显，人们的不可思议便是来自这种对比。

只将三个相同的情况特别取出大肆推崇，而不相同的那些便认为毫无价值，十把一捆地随意堆在一边。这种做法从抽象的立场上看毫无意义，但从人的立场上看却似乎包含着各种深意。对此稍作深入思考，应该就能触及相当重大的问题，但我在此并不想深究。

关于这个“星期五三事件”，人们通常也会从一开始便把星期五以外的日子发生的相同事件抛之脑后，不予置评，然后仅把星期五发生的事件一一罗列出来，兀自觉得不可思议。这一点以科学家的眼光来看，会觉得有点奇怪。这次的情况正好是那个臭名昭著的“星期五”，即耶稣的“星期五”，所以“星期五”就成了关注点，再看看前首相的情况，正好也是星期五，于是又从过去的事件中捡出一个“星期五”，就组成这次的“星期五三事件”。

与此相似，但本质上大不相同的“星期五”还有一个例子。

在过去的十几年里，我几乎每周星期五都会去深川的某研究所。电车本来就很费时间，下电车后却还有相当长的路，而且是那种感觉不太好的道路。因此特别是下雨的日子，这个星期五便会更加痛苦。然而奇怪的是，每当星期五下雨，接着的几个星期五都必定会下雨。前一天还觉得天气很好，星期五早上就已经下雨了，要不然去的时候是晴天，回来的时候就会下雨。我经常碰到这种情况。然而刚这么想，当星期五天气好起来的时候，这种晴天又会持续好几个星期。当然，一个星期的其他几天下不下雨是完全忽略不计的。

这也许和其他很多情况一样，是因为只有自己关注和期待的特定情况下的记忆不断被积累，而不符合条件的情况就被完全忘记或者受到轻视。但这件事不一定都是出于此类心理原因，实际上或许也可以进行一定的科学解释，即气压变化经常会出现接近一星期的周期或模拟周期。

朝鲜有“三寒四温”的说法，这正暗示着七天的周期。前几年，我曾把东京冬季每天的气压做成曲线图，从中明显可以看出七天左右的周期。对此，专家们似乎已经做过认真的研究，所以即便每周同一天出现相同的天气，也并没有多么奇怪。

深川的研究所后来迁到了市西郊。我第一次去的那个星期五正逢下雨，结果后面连续四五个星期的星期五天气都不好。我还开玩笑说，耶稣的怨念竟然追到了一千九百三十年后的东洋乡下。然而，当终于迎来了天气晴朗的星期五后，接下来的几个星期五一直持续着晴好天气。就是这样一个美好的星期五的午餐时光，我在阳光灿烂的二楼餐厅听到了首相突然遇难的消息。自那以后，晴朗的星期五一直持续至今。午饭后，我登上研究所的屋顶，眺望着武藏野的秋天，想着得再好好想想星期五的不可思议。

地震国防

伊豆地区遭受强震袭击后的第四天，我去三岛町做了考察。我在三岛站下车，只见周围除了有些房子掉了几块瓦片之外，看起来并无太大损失。阴历十月的阳光和煦地照耀着大地，显得温暖和平。进入三岛町后，也没有发现任何发生过强震的迹象，正纳闷时，突然撞上一群倒塌的房屋，这才恍然大悟。我花三十块钱买了一张地图，边走边用红蓝铅笔标记了倒塌房屋和安全房屋的分布。有些看起来很结实的房子损坏得一塌糊涂，而旁边原本破破烂烂的房子却若无其事。当然也有很多破房子塌了，看似结实的房子完好无损的情况。倒塌的房屋看起来大多位于像蛇一样蜿蜒的曲线上。至于这些线是地震的裂缝，还是以前的河床，不深入调查便无法确定。只能说碰到这条线的人很不幸。对此，现阶段的科学也无法做出进一步解释。

听说震中附近的村镇所遭受的损失远是三岛所不能比的。想到受灾地的人们，我不禁感慨说不定哪天就轮到自己了。

裁军问题一时震动国内舆论。问题首先在于国防是否充实。陆海军当局者预测假想敌国来袭并为此担忧也是理所当然的事情。同样，在一直调查地震灾害的科学者看来，面对这个可怕的强敌，国防的薄弱也不能不令人担心。战争也许通过会谈能得以稍稍延期，但地震就丝毫没法商量了。

大正十二年(1923 年)的大地震仅限于帝都和关东地区，此次地震仅限于箱根到伊豆一带，但并不意味着每次都能控制在这种程度。比如安政元年(1854 年)十一月四日至六日的地震中，东海、东山、北陆、山阳、山阴、南海、西海诸道均发生震动，受灾地带持续或断续分布于以上诸道，沿岸地区均爆发了可怕的海啸，地震、水灾、火灾导致的死者达三千多人，数万房屋损毁。宝永四年(1707 年)也发生过类似规模的震灾。与这种大规模的地震相比，前几年的关东地震甚至可以说是局部性的。万一今后再次发生这类大规模地震，东京、横滨、沼津、静冈、滨松、名古屋、大阪、神户、冈山、广岛到福冈一带同时受袭，那我们的国家日本会变成什么样呢？谁也不能保证不会发生这种事态。在以往的宝永、安政时期，各地的损失互不相关，但很显然今后不会这样了。以前的日本就像珊瑚或珊瑚虫之类的簇生体，一半死了另一半可以不受影响。而现在的日本是一个有机个体，哪怕只死了三分之一，整体也活不成了吧。

而对于这个恐怖的强敌，我们到底有多少军备？要问政府对此做了多少预算，也得不到准确的答案。现在只有极少数学者热衷于研究地震现象及其成因，以及由此造成的灾害防治。他们仅获得很少的研究经费，却效率惊人。可以说用战斗舰上一发巨炮的价格，甚至连陆军士兵一天的咸菜费都不够的钱拼命研究，并在世界上取得了出色的成果。世人自不必说，就连政府官员也对此一无所知。

比如这次的伊豆地震，肯定为地震结构的根本研究提供了大量最有效的一手资料。然而，无论学者们的热情多么高涨，由于缺乏资金，能做到的研究大概不及预想的万分之一，恐怕这个宝贵的机会又会像以往一样大部分未得到利用便白白流失了。

就好比捅破一个蚂蚁窝，开始会引起大骚动。不久，蚂蚁们开始重建工作，不知不觉间建起一座和原来一样漂亮的城市。再捅一次也一样。蚂蚁除了这么做别无他法。

历史已经证明，人类即便多次遭遇相同灾害，也绝不会变聪明。比如现在的东京市民与以往的江户居民相比，至少在火灾问题上，甚至反而退步了很多。就这样，人们不断重复着比过去更愚蠢的行径。

在古代的为政者中，似乎也有人认真担心过百年后的事。在那样的时代，如果地震学发展到如今的程度，那么作为其子孙的我们面对地震应该会更安全一些吧。而当今社会如果还有人担忧百年后的事情，那恐怕只有地震学家了。在这种高速发展的时代，人们估计也没有闲暇去考虑百年后子孙的安危。然而这个所谓的“一百年后”是“从什么时候开始的一百年”呢？谁也不能保证不会就是三年、两年、一年甚至几天、几个小时之后就到了那个下一个一百年。

听说中国古代有个爱操心的怪人，老担心天会塌下来，最后得了神经衰弱。某种意义上，这个故事也许恰巧是为了批判像我这样的人而编出来的。嘲笑者的真意不是说天不会塌下来，而是说天可能塌下来，但不知道是“什么时候”。

走在三岛的街上，对面来了两三个士兵。看起来刚刚进入镇上，正要走到有房子倒塌的受灾地带。其中一人连连感叹道：“真有趣，嗯，真有趣。”我觉得这个“真有趣”绝不能用恶意来解释。这个“真有趣”也许是对我们祖先数千年来所经受的考验的总结。也许正因为如此，帝都才得以复兴，才有了七年后的今天，有了一日元出租车、爵士乐、书评的潮流和风暴。

三岛町的修复工程之快也令人吃惊。照这个样子，我甚至觉得假如半个月后再来，灾害的痕迹也许已经消失得一干二净了。更南边受损严重的村镇恐怕很难迅速恢复。

三岛神社附近有一家小小的中国料理店，看起来受到了很强的摇晃，里面传出巨大的留声机演奏声。唱片似乎是描绘浅草繁华景象的

“标题音乐”，短号、单簧管的滴答乐中夹杂着介绍花屋敷的欢快声音。大街上，巡查的警官、士兵，报社、保险公司、宗教团体等慰问队的汽车，以及漫无目的交织在一起的人流在美好的小阳春日的照耀下，酝酿出一种节日氛围。所幸此次地震中，附近的城市均未受灾，因此救援应该也会迅速完成。然而，假如有一天宝永、安政类型的大规模地震将主要大城市一扫而光，那么我们所热爱的祖国——日本将会怎样呢？恐怕小阳春的暖阳再也无法照耀国土苍生了。在国防中，裁军十之六七被视为大问题，而地震却为零，所有执政者都将其抛之脑后。如果不想打仗的话，或许可以避免。但就算我们对地震说停，它也不会等一等。即便有地震学家苦口婆心的劝说，也不会产生战鼓般的反响。就这样，可怕的最后审判日正一点点地逼近。

回家的火车上，我仰望夕阳下的富士山。富士山最近喷发时间分别是 1511 年、1560 年、1700 至 1708 年，最后是 1792 年。今后什么时候会再次活动，抑或永久休眠，我想即便是神仙也不知道。然而，没有一个学者能保证，在 16 世纪、18 世纪活动过的火山，到了 20 世纪 90 年代不会再次活动。想着想着，迷迷糊糊之间，太阳已然下山。经过川崎站时，我突然想起前几天的“烟囱男”。如果那个男人到 11 月 24 日凌晨 4 点还停留在烟囱上，然后地震袭来，烟囱剧烈摇晃的话，他是否会下来呢？

我也想爬到某个烟囱上大声疾呼地震国难至，从而募集一点地震研究资金，但估计谁也不会搭理。政治家、实业家和民众们连十年后的日本都不关心。我想只能全天下寻找那种很有钱，同时挂念着百年后的日本的奇人。

火车驶入东京，上了高架后，美丽的光之海在眼底跳跃。这片七年前被烧得焦黑的原野也完全不会想到“百年后”被破坏的可怕荒野，以一副无忧无虑的神情在昭和五年的夜晚享受着都城的繁华。

进入五月，防火、防空等各种演习热闹登场。虽然也是好事，但对于未来可能发生的全日本范围的大规模地震，却丝毫没有任何预防训练的消息，明明这可能令五六座大城市毁于一旦的地震比起火灾、空军要恐怖数百倍。在我们这些愚蠢的杞人后裔看来，或许会觉得他们早已忘记了悄悄躲在围墙外的大群老虎和狮子，只会胡乱挥舞着掸子和擂杵追逐蟑螂和老鼠。这便是杞人之忧。

（一九三一年一月，《中央公论》）

注释：

①当时的首相滨口雄幸（1870—1931）于东京站站台被一位名为佐乡屋留雄的青年枪击，时间为1930年11月14日，星期五。